# AS MÁSCARAS DO METAMORFO

NERD BOOKS & JAMBÔ

APRESENTAM

KAREN SOAREL E

# AS MÁSCARAS DO METAMORFO

NERD BOOKS
JAMBÔ

AS MÁSCARAS DO METAMORFO

EDIÇÃO: Guilherme Dei Svaldi
REVISÃO: Vitória Vozniak
DIAGRAMAÇÃO: Victória Cernicchiaro
DESIGN DE CAPA E LETTERING: André Carvalho
ILUSTRAÇÃO DE CAPA: Julia Bax
ILUSTRAÇÕES DE ABERTURA: Janio Garcia
DIREÇÃO DE ARTE: Dan Ramos
AUXILIAR DE PRODUÇÃO: Laura Reginin
EDITORA-CHEFE: Karen Soarele
DIRETOR-GERAL: Guilherme Dei Svaldi

EQUIPE DA JAMBÔ: Guilherme Dei Svaldi, Rafael Dei Svaldi, Leonel Caldela, Ana Carolina Gonçalves, Ana Júlia Gamla, Anderson Dornelles, André Schwertz, Carlos Narayana, Dan Ramos, Daniel Boff, Davide Di Benedetto, Elisa Guimarães, Gabriel Adam, José Cerqueira, J. M. Trevisan, Julia Rosiello, Karen Soarele, Laura Reginin, Leticia Mendes, Marcel Reis, Marcelo Cassaro, Marina Alvarez, Marcus Vinicius, Marlon Vernes, Maurício Feijó, Miguel Souza, Priscilla Souza, Tatiana Gomes, Thiago Rosa, Tiago Guimarães, Tiago Orib e Victória Cernicchiaro.



**PRODUÇÃO EDITORIAL**

JAMBÔ

Rua Coronel Genuíno, 209 • Porto Alegre, RS
contato@jamboeditora.com.br
www.jamboeditora.com.br
@jamboeditora

1ª edição: dezembro de 2024
ISBN brochura: 978658337565-0 | ISBN capa dura: 978658337566-7

**S676m** Soarele, Karen
As máscaras do metamorfo / Karen Soarele. — Porto Alegre: Jambô Editora, 2024.
320 p. il.

1. Literatura brasileira – Ficção. I. Soarele, Karen. II. Título.

**CDU 82-312.9**

BASEADO NO UNIVERSO
NERDCAST RPG: GHANOR

CAPÍTULO 1

# BARGANHANDO COM DEMÔNIOS

UMA ONDA SE estilhaçou contra os pés do penhasco, espalhando umidade na atmosfera sombria de Utteria. Muito acima do rio, relâmpagos iluminavam o céu nebuloso, revelando a silhueta escura do Castelo do Crisol. Depois que os trovões se calavam, era possível ouvir a chuva em meio à noite e sentir o cheiro de terra molhada avivando os sentidos. E, quando os olhos se recuperavam do ofuscamento do clarão, pequenos pontos de luz despontavam nas torres antigas. Eram as chamas verdes de tochas tremeluzentes. Fogo mágico: o sinal de que, naquele castelo que desafiava as águas de cima e desafiava as águas de baixo, vivia um rei feiticeiro.

Ruprest observava o castelo à distância de centenas de telhados. Estava no último andar de uma antiga torre de guarita, feita de madeira carcomida pelo tempo, com um telhado cheio de avarias. Havia sido desativada anos antes, substituída por uma guarita de pedra, mais resistente, mais segura e sempre guarnecida de soldados. A torre nova tinha apenas um defeito: ter sido construída tão perto da antiga. De onde estava, Ruprest tinha visão desimpedida dela, podendo ver quem entrava e quem saía, quantos homens havia ali dentro, quem era o capitão. Mais do que isso, aquela era a guarita da entrada da cidade, e Ruprest enxergava o portão por onde costumavam passar carruagens dos nobres que chegavam à capital, além de ter uma vista privilegiada da alameda irregular que serpenteava dali até o castelo.

— Bela noite para um roubo — falou consigo mesmo. Era um homem alto e bonito, de pele avermelhada e cabelo longo, preto, com algumas mechas presas em tranças finas e o resto solto, batendo na cintura. Os olhos eram azuis e o peito, musculoso. Vestia o uniforme da guarda da cidade: uma armadura de couro batido que exibia um alto-relevo com o brasão da Coruja-Tempestade, símbolo da família real. O uniforme lhe caía perfeitamente, apesar de não lhe pertencer. Estava sozinho na torre de guarita, mas seus comparsas não estavam muito longe dali. E todos já haviam mandado sinal de estarem em posição.

As ruas estavam vazias, mas barulhentas. Carroças de madeira gemiam ante o vento, travadas no lugar por pedregulhos que os donos, calejados, haviam posicionado atrás de suas rodas para não derraparem na lama. Martelos, serras e enxadas pendurados no lado de fora das casas balançavam dos ganchos, batendo uns contra os outros e emitindo um som metálico e doloroso. Na enseada, barcos de todos os tamanhos esfolavam o casco contra o atracadouro, conforme o sobe e desce da correnteza revolta. E o som modorrento da chuva era abafado apenas pelos eventuais trovões. Tudo era frio, melancólico e sem cor. Espantava os forasteiros, obrigava os locais a se refugiarem em casa. Melhor assim. O crime que Ruprest estava prestes a cometer não teria testemunhas.

Na direção oposta ao castelo, na estrada que vinha do interior do reino, uma carruagem surgiu. A madeira negra havia sido encerada até brilhar e refletia os lampejos vindos do céu. Os corcéis, também negros, soltavam faíscas de fogo pelos olhos. O condutor vestia uma capa igualmente negra, e negro era seu chapéu. Trazia ao lado dois lampiões na tentativa de melhorar a visibilidade, e tanto a luz dos lampiões quanto as fagulhas dos cavalos eram mágicos e deixavam um rastro de fuligem luminosa.

O momento estava próximo e tudo estava preparado. Assim que a carruagem chegasse aos portões da cidade, o plano começaria. Ruprest seria o primeiro a interceptá-la. Sua presença serviria para distrair o condutor, dando tempo para Lapim Mão de Aranha se infiltrar embaixo dela, entre as rodas. A carruagem seguiria adiante sem saber que rumava para um embuste. Ao chegar à principal encruzilhada da cidade, seria surpreendida. Há semanas Mestra Maridônia vinha calculado como criar um bloqueio que parecesse um acidente causado pelo mau tempo e obrigasse a carruagem a desviar pela segunda saída do cruzamento em estrela. Ainda seria possível chegar ao castelo por ali, mas a estrada fazia um desvio margeando a falésia, sendo ladeada de um lado por um paredão de pedra e, do outro, por um precipício. Era ali que Lapim terminaria de sabotar as rodas da carruagem, causando um acidente. Sua técnica apurada faria a carruagem bater no paredão, evitando que caísse no despenhadeiro. Ruprest e Mestra Maridônia chegariam rapidamente ao local, utilizando os atalhos indicados por Beco. Mil Armas já estaria esperando ali. Apesar de seus talentos marciais, sua tarefa não seria matar: apenas assustar. Fazer com que a vítima corresse na direção certa.

Então, com todos reunidos no local da emboscada, com o veículo destruído e o condutor rendido, o grupo de ladrões veria sair da carruagem um nobre apavorado. Considerando sua falta de escolta, não seria alguém muito importante. Porém, o artefato que transportava como presente para o rei era algo que Ruprest procurava há anos. O Anel do Ressurgir: um item mágico capaz de teletransportar o usuário. Ruprest já conseguia senti-lo num de seus dedos, o poder fluindo por seu corpo. Mal podia esperar para ver a cara do fidalgo enquanto ele arrancasse o item de suas mãos. Perguntava-se como seria a aparência de um nobre tão estúpido a ponto de transportar de carruagem um anel do teletransporte. Ao menos, possuía ouro. Disso Ruprest havia se certificado, pois não pretendia dividir seu anel mágico com os comparsas.

A cada relâmpago, a carruagem se aproximava. Sumia no escuro, surgia no clarão. Mais perto e mais perto. O plano, prestes a se concretizar... e então tudo parou.

O céu parou de resplandecer. O vento parou de fluir. As gotas de chuva interromperam sua queda e a carruagem distante ficou imóvel: cada uma de suas partes paralisadas no meio do movimento, os cavalos com as patas suspensas no ar. A cidade inteira parecia congelada, e foi tomada por uma aura arroxeada.

O único que conseguia se mover era Ruprest. Ele se virou para dentro da torre deteriorada e deparou-se com uma estranha criatura. Os globos oculares eram inteiros pretos, sem íris ou pupilas. A boca se arreganhava em um sorriso repuxado que revelava uma incontáveis dentes pontiagudos. Tinha um terço da altura de um ser humano, mas flutuava a um metro do chão com suas asas raquíticas. O corpo era feminino. Vestia-se de trapos imundos, mas adornava-se com joias de ouro e prata.

— Rupressst — disse com voz de cobra, alargando o sorriso e arregalando os olhos. — Vejo que precisa de ajuda.

Ruprest levou as mãos às duas adagas presas ao cinto, em um movimento instintivo, pronto para arremessá-las. Contudo, ao reconhecer quem lhe abordava, saiu da postura de combate.

— Lashienne — cumprimentou. — Trouxe essa cara feia para me assistir completando mais uma missão sem precisar fazer de um pacto?

— Menospreza minha aparência? Conveniente... para um metamorfo. Ao menos mostro minha verdadeira forma. Diga-me, como é enganar os ineptos usando o rosto de um galanteador?

Ruprest revirou os olhos azuis, e eles se tornaram castanhos. Ao mesmo tempo, sua face perdeu a forma. Por um momento, foi como se derretesse dentro de um forno, pegajosa e amorfa, para em seguida se moldar à fisionomia de um homem de meia idade. O peito diminuiu dentro da armadura, e a barriga aumentou. Surgiu uma barba espessa e grisalha, e os longos e lustrosos cabelos deram lugar a uma careca branca.

— Melhorou? — disse, enfadado.

Quase tudo em sua aparência estava diferente. Porém, havia uma exceção. Quando Ruprest fechava os olhos, era possível ver em uma de suas pálpebras o monograma de seu antigo inimigo, o Duque Minimus III, ali marcada por magia perpétua. O Duque morrera há anos, quando Ruprest e seu antigo grupo de amigos derrotaram o Devorador de Mundos e se tornaram os maiores heróis dos Sete Reinos. Tendo sido banhado pelo sangue do Devorador, Ruprest fora capaz de diminuir o tamanho da marca, que outrora ocupara toda a extensão entre a maçã do rosto e a testa, deformando o olho e a sobrancelha, mas agora se resumia à pálpebra móvel. No entanto, era impossível eliminá-la por completo. Não importava qual aparência Ruprest assumisse, o símbolo perdurava.

— Ruprest, Ruprest... Este inconveniente em sua pálpebra ainda lhe custará a vida.

— É mesmo? E o que você sugere?

Lashienne voejou ao redor de Ruprest, uma asa batendo mais rápida do que a outra.

— Sugiro que aceite minha generosidade. Sabe que posso apagar essa marca. Basta me pedir...

— A um custo, não é mesmo? — Ruprest balançou uma das mãos, como se Lashienne fosse uma mosca que ele tentava espantar.

Ela parou diante dele e sorriu com os dentes afilados.

— Um custo pequeno. Sua alma.

Ruprest deu uma gargalhada forçada.

— Sem chance. — E saiu andando pela guarita, suas botas fazendo estralar o piso de madeira abandonado aos cupins. — Não vou vender minha alma.

— Por que não? Sabe-se lá quando você vai precisar dela. — Lashienne deu de ombros, zombeteira. — Com minha ajuda, você poderá usar as habilidades de metamorfo em sua plenitude ainda hoje.

Ruprest lançou a ela um olhar frio. Lashienne parou de sorrir.

— Posso pedir outra coisa. Você terá um prazo para me pagar. Se não conseguir, aí sim levarei sua alma.

— E o que seria? Aposto como vai ser algo bem fácil...

A diabrete pareceu pensar por um momento. Olhou ao redor. Percebeu que estavam em Utteria e teve uma ideia:

— Antes que se conclua o próximo Festival da Primavera, você deverá me trazer uma lágrima de amor verdadeiro do monarca deste reino.

— O Rei Ulriss Osbourne? Aquele conhecido por sua crueldade, que já matou várias esposas? Claro, isso vai ser simples... Aposto como ele chora por amor todos os dias.

Lashienne voltou a sorrir. Olhou para a carruagem ao longe e para os pontos na cidade onde os cúmplices de Ruprest estavam escondidos.

— Ouça o que digo: você não conseguirá o que quer sem minha ajuda.

— Nem pense em me atrapalhar!

— Não irei. Isso seria proteger outra pessoa e não combina com minha natureza. Eu apenas intervenho para fechar um pacto. De todo modo, seu plano falhará. Você se acostumou a fazer parte de um grupo mais poderoso, Ruprest. O grupo de heróis que derrotou o Devorador de Mundos! Mas onde estão seus amigos agora? Para onde foram?

Ruprest desviou o olhar e a diabrete sorriu ainda mais.

— Abandonaram você. Estão pelo mundo, cuidando de suas próprias vidas, enquanto você tenta se encaixar em um grupo novo. Não vai funcionar. Esses mercenários que você recrutou não estão à altura da tarefa.

Mais cedo.

Ruprest entrou no salão comunal da Taverna Olho de Sapo e jogou para trás o capuz ensopado. Tinha a aparência de uma mulher jovem, de pele lisa, queixo fino e seios fartos. Alguns dos bêbados desdentados viraram para admirar sua figura, sem saber que o tecido grosso da saia escondia uma anatomia masculina. Nenhum deles reparou na marca do Duque Minimus III em sua pálpebra. Não estavam interessados em seus olhos. E, mesmo que estivessem, ninguém ali conhecia o suficiente da heráldica dos Sete Reinos para reconhecer o monograma de um nobre estrangeiro.

O local era simples. O piso de madeira tinha buracos e rachaduras, e os frequentadores conviviam com ratos e baratas. Apesar disso, era um dos melhores estabelecimentos da cidade para plebeus, forasteiros e vigaristas. Um fogão a lenha aquecia e exalava cheiro de ensopado, o que, nesse reino de tempestades e colheita escassa, era um convite a se aconchegar. Ruprest fechou a porta para cessar o sopro frio e subiu uma escada lateral que levava a um corredor e a uma pequena sala. O segundo andar tinha o teto inclinado e a única mesa redonda estava ocupada por seus comparsas.

— Que espelunca! — Ruprest se sentou junto aos demais. Vestia-se com roupas largas, para acomodar qualquer estatura que decidisse assumir. No peito, tinha o pingente que sempre trazia consigo para ser reconhecido por seus aliados. — O importante é que está confirmado. A carruagem chega hoje à noite. Vamos repassar o plano.

Diante dele, estavam os melhores mercenários que poderia recrutar.

Mil Armas era um hobgoblin de corpo enorme e peludo. Seu nariz porcino era torto devido a vários golpes suportados ao longo da vida. Originário de uma tribo especialmente violenta, aprendera a usar armamento do mundo inteiro: o pesado machado de guerra de Artus, o delicado florete de Zibrene, a enorme espada bastarda de Ghanor, o assustador gadanho de Kottar, o discreto punhal de Sammelen, a ágil cimitarra da Confederação dos Mercadores e até mesmo armas que ninguém sabia ao certo de onde vinham, como a corrente de espinhos. Usava todas com a mesma habilidade. Devotava-se a elas. Amava-as. Mais do que isso, carregava seu arsenal por onde ia, chamando atenção pela quantidade de empunhaduras despontando de suas costas, da cintura e da bota. Tudo o que sabia aprendera na prática, atacando inimigos, roubando-lhes as armas e usando-as para assassinar os próprios donos. Ruprest duvidava que soubesse ler, mas isso não era um problema. Não precisava que fosse inteligente: apenas que fosse assustador.

Mestra Maridônia era uma humana de cabelo curto e vestido discreto. Havia crescido em um mosteiro de Sammelen, o reino mais refinado do continente. Preparada desde tenra idade para se tornar uma conselheira, fora treinada nos mais variados campos do saber, como história, aritmética, engenharia, astronomia e arcanismo. Fugiu de seu destino porque lhe faltava paciência para lidar com aqueles que deveria aconselhar. Nobres pedantes, catedráticos detestáveis, aprendizes indolentes... todos sempre lhe traziam os mesmos problemas repetidos, as mesmas picuinhas de corte, as mesmas dúvidas cujas respostas se recusavam a ouvir. Um desperdício de seu talento. Gostava mesmo era de livros. Sempre carregava consigo tomos sobre vários assuntos, escritos em idiomas do mundo inteiro, alguns em línguas mortas, e vivia em busca de colocar em prática seu conhecimento teórico. Foi na carreira de mercenária que encontrou o melhor de si, tendo a oportunidade de projetar planos audaciosos de forma detalhada, nos quais o sucesso significava não apenas um belo lucro, como reconhecimento entre seus companheiros.

Lapim Mão de Aranha era um meio-elfo magro e de dedos compridos. Quando queria se esconder, parecia ainda mais magro e menor. Quando queria sabotar algum mecanismo, seus longos dedos se moviam com agilidade e precisão. Sua mãe havia feito fama como a grande ladra de sua época. Porém, era humana e estava morta há um século. Agora cabia a Lapim, mais longevo por ser meio-elfo, levar adiante o legado de embusteiro e escamoteador. Seu cabelo preto vinha de uma longa linhagem de galanteadores de Zibrene. A voz se tornara rouca após tentarem matá-lo de sede no grande deserto. A cicatriz na face havia adquirido ao roubar o colar amaldiçoado de uma horda demoníaca. Todas as suas histórias eram grandiosas e excepcionais, talvez extraordinárias demais para serem verdade, mas, por algum motivo, pessoas comuns tendiam a acreditar nele.

Ruprest se identificava com aqueles três. Eram um grupo de prodígios desajustados e sem rumo. Aceitariam empregar seus talentos em qualquer empreitada, por mais imprudente que fosse, desde que a recompensa parecesse boa. Além disso, todos haviam abandonado seus nomes. Mil Armas porque queria ser temido. Mestra Maridônia porque queria ser prestigiada. Lapim Mão de Aranha porque queria ser conhecido. Ruprest usava o nome de seu pai adotivo. Nunca soubera qual nome a mãe biológica o havia atribuído, mas não importava. Evitava pensar em quem havia ficado para trás. Concentrava-se em quem estava à sua frente.

E havia o moleque, Beco. Talvez nem fosse tão jovem, mas seus olhos impressionáveis faziam com que fosse tratado como criança pelos veteranos. Não sabia empunhar espadas, ler tomos antigos ou abrir fechaduras, muito menos trocar de forma. Porém, crescera nas ruas de Crisol, e seu conhecimento das vielas da cidade era mais valioso do que ele próprio poderia compreender. Além disso, era discreto: nem alto, nem baixo, nem gordo, nem magro, nem claro, nem escuro, dotado de cabelos e olhos castanhos e banais, o que fazia com que passasse despercebido em muitas situações. Único que não conhecia o mundo fora do reino, olhava para os demais com admiração.

Quando Ruprest disse para repassarem o plano, Beco foi o único a concordar com a cabeça. Porém, sua anuência silenciosa foi ignorada.

— Não! — Berrou Mil Armas. Sentava-se um pouco afastado da mesa, untando com óleo o fio de um machado. — Já repetimos e repetimos. Chega! Estou cansado. Se algo der errado, esmago a cabeça deles.

— É esse o meu medo — rebateu Ruprest. — Não estamos aqui para matar. É só roubar!

— Mas quando eu ataco? — insistiu Mil Armas.

— Não é para atacar! Vocês estão entendendo? É por isso que quero repassar o plano!

— Nada vai dar errado — disse Mestra Maridônia, erguendo os olhos do livro de engenharia que estivera lendo. — Está tudo planejado, Ruprest. Não há com o que se preocupar. Mil Armas só vai aparecer no final, para fazer nossa vítima fugir na direção oposta. Nada pode dar errado. Sem contar que também estarei lá. Irei identificar o nobre e guiá-lo para longe de Mil Armas... e em direção à nossa armadilha.

— Relaxe um pouco. Vamos aproveitar nossa última noite de pés-rapados — disse Lapim, empurrando uma caneca para

Ruprest. A bebida seria paga com um pequeno saco de moedas que ele havia acabado de afanar. — Hoje, cerveja barata. Amanhã, vinho élfico! Mas, antes, precisamos descansar. Faça o favor de botar uma cara menos chamativa.

Ruprest deu um longo suspiro. Rosto e corpo amoleceram e perderam a forma, voltando a se solidificar com a aparência de um homem maduro, de costas largas e um grande nariz. Mil Armas, Mestra Maridônia e Lapim Mão de Aranha mantiveram-se serenos, como se nada tivesse acontecido. Beco deu um pulo na cadeira.

— Tá assustado? — Ruprest o provocou.

— Acho que sempre me assusto, né? — Beco se encolheu. Não era comum ver alguém com habilidades extraordinárias nas ruas de Crisol. Os prodígios que visitavam o reino costumavam fazer parte de festivais exclusivos da nobreza.

— Na hora, não vai poder se assustar assim.

Beco abaixou a cabeça, pensativo. De todos na mesa, era o único que parecia pensar a respeito do que lhe falavam. Ruprest tinha pena. Beco era ingênuo, e sua parte do ouro seria a menor. Apesar disso, ficava feliz em incluí-lo no golpe. Mesmo que menor, o ganho do rapaz já seria suficiente para mudar de vida. Quem sabe, iria embora desse reino esquecido pelos santos.

— Não haverá susto algum. Está tudo planejado — Mestra Maridônia repetiu, e então voltou a atenção novamente para o livro.

— E, mesmo se tiver... — Mil Armas inspecionou a lâmina impecável do machado — estaremos preparados.

— Será perfeito! — concluiu Lapim. — Como na vez em que desarmei uma armadilha explosiva dentro de um navio pirata em alto-mar! Foi assim...

Lapim começou a contar sua epopeia, mas Ruprest sequer fingiu prestar atenção. Próximo à mesa, uma janela estava com a dobradiça quebrada e não fechava direito. Conforme o vento ia e vinha, ela batia no batente ou voltava a se abrir um pouco. Através da fresta, Ruprest via o topo distante do Castelo do Crisol. Observou-o por um longo momento, enquanto os demais se entretinham e o sol encoberto se punha em algum lugar do horizonte.

Agora.

Do topo da guarita de madeira deteriorada, Ruprest tinha uma vista muito melhor. O castelo se erguia à distância, facilmente discernível sob a atmosfera mística instaurada por Lashienne. Suas torres pesadas vigiavam e oprimiam o território ao redor. Do enorme portão, saía a precária alameda que cortava a cidade, passava pela antiga torre de guarita e pela nova, e fugia para o interior do reino. Em certo ponto fora da cidade, a carruagem do nobre continuava paralisada.

— E então, Ruprest? Esse grupo substituto não vai dar conta. Você precisa de mim.

Como se despertasse de um transe, Ruprest ergueu o olhar e deu um sorriso confiante.

— Não vou penhorar minha alma pela lágrima de um rei que não chora. Esqueça. Vou me virar com o que tenho.

A diabrete nem piscou diante da negativa. Apenas manteve o sorriso congelado e disse:

— Quando mudar de ideia, derrame uma gota de sangue sobre as letras de meu nome. Eu virei... voando.

E, tão rápido quanto surgiu, Lashienne desapareceu. A aura arroxeada desvaneceu, os pingos de chuva suspensos caíram e a carruagem voltou a avançar. Finalmente, teria início o grande roubo.

CAPÍTULO 2

# O GRANDE ROUBO

A CARRUAGEM PAROU diante da nova torre de guarita. Havia dois portões em sequência. O primeiro se abriu, permitindo que o veículo avançasse poucos metros, e voltou a se fechar, confinando-o em uma espécie de gaiola entre os dois portões. O segundo portão se manteve fechado. Na torre antiga, Ruprest se empoleirou na amurada de madeira. Observou quando um guarda desceu da torre, foi até a carruagem, trocou algumas palavras com o condutor e fez uma mesura para o passageiro que se acomodava atrás das cortinas. Então, fez sinal para que abrissem o segundo portão, e a carruagem seguiu.

O guarda era alto e tinha cabelo crespo, lábios finos e olheiras profundas. E, após um instante de concentração, Ruprest era igual a ele. Devia a habilidade de metamorfose ao sangue herdado de sua mãe. Mal a transformação estava concluída, Ruprest saiu em disparada. Saltou por sobre o parapeito da torre e se pôs em queda livre. Durante a queda, deu uma pirueta. Caiu montado em um cavalo. A aterrissagem perfeita. Devia os truques de acrobacia e malabarismo que conhecia à caravana de ciganos que o criou até a juventude. Ao pesar sobre o animal, deu com os calcanhares em ato contínuo e o impeliu a arrancar para o galope. Os dois saíram para a chuva e a lama, rapidamente diminuindo a distância até a carruagem. Devia o apetite por façanhas ao grupo de aventureiros com quem viajara por anos. Quando estava próximo da carruagem, não a abordou de imediato. Seguiu-a mais um pouco, até chegar ao local marcado. No momento certo, gritou ao condutor. Fez com que parasse ao lado de uma carroça estacionada, embaixo da qual Lapim Mão de Aranha se escondia. Ruprest devia sua esperteza apenas a si mesmo.

— Sinto informar, mas temos um imprevisto — Ruprest berrou ao condutor, para ser ouvido sob a chuva.

— O que houve? — O condutor berrou de volta. Era um senhor de barba branca e olhos diminuídos pela idade. Protegia-se da chuva usando uma capa grossa e um chapéu de aba larga. À frente dele, quatro cavalos negros relinchavam, ávidos por seguir caminho.

O cavalo marrom e perfeitamente comum que Ruprest montava hesitou perante o comando para se aproximar dos corcéis de aura sobrenatural. Após certa insistência, Ruprest conseguiu ficar perto o suficiente do condutor para conversar sem ter que gritar.

— Acabo de receber informações a respeito do trajeto daqui até o castelo — mentiu. — Deveria tê-lo informado antes, mas o responsável demorou a me repassar o relatório completo — Ruprest começou a enrolar. Na verdade, nada tinha a dizer para o condutor. Precisava apenas distraí-lo por tempo suficiente para que Lapim se arrastasse para longe da carroça até ficar embaixo da carruagem, agarrado a ela. Ruprest continuou: — Esteja ciente de que o soldado em questão será repreendido pela demora. Não é habitual que alguém da guarda precise galopar sob chuva e vir até aqui deter uma carruagem apenas para transmitir informações que já poderiam ter sido comunicadas antes. É ruim para todo mundo.

— De acordo — disse o condutor. Tinha um olhar solícito, mas indagador. Mexia a cabeça positivamente, tanto para aprovar o que Ruprest dizia, quanto para incitá-lo a dar logo a informação importante.

Fingindo não notar a pressa do homem, Ruprest continuou enrolando:

— É ruim para mim, que tenho que vir até aqui. É ruim para você, que deve estar cansado da viagem. É ruim para a autoridade dentro da carruagem, que precisa chegar logo ao destino.

Ao dizer isso, Ruprest olhou para a carruagem. Era enorme e ainda mais lustrosa vista de perto. A cada relâmpago, a madeira reluzia, refletindo o céu nebuloso, a cidade enlameada e o metamorfo com aparência de guarda. Um clarão atrás do outro. Ofuscado pela luz, Ruprest não conseguia ver quem estava dentro do veículo. Via, a cada clarão, um grande símbolo heráldico entalhado nos dois lados da carruagem, mas não se atentou aos detalhes. Não sabia identificar brasões de família menores de Utteria, então deixaria essa tarefa para Mestra Maridônia. Sua parte no golpe era apenas enrolar.

— E que relato você nos traz? — perguntou o condutor.

Ruprest então percebeu que havia se perdido em pensamentos e voltou sua atenção ao homem.

— Está chovendo — disse uma obviedade qualquer. Lapim deveria estar quase a postos, então logo Ruprest poderia encerrar o assunto e deixar a carruagem seguir caminho. — Está chovendo, então o trajeto daqui até o castelo ficou especialmente escorregadio. Muita lama.

— Eu sei — disse o condutor. — Já fiz esse trajeto mil vezes e nunca para de chover! Já são três gerações servindo como condutor da realeza de Utteria.

Realeza?

Ruprest olhou novamente para a carruagem, dessa vez determinado a ver quem estava dentro dela. Ao mesmo tempo, um relâmpago muito próximo dividiu o céu como uma rachadura, suas inúmeras veias se espalhando pelo céu. O clarão foi mais intenso do que os anteriores e Ruprest não controlou o instinto de piscar. Depois que o fez, sentiu-se exposto. Assim como tentava olhar para o ocupante da carruagem, soube que era observado de volta. E, seja quem estivesse lá dentro, havia visto a marca em sua pálpebra. Sendo da realeza, poderia reconhecer o monograma.

Foi então que sentiu uma energia percorrer todo o seu corpo, como se ele próprio houvesse sido atingido por um raio. Mas soube, de experiências anteriores, que havia sido alvo de uma magia. O cavalo empinou e Ruprest rolou para trás. Caiu como um gato e logo se colocou de pé novamente, mas o corpo inteiro tremia. Apoiou-se em uma única perna. Sentiu sua forma se contorcer. A fisionomia do guarda da guarita abandonou-o. No lugar, voltou a ser o barrigudo de meia-idade. Em seguida, esta também o abandonou, e Ruprest se tornou a mulher de seios fartos. Mas esta forma também era instável, e logo virou o homem narigudo. Por fim, pele e carne já formigavam de exaustão, quando sua aparência se estabilizou como o galanteador de longos cabelos pretos, pele vermelha e olhos azuis.

— Um metamorfo! — disse uma voz feminina dentro da carruagem, estrondosa como os trovões que os cercavam.

Ruprest olhou para cima e tentou focar a visão. Em meio ao atordoamento e à chuva incessante, tudo o que viu foi um par de olhos que brilhavam em vermelho e lhe encaravam de volta com espanto.

— Isso é um ataque! Corra, Randulfus! — gritou a dona dos olhos de rubi luzentes.

Ao comando da mulher, o condutor deu com as rédeas e os corcéis saíram em disparada. Ruprest ainda cambaleou um pouco para trás enquanto sua vítima fugia. À medida que a carruagem se distanciava, viu que, entre as rodas, se debatia um vulto: Lapim Mãos de Aranha.

Ruprest não havia segurado a carruagem por tempo suficiente para que ele se amarrasse às peças sob o veículo, então se agarrava como podia. Ruprest deu um tapa na própria têmpora para colocar os pensamentos no lugar e chamou de volta seu cavalo marrom. Montou com um salto e saiu a galope através de um atalho. Um imprevisto não poderia colocar tudo a perder. Ainda era possível triunfar.

A carruagem avançou com o máximo de velocidade que seus corcéis podiam empregar em meio à chuva na estrada serpenteante. Passou por casebres, tavernas, oficinas, currais: todos fechados, seus moradores escondidos ao abrigo do tempo. Mais à frente, Mestra Maridônia aguardava próxima à encruzilhada em forma de estrela. Estava no topo de um telhado alto, escolhido por dar vista para grande parte do trajeto que a carruagem faria até ali. Cobria-se com uma capa grossa para preservar o vestido da chuva.

Em uma das muitas esquinas da encruzilhada havia um armazém que há dias o bando observava. Seu interior estava repleto de itens alquímicos das mais variadas composições. Diziam os rumores que o carregamento estava ali em caráter provisório, que um monastério estava sendo construído e logo tudo seria levado para lá. Os plebeus se lamentavam que o Rei Ulriss Osbourne destinasse recursos para monastérios e alquimia enquanto muitos no reino passavam fome e perguntavam-se isso seria um reflexo de sua arrogância. Ruprest não tinha interesse na questão. Tudo o que lhe importava era saber que material alquímico costumava ser instável, inflamável ou, ao menos, bom condutor de eletricidade. Se, por uma estranha coincidência, um relâmpago acertasse o armazém, tudo ali poderia explodir, espalhando escombros pela rua circundante e colocando em risco a vida de quem passasse por ali.

Atrás do armazém estava Beco, empunhando uma pederneira diante de um pavio.

O rapaz estava escondido no vão protegido da chuva que se formava entre o armazém e o casebre ao lado e tinha os olhos fixos em Mestra Maridônia. Quando a carruagem alcançasse certa altura, ela daria o sinal e ele estalaria as pedras para produzir uma centelha. O pavio era curto, proporcionava apenas o mínimo de segurança. Esticava-se através de uma fresta na madeira, infiltrava-se no armazém e mergulhava em uma substância identificada previamente por Mestra Maridônia. A sábia já havia calculado a velocidade com que viajavam as carruagens nobres, o tempo que levaria para o pavio queimar, a reação em cadeia que seria provocada pelas várias substâncias alquímicas e para qual lado voariam os destroços do armazém. O trajeto usual dali até o castelo requeria que a carruagem tomasse a terceira saída do cruzamento em estrela. Mestra Maridônia mudaria isso: faria com que tomasse a segunda saída. Para isso, precisava dar o sinal na hora certa.

Sorriu quando a carruagem passou entre duas casas e entrou momentaneamente em sua linha de visão. Logo voltou a sumir, quando a estrada fez uma curva. Mestra Maridônia então mirou o próximo ponto onde esperava vê-la passar depois de três segundos. Porém, a carruagem passou antes do tempo certo. A catedrática tomou um susto. Olhou para o próximo ponto. Mais uma vez a carruagem passou antes da hora. Mestra Maridônia então olhou para Beco, mas não conseguiu vê-lo escondido. Tudo bem, não era necessário vê-lo. Não fazia parte do plano. O que fazia parte do plano era a carruagem passar em cada ponto no momento certo. Voltou-se mais uma vez para o trajeto, apenas para confirmar: a carruagem se aproximava mais rápido do que o previsto.

Imediatamente, apalpou todos os bolsos. Sacou de um deles um pergaminho, e de outro tirou um giz carvão. Desenrolou o pergaminho com ansiedade, e nele estavam todos os seus cálculos. Usou o carvão para fazer ajustes, mas a chuva borrou a caligrafia. Olhou para a carruagem cada vez mais próxima. Não teria tempo de refazer os cálculos.

— Larga mão desse papel! — gritou Ruprest, revelando sua chegada. Montado no cavalo magro, havia tomado um caminho estreito, por onde nenhuma carruagem passaria, mas que vinha em linha reta até a encruzilhada em estrela, o que o permitira chegar primeiro.

Do topo do telhado, Mestra Maridônia gritou de volta:

— A carruagem está vindo rápido demais! Preciso dar o sinal a uma distância maior do que o planejado, ou corre o risco de desmoronar só depois que ela já passou. Preciso recalcular.

— Não dá tempo!

— Então vamos ter que abortar!

— O quê? Não! É só improvisar!

— Improvisar?

— Sim! Chuta um momento bom!

— Chutar? Você quer dizer, fazer uma estimativa imprecisa?

— Vai logo!

Mestra Maridônia olhou para a carruagem. Estava próxima demais. Mais perto e mais perto. Pensou em como Lapim estaria se agarrando entre as rodas. Preferia não correr o risco de derrubar os andaimes sobre a carruagem e sobre ele. Preferia não improvisar. A carruagem chegou à última reta antes da encruzilhada. Faltava pouco para o momento planejado.

Mestra Maridônia deu o sinal. Beco estalou a pederneira.

O pavio acendeu na primeira tentativa e o corisco se alastrou rapidamente. Beco não ficou para vê-lo atravessar a fresta na madeira, saiu correndo para a chuva e para longe. Um instante de expectativa se fez sob o ruído constante da chuva enquanto a centelha devorava o pavio longe da vista de todos. Então, quando parecia que nada mais iria acontecer, veio a primeira explosão. E a segunda. E a maior. Uma das paredes foi arremessada para longe, em frangalhos. Algumas vigas e colunas se partiram. Sem sustentação, a parte central do telhado veio abaixo e arrastou junto as laterais em uma chuva de telhas estilhaçadas. A construção caía do céu perigosamente e se espalhava pela rua que levava ao castelo.

A estrutura caiu antes que a carruagem estivesse perto demais. Não a atingiu. O condutor puxou as rédeas para o lado e fez uma curva, saindo da encruzilhada antes da hora, como era o planejado. Tudo parecia voltar ao plano. Porém, o sorriso de Mestra Maridônia durou pouco. Foi varrido de seu rosto quando percebeu que dera o sinal cedo demais. Em vez da segunda saída, a carruagem tomou a primeira.

— Ruprest! — Beco se reuniu aos demais. — A carruagem foi para a rua errada.

— Eu sabia — disse Mestra Maridônia, enquanto descia do telhado onde estivera empoleirada. — Tem um motivo para eu calcular tudo com antecedência. É para isso não acontecer!

— É só um desvio de rota — disse Ruprest.

— Por que isso aconteceu? — insistiu Mestra Maridônia. — A carruagem não tinha motivo para acelerar. O que estava fora dos planos?

Ruprest ignorou a pergunta e se virou para Beco:

— Onde aquela rua vai dar?

— Lá embaixo, na Cidade Baixa que contorna a enseada.

— Dá para chegar no castelo por lá?

— Dá. É um caminho paralelo. Mas é perigoso, às vezes o rio transborda.

— Existe um caminho pra gente chegar lá antes da carruagem?

— Sim. Essa rua dá uma volta enorme pra pegar a descida mais leve. A gente pode ir a pé pela trilha do barranco e chegar primeiro.

— Então vamos!

— Espera! — Mestra Maridônia interrompeu a conversa dos dois. — Você tem certeza de que ainda é possível prosseguir com o plano?

Ruprest desmontou do cavalo e deu um tapinha para afastá-lo rumo a um local protegido da chuva. Então fez sinal para Beco mostrar o caminho.

— Ainda dá.

Mil Armas estava a postos. Escondia-se no virar de uma esquina da última rua que margeava a parte alta da cidade. Às suas costas ficava um paredão natural e, acima dele, um paredão construído. Não havia como escalar. À sua frente, a via permitia passar apenas uma carroça por vez e de forma precária, correndo o risco de derrapar na lama e cair para o precipício que contornava toda a extensão da rua. Dependendo de onde derrapasse, uma carruagem tombaria sobre depósitos de anzóis, pedras pontiagudas ou dentro do rio, cada local oferecendo diferentes formas de morrer. Mil Armas gostaria de lutar em um local perigoso como este, tendo a possibilidade de arremessar seus inimigos para a morte dolorosa. Estava desgostoso que sua tarefa seria apenas assustar. Queria mesmo era testar a marreta que havia obtido em sua última pilhagem.

De repente, Mil Armas sentiu cheiro de medo e soube que não estava mais sozinho. Esticou a cabeça para fora do esconderijo para saber se havia chegado a hora de agir, mas não viu nenhuma carruagem. A rua estava deserta. Então olhou para cima, procurando pela fonte do fedor, e seu olhar encontrou com o de Ruprest, Beco e Mestra Maridônia. Os três desciam por uma corda para chegar até ele.

— Mudança de planos! — disse Ruprest. Antes que explicasse, Mil Armas o interrompeu:

— Vou poder matar alguém?

— Não. Só vamos mudar o local da emboscada. Nada de matar nobres no meio da cidade.

— Argh!

— Cala a boca e vamos em frente, não temos tempo a perder.

O grupo correu pela estrada margeada de precipício até um ponto menos íngreme, onde havia um pouco de vegetação e olhos mais astutos conseguiam divisar uma trilha estreita e acidentada. Quando chegaram à Cidade Baixa, o grupo tinha lama até os joelhos e carrapichos grudados pelas roupas.

— Como vou me dirigir ao nobre nesse estado? — resmungou Mestra Maridônia.

— Não é ele — Ruprest disse, enquanto seguia Beco para o novo local. — É uma mulher.

— Mulheres são mais difíceis de convencer — Mestra Maridônia reclamou.

— Mas são mais fáceis de assustar — disse Mil Armas.

Os quatro chegaram a uma vizinhança de pescadores. Era uma fina linha de terra ao redor de uma enseada, apinhada de casebres, barcas, redes, âncoras, remos e depósitos. A maior construção era um estaleiro para a construção de barcaças e naus. Havia também barris e caixotes espalhados e um altar a Santa Ermínia, a santa afogada que atraía cardumes e protegia os pescadores.

Um pouco longe dali, o rio corria turbulento, enraivecido pela chuva. Mas apenas uma pequena parcela do fluxo se esticava para dentro da enseada, fazendo oscilar os barcos que não haviam sido removidos da água.

Ruprest aprovou o local escolhido por Beco e começou a distribuir ordens:

— Mil Armas, se esconda atrás daqueles caixotes perto do gargalo na estrada. Vai ter que se abaixar bem. Mestra Maridônia, fique naquele casebre. O que uma sábia da corte faz nesse fim de mundo é uma dúvida que espero que nossa vítima não tenha tempo de formular. Beco, corra em direção à carruagem. Dê um jeito de avisar Lapim para causar o acidente depois de cruzar com aquele altar. Eu vou assistir a tudo bem do centro, no topo do estaleiro.

Todos se posicionaram e Beco correu. A carruagem surgiu na linha de visão.

— Vai dar — disse Ruprest.

A carruagem deu um solavanco, mas Lapim Mão de Aranha conseguiu se manter firme. Havia conseguido passar uma corda atrás de suas costas de modo a prendê-lo entre dois adornos sob a carruagem, mas ainda precisava usar os pés para se manter no lugar. Perguntava-se por que Ruprest não lhe dera tempo suficiente. Perguntava-se por que Mestra Maridônia ativara a arapuca antes da hora. Agora estava sendo arrastado para a parte baixa da cidade e não tinha ideia do motivo. Não gostava de água. Não sabia nadar. Inventava histórias de aventuras em alto-mar para que ninguém descobrisse seu ponto fraco, e mesmo assim acabava entrando em situações desconfortáveis como essa. Esperava que ao menos Mil Armas estivesse no local certo. Esperava, mais que isso, que alguém lhe enviasse um sinal de onde era o local certo.

Mal formulara esse desejo, viu que alguém se aproximava pela estrada. Podia ser um transeunte qualquer, um pescador que por algum motivo julgou que valia a pena sair de casa e encarar a chuva fria. Mas não era. Lapim celebrou ao ouvir a voz de Beco gritar para o condutor da carruagem:

— Que Santa Ermínia guie sua tarrafa!

Lapim entendeu que era uma mensagem escondida. Que Beco se comunicava com ele de forma a evitar suspeitas. Sabia que era uma dica do local. Isso não mudava o fato de que era uma dica horrível. O que Santa Ermínia tinha a ver com o roubo? Lapim não sabia o real significado, mas de uma coisa sabia: o local estava próximo. Assim, sacou pequenas ferramentas de metal que estavam nos bolsos e, com a habilidade de seus dedos compridos, começou a trabalhar na sabotagem. Bastava afrouxar algumas peças, e a carruagem perderia as rodas. Não podia afrouxar demais, ou não teria tempo para saltar para longe antes do acidente. Não podia afrouxar de menos, ou corria o risco de a sabotagem falhar. Um trabalho que requeria a precisão de um mestre.

Então ele viu, ao fazer uma curva, que se aproximavam de um altar a Santa Ermínia. Calculou com exatidão: assim que a carruagem passasse pelo altar, Lapim se arremessaria para o lado, rolando na lateral da estrada para diminuir as chances de ferimento. O terreno acidentado faria as rodas se soltarem logo após. O acidente ocorreria no lugar certo. Estava tudo decidido. Preparou a sabotagem. Viu as peças trepidando, prontas a se soltar. Desatou-se da corda. Preparou-se para saltar para longe. Porém, foi nesse exato momento que o rio se enfureceu ainda mais, e nele surgiu uma enxurrada repentina e violenta vinda da ribanceira, arrastando tudo o que encontrava pela frente.

A cabeça d'agua invadiu a enseada e atingiu os barcos ancorados. Os menores viraram. Os maiores tiveram seus mastros arrancados. Um deles quebrou ao meio: parte do casco foi arrastado pela torrente, parte foi ao fundo. A onda inclemente avançou sobre a orla. Perdeu um pouco de intensidade ao correr sobre terra firme, mas fustigou casebres, arrastou barris e atingiu em cheio as rodas da carruagem, que soltaram antes da hora. Pego de surpresa, Lapim só não foi esmagado sob o veículo porque a onda o arrastou para longe, mas viu-se rodopiando sob o poder das águas turbulentas. Tentou nadar, mas o ar lhe faltava. Não conseguia emergir a tempo de encher os pulmões. Não ouviu os gritos de seus aliados.

Beco conhecia a cidade melhor do que ninguém. Não apenas seus becos escuros, mas o solo pedregoso, o céu nebulento, as águas indomáveis. Foi o único a ver a cabeça d'água surgir, e o único a buscar abrigo. Subiu em uma árvore, e lá de cima viu a onda lavar a Cidade Baixa. Mestra Maridônia se agarrou a um poste onde se penduravam redes, e a água passou por seus joelhos. Mil Armas manteve-se parado como uma rocha e aguentou o baque. Ruprest estava no topo do estaleiro e não foi pego pela enxurrada. Lapim Mãos de Aranha foi arrastado para longe, mas, tendo ouvido suas histórias de aventuras, Beco não se preocupou.

À medida que as rodas se soltavam, a carruagem bambeou de um lado para outro e, por fim, tombou no chão. Espalhou água para todos os lados, e em seguida parte da água passou a entrar pelas frestas da portinhola. Os cavalos ficaram presos pelos arreios. O condutor arregalou os olhos. Por um momento, Beco pensou que o imprevisto não teria grandes consequências. Porém, o momento durou pouco. Pois o que aconteceu em seguida o espantou a ponto de deixá-lo sem ação.

A onda veio, a onda se foi. Deu tempo apenas de Ruprest bater na testa ao ver Lapim rolando de um lado para outro, sendo sugado para dentro do rio. Mas a parte dele estava feita, faltava apenas o golpe final. Assustar a nobre, surrupiar o anel. Fácil. Apesar dos imprevistos, ia dar.

Todos os olhos se voltaram para a carruagem caída quando a portinhola fez um som de chacoalhar contra o batente. Ruprest, Mil Armas, Mestra Maridônia, Beco e até mesmo o condutor Randulfus e seus cavalos olharam com antecipação. A porta balançava. De repente, ela arrebentou para fora. Voou longe, estilhaçada. Do vão onde estivera, surgiu um sapato preto, de bico fino, e pisou o solo enlameado. Do sapato emergia uma perna longilínea, de pele cinzenta, escapando para fora da fenda de um vestido. Em seguida, a dama abaixou a cabeça e transferiu o peso do corpo para a perna à mostra. Quando voltou a se erguer, já do lado de fora da carruagem, o vestido se alinhou e voltou a ocultar pernas e sapatos. Ela endireitou a coluna e ergueu o queixo, postando-se com altivez. Seu nariz era pequeno e os lábios, delicados. As sobrancelhas voltavam-se para baixo no centro da face e para cima nas laterais, dando ao rosto uma aparência triangular e astuta. Os cabelos eram completamente brancos. Escorriam, lisos e soltos, até a cintura. Contrastavam com o vestido negro e a pele cinzenta. Contrastavam com o lamaçal e a noite nebulosa. Em meio aos fios, emergia um par de chifres longos e cheios de nódulos, mas que corriam próximos à cabeça, virados para trás. Estavam adornados por correntes de ouro e pingentes de rubi. Brincos e colares completavam a ornamentação. Tudo era sóbrio, elegante, sedutor. E todo o conjunto que formava aquela figura feminina parecia emoldurar os olhos. Vermelhos e brilhantes, entorpeciam os sentidos de quem quer que olhasse diretamente para eles. Os olhos daquela mulher possuíam o fascínio dos braseiros das chamas do inferno.

— Como se atrevem? — disse, com voz melodiosa.

Mil Armas surgiu mais adiante na estrada, uma silhueta gigante na noite. Deu dois passos adiante, e cada passo emitiu o estrondo das botas esmagando o solo com o peso de seu corpo musculoso. Agarrou a empunhadura de uma espada presa à cintura e a desembainhou. Ao som do metal deslizando, um relâmpago refletiu na lâmina recém-afiada.

Como em um teatro orquestrado, Mestra Maridônia deixou seu ponto de segurança no momento exato. Pôs-se em um local onde ela e a nobre da carruagem pudessem ver uma à outra com clareza. Forçou a vista para enxergar detalhes nas sombras da noite. Observou o brasão na carruagem. Observou a dama. Reconheceu-a. Hesitou por um momento, incerta quanto aos ajustes feitos ao plano. Por fim, seguindo o planejado, clamou por ela:

— Lady Faustine! Princesa! Está em perigo! Por aqui!

Bastava que a princesa corresse na direção da amigável Mestra Maridônia, para longe de Mil Armas. No caminho, Ruprest estava a postos para surrupiar o anel de seu bolso ou até mesmo de seus dedos. Já haviam usado esse truque antes. Sempre funcionava. Com seu apego ao conforto e sua covardia passada de geração em geração, membros da nobreza e realeza eram todos previsíveis. Todos tediosos. Era o que Ruprest pensava.

Mas estava enganado.

Lady Faustine olhou por sobre o ombro e cravou o olhar de desprezo em Mestra Maridônia, que se encolheu por instinto. Mil Armas deu um rugido de onde estava e correu na direção da princesa, a arma em riste, a boca bestial espumando de fúria. Sem olhar para ele, Lady Faustine declamou palavras sibilantes, como um demônio que profana a humanidade. Em sua corrida, Mil Armas tropeçou em algo invisível. Levantou-se, mas voltou a cair. Um relâmpago cortou o céu e iluminou a face assustada de Mestra Maridônia ao perceber o que acontecia. A partir de Lady Faustine, estendiam-se sombras em todas as direções. Nelas a escuridão era tão profunda, que nem o relâmpago foi capaz de penetrar. Tinham formato de tentáculos, que balançavam junto ao chão.

Mil Armas já estava no chão, e agora um tentáculo se enrolava em suas pernas, enquanto outro agarrava seu braço. Com apenas uma mão livre, sacou uma adaga e pôs-se a golpear ao redor. Porém, acertou apenas lama, visto que não se pode ferir as trevas.

Mestra Maridônia olhou para Mil Armas, perguntando-se se poderia ajudá-lo. Olhou mais ao longe, para Lapim Mãos de Aranha, que se debatia na água, travando sua própria luta contra o afogamento. Olhou ao redor, procurando uma rota de fuga. Olhou repetidas vezes para todos os lados, tentando escolher o que fazer. Era ótima em planejar, mas péssima em improvisar. No fim, ninguém jamais soube qual seria sua decisão, pois, antes que agisse, Lady Faustine se aproximou, e com ela vieram os tentáculos de sombras. O primeiro derrubou a sábia. O segundo trespassou seu peito, fazendo com que o sangue dela se misturasse à água suja da enseada.

Ruprest assistia à cena do topo do estaleiro. Não se revelou. Mil Armas urrava de dor ante o espremer dos tentáculos, enquanto Mestra Maridônia estava caída em silêncio e Lapim se debatia. Mas nada disso realmente o incomodou. Estava mais interessado na posição de Lady Faustine. Apesar de todos os contratempos, ela estava entrando em sua mira. Quando se moveu na direção de Mestra Maridônia, ficou quase na posição exata. Só mais dois passos...

Ela deu dois passos.

Por mais que as outras etapas do golpe tivessem falhado, Ruprest havia conseguido o que queria. A princesa demoníaca estava poucos metros abaixo de sua posição. Para manter ativa sua feitiçaria das trevas, gesticulava com as mãos. Em um dos dedos, estava um único anel. Para uma dama extensivamente adornada de colares, brincos e correntes de ouro, era estranho que usasse um único anel. Só podia ser o Anel do Ressurgir.

O metamorfo saltou do topo do estaleiro. Deu dois mortais e mergulhou em direção à princesa. Pousou com leveza ao lado dela e, no mesmo movimento, extraiu o anel dela e colocou em seu próprio dedo. Já havia interagido com itens mágicos antes. Sabia manipulá-los. Concentrou-se. Bastava usar a habilidade de teletransporte concedida pelo anel para desaparecer da cena do roubo e aparecer em qualquer outro lugar.

Porém, o anel não respondeu ao seu comando. Intrigado, ele examinou a joia com atenção. Era de fato muito bonita, feita dos mais nobres materiais.

Mas não era mágico.

Sem que esperasse, recebeu um tapa de Lady Faustine que o atirou longe.

— Então é isso que você queria? — disse ela.

De repente, um feixe de trevas agarrou Ruprest e o derrubou. Braços, pernas, tronco. Sentiu seu corpo inteiro ser espremido. Quanto mais se debatia, mais os tentáculos o agarravam. Instintivamente, seus músculos enrijeceram, lutando contra a constrição. Mas não foi suficiente, e os tentáculos rasgaram-lhe a carne. Abriu a boca, mas o ar não veio. Com o peito espremido era impossível encher os pulmões. Tudo o que podia fazer era esvaziá-los, em um berro que ecoou pela noite. Quis parar de gritar, mas não conseguiu, pois as entranhas comprimidas faziam aflorar um gosto ácido que queimava a garganta. Aos poucos, as extremidades do corpo ficaram roxas com o sangue retesado. A gordura das pernas e braços se acumulou em gomos nos locais onde não havia tentáculos, esticando a pele. Nos pontos mais esticados, surgiram rasgos irregulares e ensanguentados.

A onda de suplício passou, e Ruprest sentiu como se não houvesse mais dor, nem cheiro, nem gosto, nem som e nem cor. A única coisa que existia no mundo era aquele par de sapatos que caminhavam pelo lamaçal, de alguma forma ainda limpos. E o vestido de fenda cuja bainha arrastou pelo chão perto de seus olhos. E os chifres enfeitados de ouro. E os olhos que o encaravam do alto. E a boca vermelha como luxúria, que lhe lançou um sorriso de escárnio.

— Muito valente de sua parte interceptar uma carruagem real. E muito ingênuo também. Pensou que, por não trazer escolta, eu estaria indefesa? Sou Lady Faustine Nixdan, uma princesa de Utteria. Em meu sangue corre a magia ancestral dos Osbourne, o poder originário da tradição primal, cuja linhagem é preservada há milênios. Eu não trago escolta... porque não *preciso*.

Lady Faustine se abaixou ao lado de Ruprest.

— Além do mais... — ela puxou a gola do vestido para o lado, revelando que, sob os abundantes colares, descia uma correntinha discreta. Dela pendia um anel de metal azulado que estava ali, mas às vezes parecia não estar. Sua simultânea presença e ausência causava uma sensação estranha no fundo da mente. A confusão que só é acarretada pela presença de magia. — Pensou mesmo que eu viajaria com o Anel do Ressurgir... no dedo?

Mil Armas mais uma vez urrou de dor e ódio por não conseguir acertar os tentáculos que o afligiam, e isso despertou Ruprest da sensação de torpor. Um trovão. Uma onda. A chuva constante. O mundo rugia, mas Mestra Maridônia jazia em silêncio. Ruprest olhou para as águas do rio procurando por Lapim, mas ele nunca mais veio à tona. Enquanto procurava, ouviu Mil Armas derrubar a espada no chão, seu punho já sem forças, e soube que o hobgoblin não aguentaria mais uma onda de constrição.

Foi quando viu Beco surgir pela estrada. O rapaz se aproximou margeando uma cabana, ocultando-se em sua sombra noturna. Lady Faustine não o notou. Ruprest pensou que ele seria esperto. Que, percebendo o fracasso da missão, fugiria dali. Que sairia ileso. Levaria consigo apenas uma boa história para contar na taverna sobre quando se envolveu com um grupo de vigaristas para um golpe em que deu tudo errado. Quais eram mesmo os nomes deles? Mal se lembraria. Deixaria o grupo para trás e salvaria a própria pele. Era o que Ruprest faria.

Mas Beco não era Ruprest.

Percebendo o quão ruim era a situação, Beco agarrou um pedaço de madeira que havia sido trazido pela enxurrada. Armado de improviso, abandonou seu esconderijo e correu em direção à princesa demoníaca com um brado de investida.

— Não! — Ruprest gritou. — Fuja!

Lady Faustine se levantou e virou-se lentamente para Beco, apenas para vê-lo correr em direção aos tentáculos de sombras. O rapaz nunca chegou até ela. Antes disso, foi derrubado e agarrado. O pedaço de madeira rolou para longe de suas mãos. Ao mesmo tempo, veio mais uma onda de compressão, começando no centro e se espalhando para as extremidades dos tentáculos. Mil Armas urrou uma última vez, mas sua voz definhou para um suspiro final. Morreu sem lutar.

Ruprest ouviu o próprio corpo bradar em protesto. Mudou de forma para um corpo mais musculoso. Quando isso não funcionou, tornou-se menor e mais magro. Isso lhe concedeu um alívio temporário, mas logo os tentáculos se moldaram ao novo corpo. A compressão esmagadora não deixava espaço para qualquer pensamento. Tudo o que Ruprest queria era desaparecer dali. Via o Anel do Ressurgir, mas não conseguia alcançá-lo. Sua visão começou a nublar e escurecer, e sentiu que a consciência iria abandoná-lo.

Então ouviu a voz de Lady Faustine:

— Sua pífia tentativa de roubo é um insulto à minha linhagem. Meus ancestrais o executariam aqui mesmo. Contudo, essa sua habilidade... Pode me ser útil.

E foi a última coisa que Ruprest ouviu antes de perder os sentidos.

CAPÍTULO 3

# MISSÃO, PALAVRA E TRAIÇÃO

RUPREST ACORDOU COM uma baldada d'água. O susto foi tamanho que tentou saltar e sacar uma adaga. Mas, como estava com os braços e pernas amarrados, apenas se debateu no chão.

— Ele acordou, minha senhora — disse a voz gasta de Randulfus, o ancião que trabalhava para Lady Faustine.

Ruprest se contorceu e se virou de lado. Apoiou-se em uma perna e em um ombro, de forma que pudesse virar o pescoço para olhar ao redor e ao mesmo tempo se colocar em uma posição menos indigna. Estava deitado sobre uma poça d'água em um assoalho de madeira ordinária e, mesmo onde não estava molhado, havia uma poeira úmida. Úmido também era o ar, e as paredes de pedra estavam cobertas de limo. O ambiente era pequeno e não havia janelas. A única fonte de luz era uma tocha próxima à escada que subia. Estava em um porão.

— Dizem que um bom banho é a melhor forma de começar o dia — disse ele, com o cabelo pingando e os músculos doloridos.

Do canto mais escuro, os olhos de Lady Faustine reluziram, vermelhos.

— Você bem que estava precisando.

Os dois se observaram. Lady Faustine estava sentada sobre um caixote, mas com a postura de uma rainha em seu trono. Ruprest chafurdava na água poeirenta, mas com o desdém de quem repousa na seda fina. Foi ela quem quebrou o silêncio:

— Você não parece ter sido enviado por Ulriss. Deve ser só um ladrão.

— Ulriss? O Rei Ulriss Osbourne? Não... Ele não está no nível de meus clientes.

— Um mercenário — concluiu Lady Faustine. — Estou mesmo precisando de um. Especialmente um que não trabalhe para o rei. Você vai trabalhar para mim agora.

Ruprest arqueou as sobrancelhas. Então ficou sério.

— Não faço pacto com demônios. Minha alma me cai bem, pretendo ficar com ela.

Lady Faustine deu uma gargalhada. Então manteve o sorriso, levantou-se do caixote e caminhou até Ruprest com as passadas elegantes de quem anda de salto alto. Mais uma vez, ele a olhou de baixo, o que fazia com que parecesse alta e poderosa.

— Não sou um demônio.

Ruprest riu. Então, com a pouca energia que lhe restava, mudou de forma. A pele se tornou cinzenta. Os olhos, vermelhos. Dois chifres brotaram de sua longa cabeleira branca, e logo havia duas Ladies Faustines no porão. Uma em pé, trajando vestido de corte. Outra caída, com calças de aventureiro e uma capa encharcada.

— Desculpe, me confundi — disse Ruprest, com a voz da princesa. — O demônio aqui sou eu.

A um canto, o condutor deu um salto e fez menção de tomar alguma atitude, mas Lady Faustine fez sinal para que não interviesse. Então percorreu Ruprest com os olhos, analisando-o da ponta dos chifres até a ponta dos pés.

— Impressionante. Apesar de ter uma parte a mais.

Ruprest fechou as pernas.

— É falta de educação encarar uma dama dessa maneira — disse, com falsa indignação.

A princesa deu uma risada e se sentou ao lado dele no assoalho sujo.

— Sabe por que tenho essa aparência? Séculos atrás, meus ancestrais descobriram o poder inato dos corpos e da fertilidade. Se relações carnais podem gerar a vida, por que não poderiam gerar a magia? Eles então passaram a casar entre si, para aumentar o poder da dinastia. Ao longo das gerações, os mais puros de nós foram mudando de aparência. Um efeito colateral da magia que corre em nosso sangue.

Ele olhou para ela com ainda mais espanto.

— Você é filha de irmãos?

— Ah, não — ela se levantou e caminhou pela pequena câmara. — Casar entre irmãos fortalecia a magia, mas causava efeitos desagradáveis. Não fazemos mais isso. Meus pais eram primos.

Ruprest deu um riso de sarcasmo, mas a princesa fingiu não perceber.

— Agora podemos falar de negócios? — ela prosseguiu.

— Difícil conversar assim — ele indicou as amarras.

Lady Faustine fez sinal para seu serviçal, que foi até Ruprest e desatou os nós.

— Se vamos conversar civilizadamente, troque de rosto — ela ordenou. — É estranho falar comigo mesma. Coloque aquele dos olhos azuis.

Ruprest ergueu uma sobrancelha. Aquele fazia sucesso. Transformou-se. Voltou a ser um homem alto, forte e belo, de olhos azuis, pele vivaz e longos cabelos pretos. Se Ruprest e Lady Faustine fossem retratados por um pintor nesse momento, a paleta de cores usada nele seria oposta à usada nela.

— É uma pena que o monograma do Duque Minimus III permaneça em sua pálpebra — disse ela. — Imagino qual o tamanho da ofensa para receber tal punição.

— Não importa, isso ficou no passado. Agora diga qual é o serviço. E é bom que o pagamento valha a pena.

A princesa voltou a se sentar no caixote. Cruzou as pernas e entrelaçou os dedos das mãos junto ao joelho. Então anunciou:

— Você sairá da cidade. Empreenderá uma jornada até a Garganta do Colosso, onde fica a Catedral do Suplício Eterno. Lá, dará cabo à vida do Duque Gideon Nixdan, meu marido.

Ruprest ficou parado, calculando se estava entendendo direito. Por fim, colocou as mãos na cintura e riu:

— Só isso?

A princesa manteve-se séria.

— Sim. Só isso.

Ele então fechou a cara e devolveu o olhar pesado.

— O nome desse templo não é muito auspicioso.

Ela voltou a se levantar, caminhou lentamente até ele e afagou-lhe os braços musculosos e fajutos.

— Não é uma tarefa simples, mas você parece capaz. Com suas habilidades de metamorfo, aposto como consegue ir e voltar sem nem um arranhão.

Apesar do toque, ele manteve o tom grave.

— Crime passional não é a minha praia.

— Basta não se envolver demais. Não faça perguntas. Apenas faça o trabalho.

— E se eu fizer? Você vai me dar o Anel do Ressurgir?

A princesa largou o braço dele e deu alguns passos para trás.

— Esqueça aquele anel. É um presente para Ulriss, e garanto que você não vai querer despertar a cólera dele. O que darei em troca da missão concluída é muito simples: a vida do seu amigo.

— Amigo?

— Sim, o moleque que estava com você.

Amizade era uma palavra forte para a relação de Ruprest com Beco. Eram comparsas. Para Ruprest, amizade era algo além, que ele compartilhava apenas com pessoas muito específicas.

— Oh, não! — berrou ele. — O que você fez com meu amigo?

Lady Faustine respondeu com outra pergunta:

— Quando alguém tenta assassinar uma princesa da Dinastia Osbourne, você sabe qual é a pena?

— Aquilo não foi uma tentativa de assassinato — Ruprest protestou.

— Ouça, metamorfo. A pena é a morte.

— Isso não é justo! — ele deu um passo na direção dela.

— Você tentou se apoderar de algo que é meu por direito, e vem me falar sobre justiça? — Lady Faustine deu um passo na direção de Ruprest, e os dois ficaram frente a frente. — Faça o que ordeno, e ele sairá livre. Do contrário, terá o mesmo destino dos outros três.

Ruprest não respondeu. Fez um silêncio introspectivo e indignado, encarando a mulher que ousava chantageá-lo.

— Parece que perdeu a língua — ela o encarou com malícia. — Não se preocupe, ajudarei a encontrá-la. Mas, primeiro, recupere-se. Não vou enviar em missão um homem ferido. Esteja aqui em exatos sete dias. Providenciarei todos os recursos necessários para a jornada, e então você partirá.

Ruprest manteve o silêncio por um momento, e então cedeu:

— Você tem minha palavra.

Dizer isso valeu a pena, pois a mera visão do sorriso de deleite que a princesa deu já foi suficiente para lhe causar prazer.

— Até lá, lembre-se de jamais desafiar um membro da Família Osbourne. Quanto mais majestoso, mais implacável.

Dizendo isso, Lady Faustine dirigiu-se à escada. O ancião que executava suas ordens adiantou-se à frente para abrir a porta, deixando entrar um burburinho de pessoas conversando. Ela subiu os degraus com a cauda do vestido se arrastando aos seus pés. Ao chegar ao topo, olhou para trás, seu corpo escultural delineado pela luz que vinha de fora.

— Quando se apresentar para o trabalho, use esse mesmo rosto. Gosto dele.

E, dizendo isso, foi embora, acompanhada do serviçal.

Ruprest esperou que fechassem a porta, trancassem com um ferrolho pesado, passassem a chave e o deixassem apodrecer por uma semana em cativeiro. Porém, para seu espanto, a saída foi deixada aberta. Passado algum momento, ele próprio subiu as escadas.

Do outro lado da porta, havia o salão comunal de uma taverna. Clientes entravam e saíam, enquanto bebida era servida e um ensopado lançava seu aroma pelo ar. A um canto, havia a escada que Ruprest lembrava de ter subido há pouco tempo. Estava na Taverna Olho de Sapo, onde conspirara com seus comparsas contra Lady Faustine.

— Filha de uma demônia! Como ela sabia?

Ruprest foi até uma mesa qualquer e se sentou. Em poucos instantes, o taverneiro lhe serviu vinho e ensopado de rã, especialidade da casa.

— Cortesia daquela patroa que acabou de sair.

— Só isso?

— Ela deixou pago uma semana de hospedagem e alimentação.

— Melhor. Obrigado.

Com a saída do taverneiro, Ruprest se espreguiçou e provou do ensopado. A aparência não era das melhores, mas o sabor compensava. De bom grado desfrutaria da hospitalidade de Lady Faustine Nixdan por uma semana. No entanto, quando chegasse o momento de se apresentar para a missão, deixaria a cidade. É verdade que a princesa era uma satisfação aos olhos. Da mesma forma, Beco era um aliado útil. Mesmo assim, nada disso era suficiente para Ruprest arriscar o próprio pescoço. Nem por um instante lhe passou pela cabeça manter sua palavra.

Não era responsável por seus cúmplices. Não era responsável por ninguém. As únicas pessoas a quem devia algum tipo de respeito ou gratidão há muito haviam saído de sua vida. O único lugar onde Ruprest as encontrava era no fundo da caneca de vinho. Era ali que, mesmo quando obtinha sucesso em suas missões, voltavam a lhe assombrar as memórias de seu primeiro fracasso.

O primeiro e o pior.

— Você o abandonou! — Ruprest socou uma mesa, que se desfez em estilhaços. — Você o abandonou para que morresse!

Aquele não era Ruprest, o metamorfo. Era seu pai: Ruprest, o líder cigano. Um homem corpulento e feroz, dono de um rosto barbudo, expressivo e belo, que despertava na mesma medida atração e medo. Um rosto que era seu hoje e sempre, e que, mesmo passados muitos anos desde aquele dia, jamais seria esquecido.

Ruprest, o metamorfo, estava encolhido a um canto da tenda, o rosto empapado de lágrimas e retorcido de desespero. Era jovem e esperto, porém arrogante. E sua arrogância havia custado caro.

— Mas ele sempre se safa! — Ruprest filho berrou em justificativa, apesar de saber que nada havia a ser dito ou feito. — Ele é o mais forte de todos nós!

Com outro berro, Ruprest pai corrigiu:

— Ele *era*! — Ao mesmo tempo, deu um tapa no filho com o dorso da mão, que o atirou longe.

O filho ficou caído a um canto, sem ousar se levantar, soluçando alto. O pai se sentou no chão forrado de tapetes, apoiou a testa nos joelhos e começou a chorar também.

— Eu te dei um lar. Te dei uma família. Te dei *meu nome*! E como você retribui?

— Eu não... não queria isso — o filho choramingou.

— Eu disse para não se envolver com o crime. Para manter as mãos limpas. Mas você foi ganancioso! Você se achou mais esperto do que todo mundo, e o que ganhou com isso? Seu irmão morto por um guarda qualquer!

Os dois continuaram chorando por um tempo que pareceu se arrastar, enquanto o filho repetia:

— Eu não queria...

Até que o pai se apoiou nos destroços da mesa em ruínas e se ergueu.

— Não importa o que você queria. Importa o que você fez. A traição que cometeu. — O pai deu as costas e caminhou até a saída da tenda. — Mesmo que eu o perdoasse, o clã jamais o faria. Você se tornou um pária.

— Pai... — Ruprest ergueu a cabeça e olhou suplicante.

— Hoje eu perdi não um filho, mas dois.

E, sem olhar para trás, partiu.

Ruprest Ruprestson, que quando bebê havia sido acolhido pelo clã e recebido o nome do patriarca, dormiu em meio às lágrimas, atordoado por um chá de cogumelos sedativos. Quando acordou, descobriu-se ao relento, com o sol a fustigar-lhe o rosto. Ao seu redor, as tendas haviam sido desmontadas e as carroças há muito postas em movimento. O que antes era um acampamento barulhento e vibrante estava tomado pelo mais tumular silêncio. Os ciganos haviam partido. Ficaram para trás apenas pegadas na lama, cinzas de fogueiras e Ruprest, o traidor banido.

Ruprest não voltou a chorar, pois não lhe restavam lágrimas. Tomou para si o pequeno baú contendo os espólios de seu último delito, um tesouro considerável, mas rejeitado pelos ciganos por estar marcado pela morte. Viu por onde iam os rastros de rodas de carroça. Rumou na direção oposta.

A solidão lhe corroía a alma, mas o que realmente lhe devastava era a culpa.

Culpa por ter decepcionado seu pai, que o acolhera com carinho.

Culpa por ter abandonado seu irmão, que confiara nele.

O rosto de Ruprest mudava sempre que queria, então os ciganos talvez o esquecessem. Mas Ruprest jamais esqueceria o desapontamento no rosto de seu pai. Jamais esqueceria a surpresa no rosto de seu irmão quando descobriu que morreria.

Quem deveria ter morrido era Ruprest. Assim teria acontecido se seu irmão não tivesse voltado para salvá-lo.

Ruprest pediu mais uma garrafa de vinho, mas o taverneiro negou. Já havia bebido demais. Sugeriu que fosse dormir.

Ruprest xingou o taverneiro, a mãe dele, a taverna e os outros fregueses. Juntou suas coisas, tropeçou escada acima, abriu a primeira porta que encontrou e se jogou na cama. Pegou no sono durante a queda, antes mesmo de se acomodar no travesseiro. Quando acordou no outro dia, sua cabeça doía. Contudo, mesmo com a bebedeira, a noite de sono e a ressaca, não conseguiu afastar da mente a imagem de seu irmão correndo para salvá-lo e, depois de ser deixado para trás, se espantando com a morte.

Da mesma forma, via o rosto jovem de Beco correndo na direção de Lady Faustine armado com um pedaço de pau. Via a surpresa e a dor nas feições do rapaz ao ser esmagado pelos tentáculos de trevas.

Ruprest praguejou para todos os santos que conhecia ou não. E começou a fazer preparativos para iniciar a jornada imposta pela princesa.

CAPÍTULO 4

# A GARGANTA DO COLOSSO

AO LONGO DA semana, Ruprest se preparou para a jornada. Isso incluía roubar peças de vestuário que poderiam servir de disfarce: o avental de um ferreiro, o bandolim de um bardo, o manto de um monge. Nunca se sabe o que irá precisar. Guardou-os em um grande bornal de couro, junto ao vestido de rapariga, à armadura da guarda local e a outras quinquilharias. Tinha também uma espada longa e adornada, que, em ocasiões sociais, empunhava com a graça de um cavaleiro cortês — o suficiente para se passar por um, mas não para manejar em batalha. Se tudo mais falhasse e o combate fosse inevitável, usaria as duas armas leves que trazia escondidas sob a capa de viagem: a adaga de empunhadura elegante que roubara em Zibrene e a lâmina recurva que ganhara numa aposta contra um elfo da Floresta Alta. Ou, se conseguisse manter certa distância do perigo, usaria as facas de arremesso que trazia na bandoleira cruzada no peito. Isso seria o ideal, já que não via vantagem em se manter ao alcance do inimigo.

Ao final da semana, já havia afiado as armas, organizado o equipamento e brigado com o dono da estalagem pelos mais variados motivos. Não fosse sua benfeitora uma princesa de Utteria, há muito já teria sido expulso. Quando percebeu que detinha certo tipo de imunidade, passou a testar os limites do estalajadeiro, bebendo além da conta, cortejando quem não devia, entrando e saindo nos horários mais esdrúxulos. No dia de sua partida, despediu-se com um sorriso largo e um aperto de mãos, como se nada tivesse acontecido, e viu nos olhos do homem o mais profundo alívio.

Era madrugada. O sol não testemunharia sua partida, tampouco os vizinhos. Todos dormiam e um raro céu sem nuvens começava a clarear lentamente, quando a carruagem com o brasão da Coruja-Tempestade parou diante da *Taverna Olho de Sapo*. Tinha novas rodas e havia sido lixada e encerada para reparar os arranhões da noite do confronto. Brilhava como nova. Os corcéis negros bufavam com os largos focinhos e soltavam faíscas de fogo pelos olhos, prontos para trotar até o fim do mundo. Randulfus desceu da boleia, abriu a portinhola da carruagem e fez sinal para que Ruprest entrasse. O mercenário deu de ombros e obedeceu.

O interior da carruagem era forrado de veludo vermelho e possuía dois bancos estofados, com espaço para seis pessoas. Contudo, ali estava apenas Lady Faustine Nixdan, recostada entre almofadas com um vestido diferente da outra noite, mas igualmente preto. Possuía gola alta, mangas longas e nenhuma fenda, de forma que pouco de sua pele ficava exposta, e era rendado à mão do colarinho aos pés. Com o cabelo arrumado em uma longa e intrincada trança, sua elegância contrastava ao extremo com a praticidade da calça de sarja e da capa de viagem que Ruprest vestia. Ele colocou sua enorme bolsa no chão, sentou-se de frente para ela e sentiu o arranque quando os cavalos se puseram em movimento. Ela fechou bem a pequena cortina da janela e ao mesmo tempo, sem sequer olhar para ele, explicou:

— A Garganta do Colosso fica alguns dias a nordeste, mas primeiro precisamos sair de Crisol e despistar os espiões de Ulriss.

Eles já devem estar se perguntando o motivo dessa parada em uma taverna da plebe.

— Bom dia para você também, princesa.

Lady Faustine enfim fixou o olhar nos olhos dele.

— Bom dia, metamorfo. Essa missão é importante. Não podemos ser descobertos.

— Seu marido suspeita de algo? Ele é aliado do rei? — Ruprest perguntou.

Lady Faustine não respondeu. Apenas olhou para o infinito, como se não houvesse escutado as perguntas.

— Preciso saber esse tipo de informação — Ruprest insistiu. — Saber com o que estou lidando!

Mas Lady Faustine continuou a ignorá-lo, recostada com languidez em meio às almofadas.

— Ao menos vai me dizer aonde estamos indo de carruagem? É chamativo demais. Preciso de um cavalo discreto e equipado para a viagem.

— Você terá seu cavalo, assim que sairmos da cidade — ela enfim respondeu. Então, olhando para o enorme bornal que Ruprest trazia, completou: — Qualquer disfarce que esteja carregando, não vai servir. Pode deixar na carruagem, eu devolvo depois. Traga apenas suas armas.

Ruprest bufou. Simplesmente deixaria o bornal para trás, já que as armas estavam escondidas junto a seu corpo, sob a capa.

Prosseguiram quietos por um bom tempo, apenas ouvindo o trotar dos cavalos e sentindo o trepidar do veículo, e assim percorreram as ruas serpenteantes da capital rumo à torre de guarita nova. Dessa vez, não houve parada para checagem. O guarda apenas acenou para Randulfus e em pouco tempo a paisagem urbana deu lugar a pastos e lavouras dos dois lados da estrada.

Quando já estavam a certa distância da cidade, Lady Faustine se esticou até a janela, abriu uma fresta na cortina e espiou para fora. Então, como se um raio a atravessasse, abandonou a languidez e sentou-se ereta no banco. Cheia de energia, começou a mexer na própria roupa com movimentos ágeis e precisos. Desatou um laço, afrouxou uma presilha, abriu uma longa sequência de botões. Começou a se despir.

— O que você está fazendo? — Ruprest se exasperou.

Lady Faustine puxou o vestido por sobre os chifres e tirou-o completamente do corpo. Contudo, trajava outra troca de roupas por baixo: uma camisa de linho de manga comprida, calças de cavalgada e cintas que prendiam uma adaga e uma algibeira nas suas coxas. Sem o vestido a cobrir os pés, Ruprest percebeu que ela calçava botas de couro. Por fim, ergueu o assento do banco e puxou para fora uma capa grossa e com capuz para proteger de chuva. Eram as roupas ideais para uma jornada perigosa pelos ermos de Utteria.

— Onde pensa que vai? — disse Ruprest.

Lady Faustine pôs-se a remover as delicadas correntes de ouro que envolviam seus chifres nodosos e as presilhas cravejadas de joias que adornavam o cabelo. Manteve a trança, pois, apesar de elegante, era prática. Amarrou a capa ao redor do pescoço e a ajustou sobre os ombros.

— Vou me certificar de que você cumpra a missão.

— Você vai me atrapalhar!

— Até agora, foi você quem me atrapalhou.

Enquanto discutiam, a estrada penetrou um bosque. Galhos de árvores passaram a arranhar o teto de madeira, causando um ruído fino e arrastado, os solavancos se intensificaram e o interior da carruagem ficou escuro.

— Escute... — Ruprest abaixou o tom de voz, na esperança de persuadi-la — Por mais que você se recuse a dar detalhes da missão, essa Catedral do Suplício Eterno parece um lugar perigoso. Não terei como proteger você.

A carruagem parou. Lá fora, Randulfus desceu da boleia, caminhou amassando folhas com as botas até a portinhola e abriu-a, espalhando uma luz difusa pelo rosto sério de Lady Faustine.

— Sou uma princesa de Utteria. Sangue demoníaco corre em minhas veias. Magia flui por minhas mãos. Quem disse que eu preciso de proteção?

Dizendo isso, Lady Faustine puxou a capuz sobre a cabeça e saltou para fora.

Ruprest revirou os olhos e a seguiu. Estavam em uma área de mata fechada, cheia de arbustos e gramíneas. Apenas duas linhas de terra nua indicavam a passagem de uma estrada de carroças. Árvores altas encobriam o céu e mosquitos voejavam.

— Não deixe que entrem nos seus ouvidos — disse Lady Faustine gesticulando para espantar uma nuvem de pequenos mosquitos. — São abelharins. Entram em sua cabeça e zumbem por três dias até morrerem.

Ruprest deu um sobressalto e fechou os ouvidos com as mãos. Às suas costas, Randulfus subiu de volta à boleia e partiu com a carruagem, deixando os dois no meio do nada.

— Por aqui — disse Lady Faustine.

Ela se embrenhou na floresta e Ruprest a seguiu por entre ervas ásperas e troncos retorcidos. Ela andava rápido, pisando com destreza no terreno cheio de gretas e raízes, e acompanhá-la requeria certo esforço. Levou algum tempo até chegarem a uma clareira onde dois cavalos esperavam selados e amarrados a uma árvore. Eram marrons com manchas cinzentas e feias. Não tinham raça, não tinham classe, mas eram cavalos robustos e jovens. Cada qual carregava alforjes compostos por duas bolsas de couro, uma de cada lado do animal, ligadas por uma grossa tira de couro que ajudava a distribuir o peso. Lady Faustine desatou a corda que os prendia, deu uma na mão de Ruprest, montou no outro e o conduziu alguns passos em direção a uma trilha que partia da clareira.

— Tente não ficar para trás. — E se foi, sumindo em meio à vegetação.

Primeiro, Ruprest teve o ímpeto de saltar sobre o cavalo e galopar na direção dela. Porém, em seguida lembrou que a missão de alguma forma dependia de sua presença. Não seria abandonado na floresta. Sabendo disso, prosseguiu com calma. Apresentou-se ao cavalo que seria sua montaria pelos próximos dias, conferiu o conteúdo do alforje (havia pederneira, corda, faca, lampião, um odre cheio de água e ração para vários dias, além de um saco de dormir enrolado e preso na garupa do animal), montou com tranquilidade e saiu cavalgando a passo lento.

A trilha nascia na clareira e serpenteava pela floresta, para longe da estrada principal. Ruprest avançou sem pressa, observando a magnitude das árvores centenárias com suas folhas verde-acinzentadas. Ouvia o cricrilar de insetos próximos e distantes. Sentia o frescor da terra umedecida pela chuva da noite anterior. Viu teias de aranha aqui e ali. Percebeu um movimento repentino quando um lagarto fugiu para um esconderijo. Encontrou Lady Faustine mais adiante, parada diante de uma encruzilhada, analisando um mapa. Guardou-o quando Ruprest chegou.

— Finalmente. Vamos, é por aqui — disse ela, guiando o cavalo para a direita.

Ruprest a seguiu.

— Agradeço pelo equipamento de viagem — disse ele. — Embora não tenha encontrado um mapa no meu alforje.

Ela sorriu para ele.

— Não se preocupe. Você tem a mim.

E seguiram adiante.

As horas se estenderam em um longo cavalgar à medida que desbravaram a floresta guiados por Lady Faustine. Ruprest se permitiu guiar, mas esticava o pescoço para espiar toda vez que ela sacava o mapa, e percebeu que havia anotações feitas sobre a arte original. A princesa havia se planejado para a jornada. Era evidente que tinha um plano, apesar de não falar muito sobre o que esperava do futuro. Por outro lado, falava sobre o passado: as partes do plano que já estavam em execução ou haviam se cumprido.

— Não acho que estejamos sendo seguidos — disse ela, quando Ruprest olhou para trás não pela primeira vez. — Quando estive no Castelo do Crisol, avisei o rei que voltaria para casa. Meu marido tem um castelo no feudo de Cestremor. Foi para lá que enviei Randulfus em minha carruagem real. Acho que morderam a isca. E, quando descobrirem, será tarde demais.

Ruprest olhou para trás de novo, só para ter certeza, e então se virou para a princesa, que ia adiante:

— É por isso que quer matar seu marido? Para ficar com o castelo?

Lady Faustine olhou por sobre o ombro e ergueu uma sobrancelha.

— Já tenho vários castelos.

Ela só respondia Ruprest para dizer que ele estava errado. Apesar disso, ele preferia uma resposta negativa a resposta nenhuma. Por isso, prosseguiu:

— E por que vamos até a Catedral do Suplício Eterno? Não seria mais fácil esperar ele voltar para casa e sufocá-lo com o travesseiro?

A princesa voltou o rosto para o caminho adiante, dando as costas a Ruprest mais uma vez. E se calou.

Chegaram à orla da floresta ao pôr do sol e ali ergueram acampamento, acendendo a fogueira sob o abrigo dos últimos arbustos para que a luz não chamasse a atenção de quem passasse pelas imediações. Comeram pão, carne salgada e frutas secas. Secaram os cantis de água, mas voltaram a enchê-los em um córrego próximo. Deixaram os cavalos pastarem e depois os acomodaram em uma área mais plana.

— Eu pego o primeiro turno — disse Ruprest, sentando encostado a uma árvore de tronco espesso.

De pé, Lady Faustine apoiou a mão na lateral do quadril, sorriu e o observou por um momento.

— O que foi? — disse ele.

Ela não respondeu. Em fez disso, pronunciou palavras ininteligíveis em um idioma obscuro e profano. Gesticulou como se sugasse para si a energia vital das plantas, da terra e do ar e, ao concluir seu rito, tocou o solo no ponto central do acampamento. Magicamente, uma névoa surgiu nas proximidades e se ergueu ao redor do acampamento. Ainda podiam ver o mundo lá fora, mas o mundo lá fora não os via mais.

— Durma, Ruprest. Recupere as energias, pois amanhã teremos mais um longo dia de viagem.

Dizendo isso, deitou-se e fechou os olhos. Ruprest, porém, continuou em posição de vigia. Já havia visto magia antes, mas raramente usada em seu benefício. Zamir, o feiticeiro maligno, usara magia profana para sacrificar uma virgem e retornar à sua forma de dragão; Ruprest fora vítima de sua baforada de fogo. Jaffba, o monstro que controlava o Deserto Meridional, usara magia divina para transformar execuções sangrentas em festivais de entretenimento; Ruprest fora jogado na arena para morrer. Mas o pior de todos era o Duque Minimus III. Usara magia não apenas para enganar, manipular e dominar todo um reino, mas voltara a Ruprest atenção especial, mutilando o olho do metamorfo com seu odioso monograma. Os três estavam mortos agora. As queimaduras se curaram, a arena fora vencida e o poder do sangue do Devorador permitiu minimizar a cicatriz, mas a pálpebra continuava marcada, prejudicando sua habilidade de transmutação. Ruprest enganava plebeus e cocheiros, mas jamais voltaria a enganar um rei.

— Pode dormir — insistiu Lady Faustine, ainda de olhos fechados. Não há fera dos ermos ou ladrão de estrada que nos encontre agora. E não somos procurados ainda.

— Esse feitiço é poderoso?

Lady Faustine abriu os olhos, intrigada com a pergunta.

Na verdade, é uma magia bastante simples. Mas eficaz.

Ruprest soltou o ar dos pulmões lentamente. Desenrolou o saco de dormir e o estendeu em um local sem muitos pedregulhos. Os grandes feiticeiros não costumavam estar a seu lado. Contudo, havia conhecido e confiado em certa sorte de conjurador meia-boca. Um bardo. Um druida. Um paladino. Suas aventuras do passado estavam temperadas com magias simples, mas eficazes. Nessas, conseguia confiar.

Ele se deitou encarando o céu parcialmente encoberto de nuvens, parcialmente encoberto de árvores. Ficou em silêncio por um longo momento, assim como Lady Faustine, como se ambos tentassem dormir. Mas então falou, em não mais do que um sussurro:

— Você sempre teve esse tipo de poder?

Não sabia se ela ainda estava acordada. E, mesmo que estivesse, duvidava que fosse responder. Mas, como um som suave da própria noite, a voz dela se fez ouvir também em sussurro:

— Sou Osbourne por parte de pai e de mãe. Antes mesmo de eu nascer, todos já sabiam do meu potencial. — Ela então fez uma pausa, incerta quanto a continuar ou não. O que falou em seguida saiu quase como um suspiro: — Mas ninguém nasce sabendo, e foi difícil alcançar os padrões exigidos pela preceptora.

Ruprest continuou observando a sombra escura que as copas das árvores projetavam contra o céu nebuloso. A escuridão distante era eclipsada pela escuridão próxima, ainda mais profunda. Lady Faustine não falou mais. Depois de um longo momento, ele concluiu:

— Acho que também sabiam do meu potencial quando nasci. Cada um com sua herança... e seu destino.

Mais uma vez, o véu do silêncio cobriu o acampamento noturno. Um longo momento de serenidade transcorreu, em que Ruprest divagou, oscilando entre sono e vigília, esperando deslizar para o completo torpor. Não estava completamente acordado quando murmurou, mais para si mesmo do que para outrem:

— Espero que esses padrões da preceptora não tenham sido altos demais. Excesso de poder torna a pessoa babaca.

E adormeceu.

Seguiram-se vários dias semelhantes. Cavalgavam, se alimentavam, Lady Faustine conferia o mapa e os guiava adiante, cavalgavam mais. Paravam ora ou outra para necessidades básicas ou para esticar as pernas.

Após saírem da floresta, seguiram por campos cultivados, onde Faustine cobriu os chifres quando cruzaram por outros viajantes, e assim não foi reconhecida. Depois, por solo rochoso e infértil. Por fim, pelo salmourão do litoral de Utteria. À medida que contornaram a costa, era possível ouvir as ondas estourando nos rochedos e sentir o cheiro de maresia. Contudo, raramente enxergavam o oceano, pois ele se escondia atrás de elevadas falésias. Cercados por escarpas, dias se passaram em que mal viram a luz do sol.

Ruprest percebeu que se aproximavam do destino quando a lábia mordaz da princesa se converteu em silêncio taciturno.

Pararam diante de um encontro de rios. Águas serenas do norte abalroavam-se contra águas tranquilas do sul, e o choque causava caos e alvoroço. A partir dali, o rio uno seguia turbulento, feria-se em pedras pontiagudas, precipitava-se em inúmeras pequenas cachoeiras e desaparecia em um bosque úmido entre duas escarpas. Após dias percorrendo gigantescos corredores naturais em que tudo que se viam eram paredes de cânion, aquele trecho final terminava no mar. Terminava com o céu ao fundo. Porém, Ruprest sabia que não iriam até lá, pois no ponto mais profundo, úmido e escuro do vale entre escarpas havia uma catedral.

De onde estavam, viam apenas as cumeeiras de várias torres em meio à vegetação. Estavam desgastadas, escuras de limo e aos poucos iam sendo sufocadas pelas árvores ao redor. Ainda assim, resistiam. Sua estrutura datava de séculos. Era firme e grandiosa, construída a partir de gigantescos blocos de mármore e adornada com gárgulas. Com a devida manutenção, o templo duraria milênios. Negligenciado, talvez ainda durasse décadas. Se fosse de alguma forma sabotado, o resultado dependeria do grau de cuidado dos mantenedores contra o nível de empenho do vândalo.

— Acamparemos aqui — disse Lady Faustine, observando a catedral à distância.

O sol estava a pino, incidindo sobre o vale suas poucas horas diárias de luz. Era possível chegar à catedral ainda de dia, e em outras circunstâncias teriam prosseguido e concluído a jornada. Porém, o vento canalizado nos cânions soprava um uivo agourento, e a mera visão dos campanários decrépitos fazia aflorar um mau pressentimento.

— Vou reconhecer a área — disse Ruprest.

— Cuide para não ser visto. Eles têm patrulheiros.

Explorou as áreas circunvizinhas. Encontrou uma clareira onde podiam acampar e galhos secos que serviriam para montar a fogueira. Avançou bosque adentro e, em meio à mata, viu teias de aranha que cobririam uma casa e um couro de cobra do tamanho de dois homens.

— Entendi o porquê de Garganta do Colosso — disse ele, ao retornar à clareira trazendo os galhos secos. — Mais alguma coisa que eu precise saber sobre essa região?

— Que as bestas gigantes são o menor dos nossos problemas. — Lady Faustine olhou para a catedral ao longe. — O verdadeiro desafio está lá dentro. É uma irmandade chamada Os Expurgadores, cujo único objetivo é punir os piores criminosos do reino. Servem ao rei, apesar de que, em sua época mais gloriosa, mesmo um rei poderia ser condenado.

— Mas essa catedral é dedicada a algum santo?

Lady Faustine riu, pegou os galhos das mãos de Ruprest e pôs-se a montar a fogueira dentro de um buraco. Seria usada apenas para cozinhar, mas sem a exposição necessária para aquecê-los.

— Talvez tenha sido, no passado. Um passado tão distante, que ninguém se lembra mais. Isso vale para Utteria inteira. Você encontra templos e altares por aí, alguns até com oferendas, mas encontrar fiéis de verdade já é outra história. Quando os líderes descendem de demônios, não se pode esperar que os liderados recorram aos deuses.

— Não que eles sejam muito melhores — Ruprest deu de ombros e começou a desembalar provisões.

Lady Faustine parou o que estava fazendo e olhou para ele.

— O que quer dizer com isso?

Ele também parou e olhou para ela.

— Os deuses não querem o nosso bem. Eles querem nos destruir! Entre deuses e demônios, não sei o que é pior.

Lady Faustine não se moveu, e os dois ficaram se encarando. Até que ela disse:

— Não sei muito sobre divindades. Cheguei a estudar um pouco de teologia, mas faz tanto tempo e foi tão irrelevante na minha vida, que não lembro mais.

Ruprest sorriu. De forma inconsciente, pegou duas frutas e começou a jogá-las para cima uma por vez, fazendo malabarismo com apenas uma das mãos.

— Então vou te contar a história de quando derrotei o Devorador de Mundos.

E essa foi a noite mais agradável que tiveram ao longo de toda a viagem, conversando sobre grandes feitos do passado, antes de dormirem nos arredores de uma antiga catedral profanada, prestes a desafiarem uma seita demoníaca e cometerem um assassinato.

CAPÍTULO 5

# A CATEDRAL DO SUPLÍCIO ETERNO

COMO MUITOS OUTROS, o amanhecer trouxe uma garoa fina e melancólica. Ruprest e Lady Faustine ergueram acampamento antes mesmo que o céu clareasse, dissiparam seus rastros, esconderam os cavalos no bosque e ficaram à espreita nas proximidades da estrada deteriorada. Ela se abaixou em uma vala formada entre duas árvores de raízes protuberantes. Ele ficou de pé atrás de um dos espessos troncos.

— A chuva vai abafar nosso som — disse a princesa —, e ocultar nossos traços.

Ruprest assentiu.

— Também chegamos no dia exato — ela prosseguiu. — Nem cedo, nem tarde.

Ele não assentiu dessa vez.

— Talvez seja hora de me contar o seu plano — disse ele.

Lady Faustine olhou para o metamorfo, seus olhos denunciando um raro momento de hesitação. Então voltou a vigiar a estrada.

— Nosso alvo está na catedral. Precisamos entrar lá, mas os únicos que recebem acesso são os expurgadores e os criminosos condenados.

Contudo, fui informada de uma carroça que deve chegar hoje. Agora, basta esperá-la. Pode ser cedo ou tarde, depende do...

Lady Faustine se calou.

Fez sinal para que Ruprest ficasse calado também.

Devido às árvores e às paredes do desfiladeiro, não enxergavam muito longe na estrada. Porém, no limiar de seu campo de visão, uma carroça se aproximava. Era simples, apenas uma jaula sobre rodas puxada por um cavalo. A madeira estava carcomida, mas as barras de ferro eram sólidas. Havia apenas um cocheiro, cujo rosto se ocultava sob os mantos cinzentos. As mãos eram pálidas e descarnadas, e seguravam as rédeas com dedos compridos, terminados em unhas afiadas.

Lady Faustine se empertigou:

— Usarei meus tentáculos de trevas para interromper o avanço da carroça. — Os olhos dela se iluminaram com um brilho místico. — Porém, talvez não sejam fortes o suficiente para agarrá-la a essa velocidade, então antes disso vou causar um tremor de terra para sulcar a estrada e fazer o cavalo hesitar. — Os olhos pararam de brilhar e ela começou a fazer gestos arcanos. A cada movimento circular de seus braços, uma emanação púrpura e discreta surgia, perceptível apenas para os olhares mais atentos. — Ouça bem o que vou dizer, pois depois não me ouvirá mais. Não podemos permitir que o condutor grite. Vou conjurar uma área de silêncio. Você e eu não iremos nos escutar, então lembre-se: fique fora do alcance do terremoto e dos tentáculos. Você será nossa última linha de defesa caso algo dê errado, então sua posição deverá ser adiante na estrada, atento a uma possível fuga pelas laterais. O nível de poder desse adepto é uma incógnita, precisamos estar preparados. Daqui, consigo conjurar magias que afetem a estrada, mas ele dificilmente conseguirá ver onde estou para me atingir. Você também deve ser precavido e... Ruprest?

Ignorando tudo o que ela disse, Ruprest serpenteou com agilidade por entre as árvores paralelamente à estrada, na direção em que vinha a carroça.

— Ruprest!

Ele encontrou um ponto adequado. Posicionou-se.

— Ruprest! — Lady Faustine começou a escalar a vala onde havia se metido.

A carroça se aproximava. Ruprest esperava o momento certo.

— O que está fazendo? — ela deu um grito sussurrado, tentando ser ouvida por Ruprest, mas não pelo condutor.

No momento exato, Ruprest saiu em disparada, sua rota formando um ângulo reto com a estrada. Em seu caminho, nenhuma raiz, nenhuma pedra, nenhum arbusto. Escolhera o ponto ideal de interceptação. Correu na velocidade certa e, no último momento, saltou. Seu pé direito encontrou apoio em um tronco de árvore para um segundo salto para a esquerda, mais alto, que fez com que alcançasse um galho de árvore. Segurando-se no galho, girou com o corpo inteiro duas vezes até se soltar e, com o impulso adquirido, cair sobre o condutor da carroça com um chute acrobático digno dos maiores artistas circenses dos Sete Reinos. Enquanto o homem caía para longe, Ruprest sentou-se na boleia e puxou as rédeas lentamente.

A carruagem desacelerou até parar diante de Lady Faustine. Estava parada no meio da estrada.

— O que você fez? — berrou ela.

— Simplifiquei as coisas — respondeu ele. — A gente precisava derrubar um velho de uma carroça. Não precisa ter sangue ancestral da tradição primeva. É só dar um chute!

Ruprest saltou da boleia e os dois correram na direção em que o condutor havia sido derrubado. Ele estava caído, os mantos cinzentos espalhados ao redor em completa desordem. O capuz havia escapado para trás e a cabeça se revelava: era branco como um cadáver, pegajoso como um sapo e com pequenos tufos de cabelo que lembravam uma taturana.

— E pensar que toquei nisso — disse Ruprest.

— É apenas um homem — esclareceu Lady Faustine. — Um homem envolvido com poderes que não pode controlar.

As mãos com unhas pontiagudas estavam deitadas na terra, sem força. O expurgador tinha os olhos fechados e a boca aberta, e a chuva fina pingava em sua língua sem que notasse.

— Está morto? — perguntou Lady Faustine.

— Não vou encostar nele para saber — retrucou Ruprest. — Mas o golpe que dei foi só para derrubar.

Lady Faustine se aproximou cautelosamente.

De repente, um barulho.

Ela deu um sobressalto. Porém, o homem continuava inerte. O barulho vinha da carroça, mais especificamente da jaula sobre rodas. Um único prisioneiro chocava a cabeça contra as grades, tentando chamar atenção para si. Ruprest riu do espanto da princesa.

— Você brinca com o que não deve — disse ela. — Expurgadores são poderosos e cruéis. Tem sorte de ter pego esse aqui desprevenido.

Com um gesto arcano, as sombras das árvores se moldaram conforme os desígnios da princesa. Materializaram-se e se esticaram até o homem caído. Enrolaram-se nos braços e tronco do homem e arrastaram-no até sentá-lo de costas para um tronco. Lady Faustine sacou uma corda enrolada junto ao cinto e a entregou para as sombras, que se puseram a amarrar o expurgador à árvore. Contudo, lembrando-se de algo importante, ela interrompeu o processo e olhou para Ruprest.

— Precisamos tirar as roupas dele.

Ruprest encarou a figura asquerosa do expurgador.

— Ah, não! Nem pensar!

— É nossa única chance! Apenas condenados e expurgadores podem entrar na catedral, e ninguém vai acreditar que eu sou uma expurgadora.

— Deve ter outro jeito.

— Estou há meses procurando outra forma de entrar. Não existe! Eu já estava quase desistindo quando encontrei você. Sua habilidade é a única chave.

Ruprest ficou calado. Olhou do expurgador para a princesa, e então falou apenas:

— É?

Ela viu a oportunidade.

— Sim! Nunca vi ninguém como você. Sua capacidade de metamorfose é impressionante! Só estamos aqui hoje por causa disso. Porque você é o único capaz de se infiltrar nessa catedral.

Ruprest tentou esconder um sorriso.

— Mas não precisa da roupa inteira. Só o manto de cima já é suficiente.

Em poucos minutos, Lady Faustine retirou o manto do homem, o amarrou à árvore e o ocultou sob alguns galhos de árvore. Também vasculhou os pertences dele e encontrou uma chave. Enquanto isso, Ruprest assumiu a forma do expurgador, com sua pele repugnante e suas unhas afiladas, e se cobriu com o manto.

— Como estou?

— Nojento.

— Então ficou ficl.

— É melhor tirar esse penduricalho. — Lady Faustine apontou para o cordão com pingente que Ruprest sempre usava em torno do pescoço. Não pretendia tocá-lo, mas a reação dele foi como se a princesa tentasse arrancá-lo com violência.

— Isso fica. — Era um adorno simples, feito a mão a partir de uma pedra semipreciosa que lhe conferia pouco valor.

— Eles vão ver!

— As pessoas mal reparam nisso. Mas é importante que eu use. Assim, mesmo que eu troque de forma, você vai saber quem sou eu.

Mais uma vez retumbou o som de uma cabeça se chocando contra barras de ferro, e os dois se lembraram de averiguar quem era o prisioneiro. Retornaram à carroça e descobriram ser uma humana de pele rosada e cabelo castanho na altura do queixo. Dos olhos gentis escorriam lágrimas que lhe molhavam as bochechas e empapavam o tecido que havia sido amarrado ao redor de seu maxilar para tampar a boca. Braços e pernas também estavam atados. Lady Faustine se aproximou e removeu a mordaça.

— Obrigada! Muito obrigada. Vocês... vocês vão me libertar, certo? — perguntou ela, suplicante, vacilando o olhar entre Lady Faustine e Ruprest.

— Tá com medo não? — disse Ruprest, em sua forma de expurgador. — Talvez a metamorfose não tenha ficado assim tão boa.

— Ficou boa, sim. Juro! — falou a moça. — Mas vi vocês dois fazendo magia. Sei que não é ele. — Os olhos dela desceram para o pingente que Ruprest usava e então retornaram para os olhos dele, um dos quais marcado pelo brasão do Duque Minimus. — Por favor, me liberte. Não deixe que me levem!

— Eu disse que esse penduricalho chama atenção — Lady Faustine falou para Ruprest.

— Ela me viu transformar! É diferente. Os expurgadores não vão dar a menor importância.

— Espero que esteja certo, porque isso pode custar nossas vidas.

— Vocês vão entrar? — a moça ousou perguntar.

— Eu faço as perguntas aqui — Lady Faustine interrompeu o assunto. — Diga-me qual seu nome.

— Dália... Dália Oleiro.

— Plebeia de uma família com um ofício.

— Exatamente, milady — respondeu Dália, percebendo a nobreza nas entrelinhas.

— E por que uma plebeia está sendo trazida para a Catedral do Suplício Eterno? Que crime você cometeu?

Dália se sobressaltou e lágrimas voltaram a brotar de seus olhos. A voz saiu entrecortada de soluços:

— Não foi para tanto... Não sou santa, é claro... Mas eles disseram... Eu ouvi... Eu não queria ouvir... Ele está com fome... Precisa ser alimentado... Como eu estava ali... Me trouxeram... — ela então desatou a chorar — Eu só quero ir para casa...

Lady Faustine não se deixou abalar pela choradeira.

— Diga seu crime.

— Roubei moedas de um guarda. Não foram muitas, juro! Já vi ladrões serem punidos, eles cortam a mão fora. Fiquei com medo que cortassem a minha. Mas, em vez disso, me trouxeram para cá!

— E qual é o nome do expurgador que conduzia a carroça?

Dália olhou para Ruprest ao responder:

— Elvesier.

— Elvesier — o próprio Ruprest repetiu para não esquecer.

Com a chave retirada do expurgador, Lady Faustine abriu a jaula. Ruprest se esticou para dentro e desamarrou a moça.

— Me ajude a descer — disse Dália, esticando os braços para Ruprest. Ele esticou os braços em resposta e ela se apoiou nele com firmeza até tocar os pés no chão. — Vocês vão me deixar ir?

— Sim — decretou Lady Faustine. — Tente ficar longe dos bolsos dos guardas dessa vez.

— Obrigada, milady! — os olhos dela marejaram uma última vez. — Prometo não desperdiçar minha vida.

— Vá — disse Ruprest.

— Venham comigo. Vocês não têm por que entrar na catedral. Ninguém deve ir para lá!

— Você nada sabe sobre nós — Lady Faustine encerrou a discussão. — Siga seu caminho antes que eu mude de ideia.

Dália hesitou. Deu alguns passos para trás. Saiu correndo pela estrada. Porém, ao passar pelo expurgador amarrado e encoberto, ela parou. Foi até ele e deu-lhe um chute. Então, com um último olhar para Ruprest e Lady Faustine, se foi.

— Mulher estranha — disse Ruprest. — Espero que não volte.

Mas Lady Faustine não estava mais prestando atenção. Entrou na jaula e pôs-se a manusear a mordaça e as amarras que antes prendiam Dália. Enrolou-as em torno dos próprios pés, braços e cabeça, de forma que parecesse estar presa.

— Vá para seu lugar.

Ruprest subiu na boleia.

Embrenharam-se no bosque úmido através da estrada esburacada. Uma vez imersos na vegetação densa, não podiam mais ver a catedral. Viam apenas os troncos que pareciam espiá-los e se mover em sua direção. Ora ou outra ouviam uivos agourentos que podiam indicar a presença de lobos gigantes ou podiam ser apenas o gemido lastimoso do vento. A estrada serpenteava, escondendo o desconhecido atrás de cada curva.

Estavam no meio da travessia quando outro expurgador surgiu caminhando pela estrada. Tinha a pele tão pálida e pegajosa quanto Elvesier, mas seu manto era mais curto e possuía a barra desfiada devido às patrulhas pelo bosque. Fez sinal para que a carroça parasse, e Ruprest obedeceu.

Quando o homem se aproximou, Ruprest abaixou a cabeça de modo que sua pálpebra marcada ficasse encoberta pela sobra do capuz. Não achava que os expurgadores fossem reconhecer a marca, mas alguém que conhecesse o verdadeiro Elvesier talvez reparasse a diferença.

— Uma nova padecente — disse o patrulheiro, indicando Lady Faustine na jaula. — O Carnífice vai ficar satisfeito. Siga adiante. Que os deuses julguem as almas e os demônios julguem os corpos.

Ruprest concordou com a cabeça e, sem dizer palavra, prosseguiu.

— Evite se cortar — disse o patrulheiro, sua voz diminuindo à medida que ficava para trás. Ruprest fingiu entender e seguiu adiante.

Mais adiante, a catedral surgiu atrás das copas mais altas. Se de longe parecia apenas um ponto em meio ao vale, de perto era mais monumental que as aranhas e cobras gigantes que assombravam o bosque. Com seu frontispício decorado em alto relevo e os campanários que fisgavam o céu, era o verdadeiro colosso da região.

O portão de entrada era um prodígio por si só. Gigantesco, em formato de ogiva e excessivamente reforçado de metal, era digno de uma fortaleza. Contudo, estava instalado nas profundezas de um cânion sem riquezas, cuja estrada aos poucos desaparecia por falta de uso. Parecia a resistência inabalável contra um inimigo inexistente, mas Ruprest logo compreendeu: o objetivo não era impedir que alguém de fora entrasse, mas sim impedir que quem estava dentro saísse.

A construção monumental, no entanto, tinha uma fraqueza: a negligência. Além do limo que se alastrava pelas paredes, as raízes das árvores penetravam o solo por baixo, buscavam pequenas falhas na construção e as transformavam em grandes rachaduras que se espalhavam como as teias de um relâmpago. Além disso, a ação da chuva e pequenos desmoronamentos no cânion haviam causado avarias no topo. Alguns blocos de pedra haviam caído e animais faziam ninhos nas lacunas abertas. Havia tanto estrago e tão pouca manutenção, que uma das paredes se mantinha em pé apenas por uma escora de madeira.

Quando viu o portão, Ruprest diminuiu a velocidade. Avançou a última etapa lentamente, mas não precisou parar. Ao vê-lo, um terceiro expurgador no alto do portão pôs-se a girar uma enorme manivela circular. O portão se abriu e Ruprest ouviu um burburinho vindo de dentro, como se mil vozes murmurassem ao mesmo tempo. Ele segurou as rédeas com firmeza, imaginando quantos expurgadores havia na catedral, e entrou com a carroça.

O cheiro de podridão era insuportável. O primeiro impulso foi segurar a respiração. Contudo, em algum momento Ruprest precisou respirar, e o mau cheiro fez seus olhos lacrimejarem.

Ao parar no lado de dentro, olhou ao redor com discrição. Não queria deixar transparecer que via o local pela primeira vez. O salão era amplo, com teto elevado e paredes distantes com afrescos desbotados. Não havia, porém, piso no centro. Toda a área principal da catedral era tomada por um buraco gigantesco, como se fosse um mezanino malfeito. Por ser muito profundo, Ruprest não conseguiu ver o que havia no fundo. Pensou em espiar. Mas então escutou a primeira voz.

— Você não deveria estar aqui...

Ele olhou ao redor, procurando qual expurgador havia dito aquilo. Porém, não havia ninguém ali. Apenas o porteiro, muitos metros acima, girava a manivela para fechar o portão, não parecendo prestar atenção em Ruprest.

— Você veio porque foi obrigado... — disse uma segunda voz.

Ruprest olhou para todos os lados, mas não conseguiu descobrir de onde vinham as vozes. Ele então encolheu os ombros e se escondeu melhor sob os mantos.

— Ela o obrigou. A troco de quê? O que você ganha com isso? — Várias vozes pareciam se alternar. Vinham do topo, do piso, do nada. Entravam diretamente na mente e impediam que Ruprest pensasse direito. — Eu lhe digo: não ganha nada. Nada. Apenas a morte. Apenas a dor. — As frases saíam uma por cima da outra de forma sorrateira. — Ela não vai soltar seu amigo. Como confiar em uma demônia? Como confiar em uma nobre? Ela não sabe o que é sofrer. Ela não tem palavra. Tudo isso é à toa. Não vale a pena.

De repente, uma voz diferente falou com ele:

— Elvesier. Bem-vindo de volta. Vejo que obteve sucesso em sua missão.

Como se despertasse de um transe, Ruprest percebeu a chegada de dois expurgadores. O que falava com ele usava mantos suntuosos e, sobre a cabeça calva, um chapéu cerimonial alto e estruturado, sem abas, de extremidade reta. A combinação lhe dava ares de líder. Tinha uma papada macilenta e a pele da testa formava uma sequência de rugas sob o peso do chapéu.

— Que os deuses julguem as almas e os demônios julguem os corpos — Ruprest repetiu a frase que havia acabado de ouvir do patrulheiro, usando uma voz fraca que imaginou combinar com Elvesier.

— Muito bem — o líder fez sinal para o segundo homem.

Seu comandado vestia mantos semelhantes ao de Elvesier, mas era muito mais alto e corpulento, com aspecto de carcereiro.

— Sim, Monsenhor Isildro — disse ele, indo até o fundo da carruagem recolher Lady Faustine.

— NÃO! — Lady Faustine berrou quando o homem abriu a porta. — Tire as mãos de mim!

Ruprest então se atinou a ir ajudar o expurgador. Imaginou que fosse o que se esperaria de Elvesier.

— Ela é uma assassina — as vozes etéreas voltaram a sussurrar em sua mente. — Quer matar o próprio marido. É uma demônia. Uma demônia casada com um expurgador. Já matou antes. Matou o antigo marido. Vai matar o próximo. Quem será o próximo marido dela? Será você... Ruprest? Será você? Ela irá assassiná-lo. Mais um para a viúva negra.

Ruprest se movia quase que de forma involuntária. Era difícil pensar no que estava fazendo. Andou. Parou. Olhou. Seu corpo se movia, mas parecia desconectado da mente. Anestesiado. Havia andado até as costas da carroça, parado ao lado do carcereiro e agora olhava para Lady Faustine, que se debatia e berrava incoerências.

— Solte-me! Eu não deveria estar aqui! — Então ela olhou em volta, falando com algo que não era nem Ruprest e nem os expurgadores: — Não! A culpa não foi minha! É tudo culpa de Ulriss! Foi ele! Não eu! Eu o amo! — E desatou a chorar.

Entregue ao choro, ela parou de lutar contra os braços fortes do carcereiro e foi arrastada para fora. Ruprest ajudou a levá-la, apesar de não haver mais resistência. Colocaram-na diante do líder e arrancaram-lhe o capuz. Monsenhor Isildro observou os chifres nodosos, a pele cinzenta, os olhos vermelhos.

— Faz tempo que não recebemos sangue mágico — disse ele. — Excelente. Irá renovar as propriedades mágicas do Carnífice. Levem-na. E evite se cortar.

Com as inúmeras vozes a confundi-lo, Ruprest continuou ajudando a arrastar a apática Lady Faustine. Ele e o carcereiro contornaram parte do salão, evitando cair na enorme abertura do centro. A iluminação do local advinha de incontáveis buracos no telhado, por onde entrava a luz cinzenta e difusa típica de Utteria. Pelos mesmos buracos, pingavam goteiras.

E havia o murmúrio incessante. Não os sussurros que falavam na mente de Ruprest: esses eram claros e ardilosos. Os murmúrios eram outra coisa. Ininteligíveis. Lamuriosos. Estavam por toda parte, indivisíveis como o chiado de muitas gotas de chuva. Não se podia entender cada um separadamente.

Outra coisa, mais palpável, que se encontravam por todos os lados eram passarelas. Escoradas nas paredes, eram feitas de tablados elevados de madeira interligados por escadas. Andaimes precários, que cercavam o fosso ou passavam por cima dele. Alguns expurgadores caminhavam pelos tablados, subiam ou desciam escadas, carregavam cestos e faziam seu trabalho cotidiano. Ruprest e o carcereiro arrastaram Lady Faustine pelo corredor de madeira tosca que se formava sob um dos longos estrados. Então, entraram em um corredor de verdade, construído de alvenaria nos tempos de glória da catedral.

— Ela fez por merecer. — As vozes sibilantes continuavam, e agora Ruprest entendia: apenas ele podia ouvi-las. Estavam falando com ele e mais ninguém. Era um segredo. Um conselho de amigo. — Ela não é digna de perdão. É uma assassina. Iria traí-lo na primeira oportunidade. Beco já está morto. Ela os matou assim como matou os outros. Agora irá pagar. Esse é o lugar dela.

Lady Faustine, por sua vez, deixava os pés arrastarem pelo piso cheio de rachaduras. Ia de cabeça baixa e olhar perdido, um condenado que aceitou a própria sina.

Chegaram a um corredor onde havia uma sequência de celas vazias. O carcereiro sacou um molho de chaves, abriu uma das portas gradeadas e empurrou Lady Faustine para dentro. Ela tropeçou na entrada e caiu de joelhos. Virou a cabeça para trás e, com seus olhos vermelhos e brilhantes encharcados de amargura, lançou a Ruprest um olhar de despedida.

E o carcereiro fechou a cela.

— Pronto — disse ele, ao passar a chave. — Essa é diferente das outras que você trouxe antes. Essa tem muita culpa. Um deleite para o Carnífice.

— Ela tem muita culpa — ecoou uma das vozes sussurrantes. — É culpada. Culpada! Merece castigo. Merece punição. Ela iria matá-lo, assim como fez com seus amigos. Assim como fez com os maridos dela. Iria descartá-lo e esquecer seu nome. Você está fazendo um favor a ela. Está mostrando tudo o que ela fez. Tudo o que iria fazer. Ela o trairia na primeira chance. E iria abandoná-lo.

Quando deu por si, Ruprest já estava de volta ao salão principal. Caminhava rumo à carroça. Seu trabalho ali estava terminado.

Um expurgador cruzou por ele sem sequer olhar em seu rosto. Todos agiam assim uns com os outros. Eram fantasmas sem emoção, fadados a assombrar a catedral pela eternidade.

— Talvez você devesse ficar — disse um sussurro. — Talvez este seja seu lugar. Ninguém jamais o incomodará de novo. Ninguém jamais o deixará.

— Elvesier.

Os sibilos cessaram ante a voz de Monsenhor Isildro.

O líder expurgador caminhou lentamente até ele, e Ruprest percebeu que tinha olheiras profundas.

— Fez um bom trabalho. Agora silencie as vozes em sua cabeça. Não deixe que elas o prendam aqui. Ainda não é velho demais para ir lá fora. Pegue sua carroça e vá em busca de mais alimento para o Carnífice. E evite se cortar.

De alguma forma, a voz do líder de chapéu cerimonial era ainda mais envolvente do que os sussurros sugestivos. Ao decretar que se calassem, elas obedeceram. Da mesma forma, Ruprest também obedeceu. Retornou à carroça, fechou a jaula, subiu à boleia, tomou as rédeas. O portão às suas costas se abriu e ele fez a carroça dar uma volta em si mesma para mudar de direção. Ao fazer isso, porém, aproximou-se do mezanino grosseiro. Foi nesse momento que, do alto da boleia, seus olhos deslizaram para o fosso lá embaixo e ele o viu.

Parecia uma larva, mas gigantesca, do tamanho de uma estalagem. Movia-se morosamente, esticando e contraindo os muitos anéis que formavam seu corpanzil. Tudo era mole e viscoso, exceto a bocarra que ficava na parte dianteira. A criatura se espreguiçou, abrindo a boca muito mais do que o esperado, como uma serpente que desloca o maxilar ao dar um bote, e Ruprest viu as incontáveis fileiras de dentes afilados. Possuía dois olhos, mas eram esbranquiçados. As fossas nasais, por outro lado, eram duas fendas que abriam e fechavam, captando tudo ao redor.

A criatura era branca e vermelha. Não. Ruprest olhou com mais atenção. A criatura era apenas branca, mas estava enxovalhada de vermelho. Pois abaixo dela, o chão que ela amassava ao se locomover com seu pesado corpo gelatinoso, era formado por corpos humanoides dilacerados, mas ainda vivos.

— Fique mais um pouco... — disse um sussurro.

— Nem a pau! — Ruprest estralou as rédeas e o cavalo saiu em disparada pelo portão aberto.

Com menos peso na carroça e afoito para sair logo dali, o animal pareceu voltar à juventude. Galopou para longe da catedral com todas as suas forças, fez curvas perigosas na estrada ladeada de floresta e só diminuiu a velocidade depois que o céu surgiu sobre sua cabeça. Ruprest mal precisou guiá-lo.

— Volte... seu lugar é lá dentro...

Ruprest se sobressaltou quando o sussurro se fez ouvir. Sentiu um peso e percebeu que havia uma criatura empoleirada em seu ombro. Pequena e rechonchuda, era um diabrete assim como Lashienne, porém de casta inferior. Não tinha asas e suas pernas eram curtas. Ruprest já havia ouvido falar em criaturas assim. Alimentam-se do desespero dos mortais. A catedral deveria estar infestada. Porém, ao ar livre e sob a luz pálida do céu nebuloso, eram mais fracas. Empurrou o ser para longe, e ele caiu pelo caminho enquanto a carroça seguiu adiante.

Ruprest foi até o local onde haviam feito a emboscada. Ali parou e pulou para fora da carroça. Ao mesmo tempo, mudou de forma. Quando seu pé tocou o chão, já tinha pele morena e cabelo dourado, ambos queimados de sol, condizendo com seu corpo atlético, com a aparência mais saudável que conseguiu imaginar no momento. Deixou a carroça onde estava e não se preocupou em lidar com o verdadeiro Elvesier, ainda amarrado sob um esconderijo de galhos. Correu pela floresta, até os dois cavalos sadios que ele e Lady Faustine haviam deixado prontos para a fuga. Pôs-se a desamarrar um deles e ajeitar a sela.

— Sabia que logo o veria aqui.

Ruprest se sobressaltou mais uma vez e foi logo passando as mãos nos dois ombros, tentando se livrar de possíveis diabretes. Contudo, quem falava com ele surgiu em meio às árvores: era Dália.

— Assustador, não? — disse ela.

— Como você sabe?

— Já estive lá dentro — ela olhou na direção da catedral ao longe.

— Ah.

Ruprest não se interessou pelo que ela tinha a dizer. Continuou conferindo a sela, guardando os pertences, organizando tudo para partir. Dália encostou em uma das árvores e apenas o observou.

Então ele parou.

Deu com a mão na testa.

— Lady Faustine!

E voltou a coletar os pertences guardados no alforje do cavalo e colocar de volta na bandoleira de sua cintura.

— Não se culpe — disse Dália. — Nos confundir é o motivo de existência daquelas vozes. Elas fazem isso há séculos, são muito eficientes.

— Você está mais por dentro do que parecia. Vai me ajudar? — perguntou Ruprest.

— Desculpe. — Ela deu de ombros. — Nada me faria entrar ali de novo.

— Então não atrapalhe.

E voltou a caminhar na direção da carroça.

— Você tem meu nome — disse Dália, ainda escorada à árvore, sendo deixada para trás. — Ao menos me dê o seu.

— É Ruprest Ruprestson.

Ela se adiantou e passou a segui-lo.

— Nome estranho. De onde vem?

Ele parou. Virou-se para ela.

— Tenho o nome do meu pai. Seguido de um sobrenome que reafirma que ele é meu pai. Ou, ao menos, era. É o nome de alguém que teve seu lugar no mundo, mesmo que por um breve período entre ser abandonado e ser abandonado novamente.

Quando Ruprest voltou a dar as costas, Dália não o seguiu mais.

CAPÍTULO 6

# O CARNÍFICE

ELVESIER VOLTOU A surgir à porta da Catedral do Suplício Eterno.

— Esqueceu algo? — perguntou o porteiro, já girando a manivela.

Ruprest apenas fez que sim com a cabeça e recebeu permissão de entrar.

O cavalo avançou lentamente, desconfortável, mas já habituado à sensação de adentrar um templo infestado de seres abissais. Talvez por isso continuassem usando um cavalo tão velho: não deveria ser fácil encontrar animais que tolerassem tais circunstâncias.

Antes mesmo que Ruprest parasse a carroça, os sussurros voltaram a importuná-lo:

— Veio sozinho dessa vez?

— Ninguém para acompanhá-lo...

— Ninguém nunca o acompanha por muito tempo, não é mesmo?

Dessa vez, conseguia distinguir cada uma das diferentes vozes conversando entre si, mas destinando a mensagem a ele.

— Onde estão seus amigos?

— Onde está sua família?

— Ninguém o quer!

— Todos o deixaram...

Ruprest rilhou os dentes e repetiu para si mesmo:

— Pegar a princesa. Ir embora.

As vozes continuaram a assediá-lo, cada vez com comentários mais dolorosos.

— Onde está sua mãe?

— Onde está seu pai?

— Onde estão os amigos com quem você derrotou o Devorador de Mundos?

— Estão em qualquer lugar, menos aqui.

— Porque eles não se importam.

— Sua existência é insignificante.

— Você nem rosto tem.

— Se deixasse de existir, ninguém daria falta.

Mas Ruprest continuou repetindo para si mesmo sem parar:

— Pegar a princesa. Ir embora. Pegar a princesa. Ir embora. Pegar a princesa. Ir embora.

E, por mais que ouvisse os comentários maldosos, eles não o afetavam mais.

Parou a carroça de lado para o mezanino rudimentar. Olhou para baixo. Muitos metros separavam a nave principal da catedral, no térreo, do fosso de flagelação no subsolo. Lá no fundo, milhares de corpos agonizavam. Alguns estavam sem os membros. Outros, sem a cabeça. Havia ainda aqueles que eram apenas restos indefinidos. Um pé. Um braço. Não importava quão pouco restasse de cada vítima, todas ainda se moviam. Respiravam. Olhavam ao redor. Soltavam um lamento de aflição e horror.

Sobre elas, o Carnífice. Movia-se lentamente, esmagando quem estivesse em seu caminho. Com sua passagem, crânios se quebravam e costelas fincavam nos pulmões, mas os condenados ainda gemiam. E, por mais que suplicassem, seu suplício não era findado nem mesmo pelo abraço da morte.

Ruprest desviou o olhar.

— Pegar a princesa. Ir embora.

Ninguém questionou seu retorno. Não o impediram de descer da carroça, nem de percorrer a lateral do salão. Um expurgador efetivamente desviou dele na entrada do corredor de alvenaria, sem olhar em seu rosto. No ambiente de tortura física e emocional, a cordialidade era inexistente. Da mesma forma, pouco pareciam desconfiar de uma invasão, até porque ninguém seria louco de se infiltrar na Catedral do Suplício Eterno.

Ou quase ninguém. Ruprest estava se infiltrando. Pela segunda vez.

— Pegar a princesa. Ir embora.

Chegou ao corredor do calabouço. Avançou a passos largos. Passos que o verdadeiro Elvesier talvez nem fosse capaz de dar. Quase corria pelo corredor, quando o carcereiro surgiu da outra ponta.

— Voltou? — disse, aproximando-se.

Ruprest diminuiu o passo, mas continuou caminhando, fazendo que sim com a cabeça de forma morosa, como que cansado demais para dar longas explicações através do corredor e indicando que diria algo quando estivessem a uma distância menor. O carcereiro também continuou se aproximando até se encontrarem no centro do corredor, e começou a falar:

— Monsenhor Isildro mandou ir embo... uhf!

A frase foi interrompida no meio, quando Ruprest o apunhalou no peito e puxou de volta a arma, fazendo sangue jorrar na parede. O homem tombou de lado, estrebuchando com a mão no peito enquanto mais sangue escorria, e as chaves da prisão tilintaram contra o piso de pedra e se banharam de vermelho.

Encolhida no canto de uma cela, Lady Faustine lançou a Ruprest um olhar de fragilidade e descrença:

— Você... voltou.

Ruprest recolheu a chave do chão.

— Prometi ajudar — respondeu ele.

— As vozes disseram que não voltaria — insistiu ela. — Que jamais iria me ajudar. Que não se importava.

Ruprest abriu a cela.

— Elas mentiram — disse ele.

Lady Faustine apoiou as mãos na parede suja para se levantar. Tropeçou até a grade aberta. Envolveu o metamorfo em um abraço.

— Você voltou para me ajudar — repetiu.

O expurgador caído gorgolejava sangue pela boca em espasmos. O sangue se espalhava pelo piso acidentado, preenchia longos sulcos, empoçava junto às paredes. Apesar disso, o homem ainda se movia. Com uma das mãos, pressionou o peito na esperança de interromper o sangramento. Com a outra, tentou rastejar para longe. Não conseguiu fazer nem uma coisa, nem outra, pois não lhe restavam forças suficientes. Contudo, qualquer um em sua situação já estaria morto, e ele ainda arfava.

— Ele não vai morrer — disse Lady Faustine. — Ninguém morre na Catedral do Suplício Eterno.

— Vamos prendê-lo na cela — disse Ruprest, e os dois assim fizeram. Arrastaram o homem até o local onde ele próprio havia prendido incontáveis vítimas. Antes de trancafiá-lo, arrancaram dele o manto que vestia, deixando-o apenas com a camisa e a calça que usava por baixo. Já quase sem sangue, o carcereiro não tinha forças para se opor.

— Será que consigo esconder as partes ensanguentadas? — perguntou Lady Faustine, ajustando os mantos sobre os próprios ombros.

Ruprest guardou a chave no bolso e a olhou da cabeça aos pés. Havia uma mancha incriminadora junto ao peito e outra menos gritante, porém maior, próximo à bainha da capa. Além disso, quando vestido, o capuz assumia um formato esquisito devido aos chifres por baixo.

— Está péssimo — disse ele —, mas é melhor do que nada. E logo o sangue vai coagular, ficando mais amarronzado e discreto.

— Então vamos.

Antes de irem, porém, Ruprest a segurou pelo braço para que ficassem frente a frente e falou com seriedade:

— Silencie as vozes.

Ela desviou o olhar.

— Não consigo.

— Então deixe que falem sozinhas. Não permita que controlem você. Pense em seu objetivo. Repita a si mesma esse objetivo, mil vezes se necessário. Saiba aonde está indo.

Lady Faustine lançou a ele um olhar oblíquo e hesitante, de quem quer acreditar que é possível.

— Concentre-se — ele frisou.

Lady Faustine assentiu de forma promissora e Ruprest a soltou.

O corredor do calabouço era um beco sem saída e sem janelas. Sem uma rota de fuga alternativa, os dois retornaram pelo mesmo corredor por onde haviam entrado.

— Pegar a princesa. Ir embora. — Ruprest repetiu de forma que só ele próprio pudesse ouvir, e as vozes demoníacas entoaram um lamento de frustração. Ia à frente, já que seu disfarce era melhor, com Lady Faustine o seguindo de perto.

Chegando à nave principal, algo mudou na atmosfera do salão. A princípio, não souberam o motivo, mas foi como se todos os expurgadores houvessem acordado de um transe ao mesmo tempo. Como se seus corpos flácidos e embranquecidos subitamente recebessem uma descarga elétrica que lhes devolvesse a energia e os colocasse em estado de alerta.

Ruprest pensou que se virariam para ele e Faustine. Instintivamente, tocou o punho das facas de arremesso escondidas na bandoleira sob os mantos de expurgador. Porém, um bramido ensurdecedor tomou conta da catedral. Não era humano, tampouco demoníaco. Parecia uma mistura do som de um furacão com o badalar de sinos, mas, de alguma forma, traduzia-se como o rugido de uma fera primordial. Era um som celestial, vindo de uma criatura enviada pelos deuses. No entanto, os deuses eram distantes, indiferentes e suas criaturas não traziam orientação ou alento. Pelo contrário, eram enviadas ao mundo para castigar a humanidade por seus vícios e pecados.

Quem rugia era o Carnífice.

Rugia, expondo as muitas fileiras de dentes atrozes, e se debatia de um lado para outro do fosso de suplício. Foi para ele que os expurgadores se viraram, então correram pelas muitas passarelas de madeira, subindo e descendo escadas e buscando o que pareciam ser seus postos definidos para situações de emergência.

— Alguém se cortou? — gritou um.

— Escondam o sangue! — gritou outro.

Ruprest olhou para Lady Faustine, e ela olhou para as próprias roupas ensanguentadas e tentou encobrir as manchas. Ele agarrou a mão dela e apressou-se em direção à carroça, ignorado pelos expurgadores que corriam ao redor, mas Lady Faustine puxou a mão e interrompeu o avanço.

— É por aqui! — disse ela, e correu para a borda do abismo. Lá embaixo, os condenados sofriam ainda mais com a agitação de seu algoz.

— Precisamos ir! — clamou Ruprest, surgindo ao lado dela.

— É aquele ali! — Lady Faustine apontou o lado mais distante do fosso. — O de cabelo de anjo junto à pilastra. Misericórdia.

A última palavra saiu como um suspiro de desesperança e a princesa cambaleou.

Ruprest a amparou e olhou ao redor, certo de que a distração criava a oportunidade de fuga perfeita.

— Esqueça isso, vamos embora! — insistiu.

— Não! — ela berrou, e ao mesmo tempo soltou um impulso mágico pelas mãos que arremessou Ruprest para trás. — Não vou embora. Não agora, que estou tão perto. Olhe para ele! — Ela apontou mais uma vez o condenado no fosso. Mal se podiam distinguir seus cachos de cabelo claro, pois o homem estava lavado em sangue da cabeça ao abdômen, que é onde seu corpo terminava em rasgos de carne. As pernas não existiam mais e as vísceras estavam espalhadas. Lady Faustine encarou Ruprest de forma inquisidora. Lágrimas escorriam em abundância, de forma a desfocar-lhe a vista. — É meu marido. Não sairei daqui sem antes matá-lo. Mas não sei se consigo fazer sozinha. Me ajude. Por favor.

Ruprest respirou fundo.

— Quer falar com ele uma última vez? — perguntou.

— Não.

De repente, as narinas do Carnífice detectaram a origem do cheiro de sangue. Ele deu um guincho e, de dentro de sua boca bestial, brotou uma língua ágil e comprida como a de um enorme sapo. Ela se esticou, cobrindo todo o fosso, e agarrou uma das pilastras que sustentava o piso onde Ruprest e Lady Faustine estavam. Em seguida, surgiu uma segunda língua e agarrou outra pilastra. E uma terceira e uma quarta. Por fim, a criatura retraiu todas elas, sem soltar as pilastras. Estas mantiveram-se firmes, indicando que todo o esforço de manutenção que faltava no resto da catedral havia sido concentrado em reforçá-las para que aguentassem esse tipo de manobra. O resultado foi que o Carnífice, criatura gelatinosa que costumava rastejar como um verme, conseguiu dar uma súbita arrancada, rebocando o corpo com as poderosas línguas. Em um instante estava do outro lado do fosso. No instante seguinte, deslizou para perto de Lady Faustine. Ainda estava vários metros abaixo, mas passou a açoitar a beirada do fosso com as múltiplas línguas, às vezes acertando muito próximo da princesa.

Nesse momento, todos os expurgadores olharam para eles.

— Eu só tenho que tirá-lo da catedral, certo? — perguntou Ruprest.

— Sim. Ele vai morrer quando estiver longe do Carnífice. Não sei quão longe. Vá o máximo possível!

Do alto de uma passarela, Monsenhor Isildro ergueu o indicador macilento e apontou para os dois.

— Intrusos.

Por todos os lados, seis expurgadores se destacaram. Cada um sacou da cintura um azorrague: um açoite composto por três correias atadas a uma longa empunhadura. Cada correia terminava em uma pequena esfera metálica cheia de pontas. O instrumento servia não apenas para ferir os condenados, mas era projetada especificamente para fazê-los sangrar.

— Vá! — gritou Lady Faustine, enquanto os expurgadores desciam escadas e corriam em sua direção.

Ela fez gestos arcanos e tentáculos de sombra emergiram a partir de seus pés. Pequenos de início, logo se esticaram pelo piso como um espreguiçar da noite. Ao mesmo tempo, uma língua do Carnífice se ergueu acima da princesa e chicoteou para baixo. Lady Faustine se atirou para o lado e escapou por pouco. A língua acertou o piso ao lado dela, arrancando estilhaços, grudou no chão e voltou se recolher, deixando um rastro de viscosidade. O primeiro expurgador a chegar aproveitou que Faustine estava caída e ergueu o azorrague para o ataque, mas um tentáculo conjurado por ela passou uma rasteira no homem e ele tombou no chão.

— Vá logo! — repetiu ela para Ruprest, que hesitava. — Sei me cuidar. Vá!

Ele correu pela lateral do salão, margeando o mezanino. Passou pela carroça próxima ao portão e pelo cavalo, que relinchava desconfortável. Passou por um expurgador, que não lhe deu atenção e manteve a mira na feiticeira sombria. Chegou ao outro lado do salão e, de longe, viu a princesa lançando magias de trevas, essência e ossos. Viu o Carnífice destruir parte do mezanino com uma lapada de língua. Viu os expurgadores chegarem, tornando o combate cada vez mais difícil, mas também viu um deles ser atingido por uma acometida imprecisa da monstruosidade.

O expurgador foi agarrado pelo tornozelo, derrubado e arrastado pelo chão até a borda semidestruída do pavimento. Agarrou-se como pôde enquanto seus pés já pendiam para a queda livre, mas o Carnífice era imensamente mais forte. Além disso, uma vez que havia agarrado uma presa, sabia exatamente onde estava. Lançou outra de suas muitas línguas e agarrou a outra perna do expurgador. Com uma terceira língua, agarrou-lhe o pescoço. Por fim, deu-lhe um repuxão e o derrubou do alto. O expurgador esfolou o peito ao escorregar pela beirada irregular e quebrou um osso ao atingir o fundo do fosso coberto por corpos. Por fim, o monstro o arrastou para dentro de sua boca enorme e forrada de dentes aguçados e os gritos do expurgador ao ser perfurado e triturado ecoaram pela catedral profana.

E continuaram ecoando, visto que não encontraria o alento da morte.

Um a menos para Lady Faustine enfrentar. Ainda assim, ela já ofegava e alguns expurgadores já travessavam sua área de tentáculos, obrigando-a a se esquivar e escapar de cada golpe por pouco. Sua magia parecia pesada, difícil de executar.

— Ela vai morrer... — disse uma voz sussurrante. — Vai morrer e a culpa é sua...

— Pegar a princesa. Pegar o marido. Ir embora. — Concentrado em seu novo mantra, Ruprest saltou para o fosso de corpos agonizantes. Aterrissou com a leveza de um acrobata, mas escorregou em um braço decepado e caiu de lado sobre um homem que gemia.

— Mate-me... — disse o homem. — Pelos deuses, pelos santos, pelo diabo que o carregue... Mate-me... — Faltava metade do crânio do condenado, que olhava para o teto em vã esperança, e ele já não possuía mais membros.

Ruprest se endireitou até ficar agachado sobre os corpos. Tossiu. Sua queda havia levantado uma nuvem de poeira que arranhava sua garganta e o sufocava.

Ao lado dele, outra condenada orava baixinho, seu corpo esmagado contra as vítimas mais abaixo:

— Santa Imuen, por favor, ouça esta serva. Leve minha alma, para que meu corpo possa descansar. Tende piedade...

Próximo a ela, um homem sem olhos berrava:

— Não aguento mais! Não aguento mais! Quero morrer! — e então passou a urrar sons incompreensíveis.

Milhares de condenados atulhavam-se uns sobre os outros, e todos os que ainda tinham boca choravam, gritavam ou suplicavam para que a morte encerrasse seu tormento. Estavam todos cobertos de poeira, incapazes de limpar o próprio rosto. Então Ruprest percebeu que não era um pó comum. A poeira que ardia nos pulmões e o fazia tossir era, na verdade, sangue coagulado que havia se esfarelado com o tempo.

Segurou o asco. Localizou o Duque Gideon Nixdan caído junto a um pilar e foi na direção dele. Apesar do ventre aberto e pernas arrancadas, era uma das vítimas mais inteiras. Um homem que já fora muito bonito, com cabelos encaracolados, olhos verdes e ombros largos, mas que agora definhava, magro por não se alimentar há muito tempo, coberto de crostas de sangue e emporcalhado pelas próprias vísceras.

— Duque!

O duque encarava o telhado esburacado da catedral, mas seu olhar estava perdido, como se sua atenção se voltasse ao infinito. Da boca entreaberta não saía qualquer som, e Ruprest supôs que não pudesse mais falar.

— Duque! — insistiu ele.

Lorde Gideon Nixdan virou os olhos lentamente e enfim notou a presença de Ruprest, mas permaneceu calado. Ruprest teve pena.

— Vou tirar você daqui — explicou. — Você vai morrer no processo. Mas é melhor do que sofrer pela eternidade!

Ruprest enfiou as mãos por sob os ombros do homem, a fim de segurá-lo pelas axilas e arrastá-lo dali.

— Você... — o duque murmurou — um expurgador...

Ruprest balançou a cabeça e mudou de forma. Diante dos olhos do Duque, deixou de ser Elvesier e voltou a ter pele firme e cabelo preto, a aparência que usava para viajar com Lady Faustine.

— Sou um amigo. Vou tirar você daqui.

— Não! — o duque berrou de repente. — Solte-me! — ele lutou contra o abraço de Ruprest e o empurrou para longe. Ainda dispunha de mais força do que parecia.

— Não seja covarde! — Ruprest retrucou. — Olhe ao redor! Não existe esperança.

— Não posso morrer! — disse o duque, ainda se debatendo. — Faustine precisa de mim. O Fosso do Suplício Eterno é minha única esperança. É a única esperança dela.

Ignorando os protestos, Ruprest conseguiu agarrá-lo e tentou puxá-lo para longe. Só então percebeu que uma argola de ferro ao redor do pescoço do condenado o prendia à pilastra com uma grossa corrente.

Ruprest examinou a solidez da corrente. Praguejou.

— Vá embora! — disse o duque. — Eu mesmo me prendi aqui. Não quero fugir.

— Você vai ficar que nem os outros! Mastigado, esmagado, coberto de gosma.

— Não me importo. Se eu morrer, Faustine ficará viúva. E ele poderá se apoderar dela.

Assistindo à cena do topo de uma plataforma, Monsenhor Isildro apontou o dedo para o metamorfo.

— Impostor!

O líder dos expurgadores olhou ao redor, mas seus poucos soldados já estavam ocupados e os demais não sabiam lutar. Ele então juntou as palmas das mãos e se pôs em oração. A catedral trepidou à medida que o homem foi iluminado por uma aura divina. Por um breve momento, os diabretes ficaram visíveis em meio à claridade. Urraram, em aflição, e foram se esconder em furnas e covis, calando-se pela primeira vez. A luz que envolvia Monsenhor Isildro então se canalizou para as mãos. Ele as distanciou e a luz se concentrou ainda mais, tornando-se um ponto brilhante que pairava entre as duas palmas. Por fim, com um movimento dos pulsos, o ponto luminoso disparou contra Ruprest. Ele desviou o melhor que podia, mas não havia escapatória. A magia divina atingiu-o de raspão e, como uma lâmina, abriu um corte em sua face.

Um pulso do coração. Uma gota de sangue escorreu.

O Carnífice parou. Suas quatro línguas congelaram no meio do movimento e a mandíbula parou de mastigar. Apenas as narinas fendiformes se moviam, abrindo e fechando, captando o odor de sangue fresco. As línguas então se retraíram. Vasculharam o interior da boca. Colocaram para fora o infeliz expurgador, que já não possuía mais torso. De alguma forma, a criatura havia devorado apenas o abdome de sua vítima: a parte que fora esfolada na queda. Restava-lhe ainda a espinha com resquícios de carne, que mantinha o quadril ligado ao pescoço. Os olhos estavam arregalados e a boca se contorcia em horror, mas não emitia som, pois o homem não possuía mais pulmões.

Após cuspi-lo, o Carnífice contorceu o corpo de verme gigante e virou-se na direção de Ruprest. Rugiu. Tinha o hálito doce dos anjos, mas com um fundo acre e pútrido.

Ruprest limpou o sangue da face e soube que era hora de correr. Saltou para o lado no mesmo instante que uma língua se lançou para fora e o errou por pouco, atingindo a pilastra. Ele então se livrou dos mantos de expurgador e saiu em disparada, pisoteando e resvalando nos cadáveres de pessoas vivas. Outras línguas monstruosas investiram em sua direção, mas, como Ruprest estava em movimento, sempre atingiam um ponto às suas costas.

— Basta ter paciência — disse Monsenhor Isildro para os demais expurgadores. — Ele se cansará... Como todos os outros.

Livre dos ataques da criatura, Lady Faustine deu um brado e usou o ápice de sua magia em uma explosão negra que arremessou longe os expurgadores que ainda a cercavam. Um deles bateu a cabeça e desmaiou. Outro já havia tombado antes. Um terceiro perdeu o azorrague e o quarto despencou para o Fosso do Suplício Eterno. O último expurgador manteve-se firme, arma em punho, olhar resoluto. Porém, a própria Faustine não ficou para enfrentá-lo. Em vez disso, saiu correndo e atirou-se do mezanino. Caiu como uma pluma, seus pés tocando a profusão de corpos um por vez.

Ruprest corria pela lateral da enorme câmara. O Carnífice projetava suas línguas uma por vez e voltava a guardá-las, buscando a posição certa para avançar sobre a presa. O expurgador sem torso suplicava para que os confrades o socorressem, mas aquele que havia caído no fosso por último tentava escalar uma das pilastras e salvar a própria pele. Monsenhor Isildro apenas assistia à cena apreensivo, mas paciente, acompanhado por dez ou quinze expurgadores que não sabiam combater.

E o Duque Gideon Nixdan continuava caído do outro lado do fosso. Destroçado. Vivo. Calado. O único condenado que não suplicava pelo alívio do abraço da morte.

Lady Faustine foi na direção dele. Cobriu o percurso com determinação enquanto Ruprest servia de isca. Encontrou o duque alheio a tudo o que acontecia ao redor, preso em um mundo de dor. Ajoelhou-se ao lado dele. Meneou a cabeça ao ver a corrente que o prendia. Ele demorou a reconhecê-la. Quando enfim seus olhares se encontraram, o duque fechou os olhos em negação.

— Você não deveria estar aqui.

Ela sorriu e ao mesmo tempo deixou escapar uma lágrima.

— Você é que não deveria estar aqui. Não é culpado de nada — respondeu ela.

— Você sabe que o rei ia me matar.

— E você sabe que a morte teria sido melhor!

Ele se calou por um instante. Então admitiu:

— Sim.

Ela desatou a chorar.

— Veja a posição em que me colocou! Agora quem terá que matá-lo sou eu.

— Não me mate. Você sabe o que acontece depois.

— Nada será pior do que você ficar assim para a eternidade! Como espera que eu continue vivendo, sabendo que você está aqui? O que faria em meu lugar?

O duque não respondeu. Em vez disso, ergueu levemente a mão trêmula, e Lady Faustine agarrou-a com as duas mãos.

— Sinto que termine desse jeito — disse ele. — Saiba que não foi culpa sua.

Ela continuou chorando, mas as lágrimas não eram mais de tristeza. Eram de fúria.

— É culpa da minha família. Do meu sangue. Acho que é isso que significa ser uma Osbourne.

Dizendo isso, Lady Faustine se aproximou mais e pousou um beijo nos lábios do duque, o qual ele recebeu com doçura e amargor. Quando ela se afastou, olhou para ele uma última vez:

— Nos reencontraremos junto aos deuses. Em um futuro não muito distante.

Dizendo isso, ela voltou a se levantar e deu as costas ao amado pela primeira e última vez. Do outro lado do fosso de cadáveres, Ruprest havia escalado a cauda do Carnífice. Com agilidade circense, corria pelas costas do monstro, em direção à cabeça.

— Peguem-no! — berrou Monsenhor Isildro aos expurgadores que restavam. — Peguem-no, ou ele vai...

Ruprest chegou à cabeça no mesmo instante em que o monstro abriu a bocarra gigantesca. Com impulso para o alto, saltou. Deu duas mortais e agarrou a lateral do mezanino. Ficou com os pés pendurados. Sabia que em seguida seria golpeado por uma das línguas do monstro, já que havia acabado de presenciar um expurgador ser capturado da mesma maneira. E foi justamente por saber disso que se esquivou. Girou para o lado, agarrando-se à beirada, e sentiu a língua estilhaçar o local onde estivera. Por fim, içou-se para o andar de cima. Tornou-se, assim, a primeira pessoa a escapar do Fosso do Suplício Eterno.

— ...escapar! — concluiu Monsenhor Isildro.

Dos seis expurgadores que haviam enfrentado Lady Faustine, um berrava, semidevorado pelo Carnífice. O outro que havia caído tentava desesperadamente escalar as laterais do fosso. Dois estavam desacordados no local da luta. O quinto expurgador estava desarmado, mas logo se apoderou do azorrague de um confrade derrotado e se uniu ao sexto em perseguição a Ruprest. Enquanto davam a volta no enorme salão, o metamorfo escalou a lateral de um dos andaimes de madeira. Escolheu o mais precário. Agarrou-se a uma das estacas que servia de sustentação e esperou.

Não demorou muito e a poderosa língua do Carnífice se ergueu diante dele, cortando o ar no santuário profano. Esticou-se muito longe, até o limite e acertou em cheio, enquanto Ruprest se atirou para o lado no momento preciso. O pouco de força que restou ao alongar-se ao máximo foi suficiente para esmigalhar a pilastra abaladiça. Com isso, a passarela logo acima perdeu a sustentação e veio abaixo, arrastando junto grande parte da estrutura de madeira construída naquele lado do salão.

Os expurgadores hesitaram, enquanto tablados e escadas caíam em efeito cascata. Monsenhor Isildro arquejou vendo a poeira se erguer. Pôs-se então a preparar uma nova magia, que voltou a derramar sobre o salão sua luz sacra. Enquanto isso, Ruprest escalou uma coluna de madeira que permanecia intacta e esperou pelo Carnífice.

Os expurgadores se aproximaram em disparada, transformando os últimos metros em uma investida com azorragues prontos para o ataque. Monsenhor Isildro terminou de moldar sua lâmina celestial e preparou a mira. Nada de o Carnífice atacar. Ruprest então reparou que a ferida recém-aberta já havia estancado e não sangrava mais. Com a contenção do cheiro de sangue fresco, o Carnífice aos poucos se acalmava.

Ruprest fechou os olhos e esperou, sabendo que ia doer.

Primeiro, veio o milagre de Monsenhor Isildro. Ruprest não desviou. O ponto luminoso acertou-o em cheio no peito, rasgou os mantos de expurgador, rasgou a camisa de viajante, rasgou a pele, rasgou a carne e foi se alojar entre os ossos, dissipando-se por fim e derramando um jato de sangue.

Em seguida, chegaram os expurgadores. Vieram correndo e girando os azorragues, extraindo das longas correntes o máximo de energia para um golpe combinado. Com o alcance das armas, atingiram Ruprest na altura onde estava empoleirado. O golpe lhe rasgou as roupas e escoriou-lhe as pernas, revelando carne viva e sangue fresco.

Ruprest deu um brado de dor, mas suportou sem se mover. Abandonou a posição apenas quando viu a língua do Carnífice mais uma vez chicotear em sua direção, procurando pela fonte do odor ensanguentado. Ferido, Ruprest se atirou pelo ar com destino incerto. A língua passou a seu lado e mais uma vez atingiu o local onde estivera, lançando estilhaços de madeira por todos os lados e derrubando o que restava da estrutura de andaimes em cima dos dois expurgadores.

Ruprest aterrissou de mal jeito e tombou no piso cheio de fissuras e agora forrado de escombros. O Carnífice recolheu sua língua, preparando-se para o próximo ataque. Ruprest gritou para Lady Faustine:

— Faustine! Preciso de sua magia mais forte!

Se tivesse algo poderoso o suficiente para derrotar o Carnífice ou Monsenhor Isildro e os expurgadores, Lady Faustine já teria usado. Ruprest sabia disso. Mas seu plano era diferente. Não tinha tempo para explicar. Antes que a princesa respondesse, ele sacou uma pequena adaga.

— Manda a magia aqui! — e arremessou a adaga em um ponto específico da parede de pedra, agora desnuda de andaimes.

Ao atingir a pedra, a adaga emitiu um barulho metálico inofensivo. Porém, o que veio depois retumbou pelo templo. Com gestos mágicos herdados da família que odiava, a princesa fez surgir um enorme crânio de energia negativa que inundou o salão com penumbra, abrandando a luz celestial. O crânio girou ao redor dela, fantasmagórico, enquanto a princesa oferecia seus últimos resquícios de energia. Por fim, ela o arremessou. E se ajoelhou, exausta.

O crânio atravessou o longo salão deixando um rastro espectral e atingiu o ponto indicado por Ruprest. A parede já estava danificada, cheia de rachaduras pela ação do tempo, e não foi difícil para o poderoso feitiço despedaçar o que restava dela. Mais do que isso, atingiu o que estava no lado de fora: a escora de madeira que Ruprest vira antes de entrar. O suporte débil que mantinha a parede em pé, símbolo do desmazelo dispensado à catedral.

Mal o estrondo do primeiro baque ressoou pelo salão, outros se seguiram com a chuva de rochedos. A parede centenária cedeu, com pedaços enormes caindo um a um, pulverizando o que sobrava dos andaimes. Um dos expurgadores que acertara Ruprest estacou, estarrecido, e foi soterrado pelos destroços. O outro correu na direção do mezanino, e mesmo assim foi atingido por pedaços menores, que rolaram por sobre a montanha de escombros e derrubaram-no para o fosso. Ruprest rastejou para longe e escapou por pouco, apenas porque já sabia o que estava prestes a acontecer.

Com a ruína da parede, o telhado desmoronou junto. O peso de tanto entulho caindo de tão alto danificou a estrutura do pavimento e derrubou parte do andar de cima para dentro do Fosso do Suplício Eterno. A enxurrada de rochas, telhas, piso, madeira e corpos se acumulou, tão volumosa a ponto de formar uma montanha que ligava o fundo do fosso ao andar de cima.

Quando a última pedra terminou de rolar e a barulheira destrutiva se tornou apenas um eco na mente, todos que ali estavam mantiveram-se imóveis por um momento. Invasores, expurgadores, condenados, diabretes e até mesmo o Carnífice hesitaram.

O exterior da catedral estava tão cheio de entulho quanto o interior. Rochas haviam esmagado arbustos, quebrado troncos de árvores e se alastrado por trilhas no bosque. Chuviscava, e a água passou a escorrer pelos pedregulhos e a transformar torrões de terra em lama, tanto fora quanto dentro da catedral: não havia mais diferença.

De repente, os expurgadores começaram a correr por todos os lados. Ruprest e Lady Faustine já os havia visto correr para tomar posição, mas agora era diferente. Pareciam sem rumo. Era o pânico.

— Mantenham-se firmes! — ordenou Monsenhor Isildro. Alguns fizeram menção a obedecê-lo. Outros pareceram não escutar. Desciam as escadas, vacilantes e confusos.

Enquanto isso, o Carnífice moveu as fossas nasais, abrindo e fechando. Então abriu a bocarra e projetou uma das muitas línguas. Dessa vez, porém, não a disparou com violência, mas esticou-a lentamente, tateando. Pois até mesmo feras irracionais são capazes de sentir o cheiro da liberdade. Parte dos detritos havia caído sobre o monstro, mas ele não se feriu. Quando moveu o corpanzil e pôs-se a escalar a montanha de entulho, as pedras que estavam sobre ele escorregaram para o lado como se não passassem de poeira.

Os expurgadores se aproximaram, mas não muito. Queriam estar perto do Carnífice, mas não tão perto a ponto de serem devorados. Alguns olharam de esguelha para Monsenhor Isildro.

— Firmes... — repetiu o líder, de forma vaga. Ele próprio parecia não saber o que fazer.

Lentamente para seu tamanho, mas rápido para padrões humanos, o Carnífice escalou a escarpa acidentada. Diante da saída, porém, suas narinas arfaram mais uma vez, captando um rastro de sangue fresco que desviava para o lado. O verme comprido virou apenas a bocarra na direção do aroma. O rastro levava até Ruprest, que, ferido pelos expurgadores, havia se arrastado para escapar da destruição.

Por um momento que pareceu durar uma eternidade, monstro e metamorfo se encararam. Ruprest estava caído e indefeso. Não movia um músculo sequer, torcendo para que o Carnífice resistisse ao petisco e rumasse para a liberdade. Por sua vez, o Carnífice continuou abrindo e fechando as narinas em fendas, a mente simplória tentando conceber um pensamento que estava além de sua capacidade.

Do outro lado do fosso, Lady Faustine engatinhou pelos corpos dos condenados. Suas mãos e joelhos ficaram encharcados de sangue e outros fluídos. O mesmo aconteceu com suas roupas de viajante e a capa do carcereiro que vestia. Seu avanço não tinha mais a firmeza de antes. Incapacitada pela exaustão, a princesa se misturou aos condenados, ora progredindo, ora afundando em meio aos corpos. Sentiu-se um deles. Pensou estar morta. Negou-se a morrer. Em nenhum momento desviou o olhar de Ruprest, mas sua vista ficou embaçada de desesperança e as vozes de diabretes voltaram a sussurrar:

— Ele vai morrer e a culpa é sua...

O Carnífice abriu a bocarra para Ruprest, pouco a pouco deixando-se levar pelo instinto básico de se alimentar.

De repente, parou.

Fungou com as fendas abrindo e fechando. Virou a cabeça de verme gigante na direção da floresta. Projetou todas as línguas ao mesmo tempo para fora da catedral e içou o corpanzil através das ruínas da parede.

Lady Faustine cobriu a distância que faltava e abriu os braços para acolher Ruprest. Sem perder tempo, ele se apoiou nos ombros dela e se ergueu. Juntos, os dois olharam para a floresta do outro lado do imenso buraco e viram um corredor de árvores derrubadas devido à passagem do Carnífice.

O que eles não viram foi Dália Oleiro, que acompanhava tudo à distância. E, com uma pedra afiada, fez um corte no próprio braço e deixou o sangue escorrer.

CAPÍTULO 7

# O CAMPEÃO DO REI

— FIRMES! — REPETIU MONSENHOR Isildro, agora com a voz trêmula.

No ponto da catedral mais distante de Ruprest, um expurgador perdeu as forças e desabou no chão como uma marionete abandonada.

Os demais se entreolharam e soltaram um gemido de desespero. Alguns correram no encalço do Carnífice. Outros caíram de joelhos, uniram as duas mãos e puseram-se a rezar. E alguns apenas se mantiveram parados, os olhos arregalados, o coração enregelado. Então o Carnífice deu mais um impulso para longe e todos os expurgadores que estavam na metade mais distante do salão tombaram.

Mortos.

— Assassinos! — Monsenhor Isildro apontava um dedo descarnado para Ruprest e Faustine.

— A gente não fez nada! — Ruprest retorquiu. — Nem relamos nessa galera!

— Não percebe... — disse o monsenhor, arquejando — Nós somos muito, muito velhos.

Lá fora, o Carnífice deu mais um impulso para longe. Com ele, foi-se a aura de vida eterna que mantinha os últimos expurgadores de pé. Todos eles tombaram, seus espíritos arrancados dos corpos pela inevitável força da natureza. Monsenhor Isildro cambaleou para o lado, esbarrou no parapeito rudimentar e caiu por cima dele. Seu corpo decrépito despencou do alto da passarela e mergulhou na profusão de membros, troncos e cabeças decepadas dos condenados. Misturou-se a eles no destino compartilhado por todos os que vivem.

— Ele morreu... de velhice? — Ruprest exasperou-se.

Lady Faustine abriu a boca para confirmar, mas sua voz foi abafada por milhares de guinchos e lamúrias abissais. Eram os diabretes, suas vozes esganiçadas soando como o arranhar de garfos. Ruprest e Lady Faustine olharam ao redor e compreenderam: os condenados também estavam mortos. A partida do Carnífice colocava fim a séculos de uma fonte inesgotável de amargura. As criaturas de pura maldade precisariam buscar seu sustento em outro lugar.

Lady Faustine divisou o duque em meio aos cadáveres. Estava inerte como os demais, sua alma finalmente entregue aos deuses. Ela deu um soluço e dobrou o joelho, indo ao chão e derrubando Ruprest ao seu lado.

Diabretes olharam sedentos para eles, mas os dois estavam próximos demais da área em ruínas, e as criaturinhas abominavam a luz que vinha do céu, mesmo que enevoado.

— Missão... cumprida? — disse Ruprest.

Ajoelhada na poeira, Lady Faustine fez que sim com a cabeça, ergueu o queixo e espantou as lágrimas. Então mudou de assunto:

— Pare de sangrar. Você é um metamorfo! Mude para uma forma em que não esteja sangrando.

Ruprest deu uma risada amarga.

— Se você rasgar uma capa, pode dobrá-la como quiser. O rasgo continua lá.

Ela então tateou os bolsos em busca de algo. Sacou ataduras e um frasco de unguento e se aproximou dele, examinando os ferimentos.

— Você vai viver.

Porém, não teve tempo de ajudá-lo. Enquanto os dois tentavam se recompor em meio à ruína e melancolia, uma figura surgiu pela enorme abertura na parede demolida.

— Vejo que sobreviveu.

Ruprest e Lady Faustine olharam para cima. No topo da montanha de escombros estava um homem de barba farta e desgrenhada, que se confundia com os cabelos revoltos. Era alto e muito musculoso, com o olhar implacável de um predador. Sua aparência feroz contrastava com sua armadura elegante. Trajava armadura completa, perfeitamente lustrada, ricamente adornada com o símbolo daquele a quem devia lealdade: a Coruja-Tempestade da Família Real.

— Vorghan Brax — Lady Faustine o reconheceu. — É tarde demais, está feito.

O homem de armadura abriu um largo sorriso e pôs-se a descer os escombros. Caminhava em um gingado tranquilo, meneando o corpo inteiro cada vez que transferia o peso do corpo de uma perna a outra.

— Quem disse que vim impedi-la?

— Quem é esse? — perguntou Ruprest ao vê-lo se aproximar.

— Vorghan Brax, o cão de guarda do Rei Ulriss Osbourne — rosnou Lady Faustine.

Ele parou diante da princesa, acima dela, e olhou-a com condescendência.

— Não vim impedi-la, milady. Um condenado é um condenado, e o rei não poderia contradizer os expurgadores. Mas você é uma moça rebelde, não é mesmo? Você tinha que vir matar seu marido. — Vorghan Brax deu de ombros. — Por que eu a impediria de cumprir o desejo do rei?

Lady Faustine estava caída e humilhada, mas continuou olhando para cima, encarando o homem que era muito maior, mais forte e estava no controle da situação.

— Zombe o quanto quiser — disse ela. — Consegui o que queria.

Vorghan Brax sorriu mais uma vez e se agachou para ficar na mesma altura que a princesa.

— Muito bonito que você e o rei tenham trabalhado juntos para esse assassinato. É uma linda forma de iniciar um casamento.

Lady Faustine desviou o olhar.

— Você vai se casar com o rei? — Ruprest interrompeu, exasperado.

Vorghan Brax olhou para ele pela primeira vez, como se não tivesse percebido sua presença até então.

— Ah, mas é claro. Será uma festa inesquecível — o homenzarrão sorria a cada palavra. — Finalmente as Oráculos aceitarão que a princesa se case... já que ela acaba de ficar viúva.

Caído como estava, Ruprest se voltou para Lady Faustine, e o impulso dela foi se encolher.

— Foi por isso que o seu marido se entregou aos expurgadores! Porque ele seria morto de qualquer forma. Seria morto porque o rei queria se casar com você. O Rei Ulriss Osbourne, conhecido por matar as próprias esposas de forma cruel.

Sim, Ruprest.

— Mas você estragou tudo! O sacrifício dele não serviu para nada.

— Ele ia morrer de qualquer forma. Morreu quando Ulriss pôs os olhos em mim. Eu não tinha como salvá-lo. Mas também não podia deixar que escolhesse o tormento eterno para me proteger.

Lady Faustine olhou para Ruprest. No rosto ensanguentado dela, estava gravado um sentimento avassalador que misturava pesar, culpa e alívio. Havia tristeza, mas não arrependimento. Por um rápido instante, Ruprest sentiu como se a compreendesse. E sentiu que ela sabia disso. Após o instante de silenciosa conexão, ela disse em não mais do que um sussurro:

— Eu não poderia abandoná-lo.

— Já chega — Vorghan Brax interrompeu. — É hora de ir.

Robusto, o homem de confiança do rei agarrou Lady Faustine pela cintura e a ergueu, fazendo com que derrubasse as ferramentas de primeiros socorros. A princesa esperneou, mas estava exausta e não conseguiu impedi-lo. Ele apoiou a barriga dela em seu próprio ombro armadurado e a segurou pelas pernas, carregando-a como um porco, da forma mais indigna possível.

Ruprest tentou se levantar, mas o esforço apenas fez com que sangrasse. Mesmo assim, provocou:

— Por que não pega alguém do seu tamanho?

Vorghan Brax deu uma única gargalhada.

— Criança, nem em mil anos você me venceria em um combate frente a frente. Sua sorte é que sou o campeão do Rei, e minha espada só bebe sangue azul. Quanto a você, princesa... Hora de assumir seu papel na cama do rei.

Dizendo isso, deu as costas a Ruprest e partiu.

Enquanto era carregada para longe, Lady Faustine moveu os lábios para formar uma única palavra de despedida:

— Obrigada.

CAPÍTULO 8

# DE VOLTA A OLHO DE SAPO

RUPREST PRAGUEJOU. PASSARAM alguns instantes. Praguejou outra vez.

Falou todos os nomes de santos que conhecia, puxando da memória até os mais obscuros, para maldizer cada um deles nominalmente. Não havia ninguém para ouvi-lo, mas não importava. Xingava e blasfemava mesmo assim, para a estrada, para a floresta, para o mundo. Estava sozinho há dias, e os insultos eram cada vez mais criativos, até o ponto em que as palavras usadas deixaram de fazer sentido. A raiva, porém, perdurava.

Depois que Vorghan Brax, Lady Faustine e Monsenhor Isildro foram embora, Ruprest se viu sozinho e ferido. Precisou respirar fundo e planejar seu curso de ação. Primeiro, tratou os ferimentos com os instrumentos que a princesa derrubara. Depois, descansou. Quando os diabretes começaram a se aproximar com seus sussurros odiosos, soube que não poderia mais ficar ali. Apoiado nos punhos e joelhos, arrastou-se pilha de detritos acima, fazendo o mesmo percurso que os outros três haviam feito para sair da catedral.

O bosque estava devastado. Ruprest encontrou um galho quebrado forte o suficiente, arrancou os ramos menores que dele brotavam e usou-o como cajado, para se apoiar enquanto caminhava. Afastou-se da catedral mancando. Parou ora ou outra para descansar. Levou um dia inteiro para cobrir uma distância que, saudável, faria em uma hora. No início, seguiu o rastro de devastação deixado pela passagem do Carnífice. Com o avançar do percurso, porém, seus caminhos divergiram. Foi com alegria que encontrou um dos cavalos de Lady Faustine ainda amarrado em meio às árvores. No alforje, o mapa que ela usara para guiá-los até ali, além de suprimentos. O outro cavalo, no entanto, não estava lá.

Ergueu acampamento. Descansou mais, torcendo para que monstros não o devorassem durante a noite. Recuperou as energias. Antes de ir embora da maldita Garganta do Colosso, foi até o local onde haviam amarrado o verdadeiro Elvesier. No entanto, encontrou-o envolto por uma teia que recobria todo o tronco da árvore. Na cabeça, havia um buraco por onde o cérebro havia sido sugado por alguma criatura, restando apenas o crânio oco.

Deu de ombros. Chutou o cadáver. Praguejou. E continuou a praguejar ao longo de todo o percurso de volta a Crisol.

Não foi difícil encontrar o caminho para a capital. Usou o mapa apenas no início, para se orientar nos ermos e localizar as estradas principais. Depois, seguiu os sinais de civilização que orbitam qualquer centro urbano: a estrada foi ficando mais nivelada, outros viajantes passaram a cruzar por ele e o som de insetos aos poucos foi substituído pelo de carroças, martelos, falatório.

Após vários dias em que tratou dos ferimentos e assumiu diversas aparências, Ruprest chegou à capital em um raro dia de sol. Usava a aparência de um homem de meia-idade com barba por fazer, roupas simples e braços fortes de pescador que puxa a tarrafa dia após dia. Uma aparência comum, escolhida para se misturar à população da região. E, quando cruzou os portões e de fato se mesclou com o povo, percebeu que havia algo de estranho na cidade.

Viu mercadores sorrindo para seus clientes. Viu crianças brincando pelas ruas, mulheres que batiam tecidos pelas janelas para espantar a poeira e arejar a casa, trabalhadores carregando pesadas toras de madeira sem reclamar, idosos que varriam as folhas caídas em seus exíguos quintais. Todos ora mexericando, ora perdidos em devaneio. A cidade inteira parecia antecipar um evento importante, que inspirava fascínio, mas de forma enviesada ou até perversa. Era como um segredo do qual todos soubessem, mas ninguém ousasse falar em voz alta.

Ruprest saiu da alameda principal e serpenteou pelas ruelas de Crisol até a Taverna Olho de Sapo. Amarrou o cavalo no lado de fora e entrou, desviando de pessoas que saíam. O salão estava com as janelas abertas e lotado de clientes tagarelas. Ruprest caminhou por entre as mesas, esquadrinhando o salão, averiguando quem estava lá e ouvindo conversas soltas.

— Ele deve anunciar em breve! — disse a atendente da taverna para uma freguesa ao depositar os copos na mesa. — Os sinos podem tocar a qualquer momento.

— Então é melhor eu preparar um vestido — a freguesa respondeu com olhos brilhantes.

— Será que vai dar certo dessa vez? — perguntou um homem de bigode sentado junto ao balcão.

— Acho melhor do que nem tentar... — respondeu o amigo dele, que usava um chapéu elegante e surrado.

— Ouvi dizer que a última vez foi boa para os pescadores — disse o taverneiro, e então ergueu a voz para Ruprest. — Foi bom, não? O último ritual trouxe bastante peixe?

Não era a primeira vez que alguém fazia a Ruprest uma pergunta baseada em sua aparência e ele não sabia responder. Contudo, ao longo dos anos aprendera que as pessoas não buscavam realmente uma resposta. Elas só queriam que alguém confirmasse suas suposições.

— É isso mesmo — respondeu ele. E quem iria contradizê-lo?
— Veremos como será dessa vez.

O taverneiro e os demais ficaram satisfeitos com a resposta e retornaram a suas conversas miúdas. Porém, uma voz irrompeu de um canto do salão:

— Ruprest!

Ao ouvir isso, o taverneiro fulminou o salão inteiro com o olhar, procurando por alguém. Então, percebeu que falavam com o pescador à sua frente.

— Ah, você se chama Ruprest? Desculpe, é que não gosto desse nome. Você nem imagina o que passei.

— Ruprest, aqui! — a voz insistiu.

Vários dos frequentadores circulavam pela taverna ou simplesmente conversavam de pé, e Ruprest precisou desviar deles para ver quem o chamava. Na última mesa do cantinho, encontrou um rapaz de barba rala e cabelos castanhos, com olhos menos impressionáveis do que Ruprest se lembrava.

— Beco. Você está livre.

— Sim — disse ele, mirando o pingente que o metamorfo usava para ser reconhecido pelos aliados. — Me deixaram preso por alguns dias e depois me soltaram. Não sei por quê. Aí eu vim pra cá. Imaginei que cedo ou tarde você iria aparecer.

Ruprest puxou uma das cadeiras e se sentou, taciturno. Não se deu o trabalho de explicar o acordo com Lady Faustine. Beco esperou um momento e, como o metamorfo nada disse, prosseguiu com cuidado:

— Ruprest, os outros três... acho que estão mortos.

O taverneiro foi até a mesa, depositou dois canecos cheios e voltou para o balcão. Ruprest pegou a bebida sem pressa. Deu um gole. Pousou-a de volta na mesa.

— Sim, eles estão.

Beco observou Ruprest. Hesitou. Calou-se. Pensou por um momento.

— Imagino que você não conseguiu pegar o anel? — perguntou o rapaz.

— Não.

Ambos encararam os canecos por mais um instante de silêncio.

— Você pretende... tentar de novo? — perguntou Beco.

— Não sei. Talvez — disse Ruprest. — Ele está no castelo agora.

Beco certificou-se de que ninguém os ouvia e passou a falar baixo, em tom de conspiração:

— Uma oportunidade de entrar no castelo se aproxima.

Isso despertou o interesse de Ruprest, que inclinou para ouvir melhor.

Beco prosseguiu:

— Já faz alguns dias que aportou na cidade o navio de Vorghan Brax, o Campeão do Rei.

Ruprest socou a mesa.

Beco parou de falar. Arregalou os olhos para o metamorfo.

— Desculpe — disse Ruprest. — Prossiga.

Beco continuou mais lentamente.

— Esse navio trazia Lady Faustine, a princesa de quem tentamos roubar o Anel do Ressurgir.

Ruprest socou a mesa com mais força, fazendo os canecos trepidarem.

— Me ignore — disse ele, ainda de punhos cerrados. — Continue contando.

— Você quer muito aquele anel, né?

Ruprest relaxou os punhos e pousou as palmas das mãos abertas sobre a mesa.

— Fale sobre a oportunidade.

— Está chegando o Festival da Primavera, e as pessoas mais belas do reino serão convidadas, não importando se são nobres ou plebeus. E o festival desse ano será ainda maior do que o normal, já que nele vai acontecer o casamento do Rei Ulriss Osbourne com Lady Faustine!

Ruprest se levantou e, com um berro, virou a mesa. Os canecos rolaram para longe e o resto da bebida se espalhou pelo chão.

De longe, o taverneiro cravou os olhos em Ruprest, perguntando-se se o nome era amaldiçoado.

— Desculpe — o metamorfo apertou as têmporas, irritado e com dor de cabeça.

Passado o espanto, Beco reergueu a mesa e o taverneiro veio limpar a bagunça. Quando tudo voltou ao lugar, Ruprest se sentou novamente, fez sinal para vir mais uma rodada de bebida e esperou de braços cruzados.

— Por que o rei quer se casar com Lady Faustine? — perguntou ele. — O que ela tem de especial?

— Ele quer um herdeiro — Beco deu de ombros. — Ele até tem alguns filhos, mas não gosta de nenhum. É o que acontece quando você se casa com sua irmã, os filhos nascem com problemas. Isso é, quando nascem.

— Lady Faustine é irmã do rei?

— Sobrinha. As irmãs não deram certo, e o rei foi casando e matando até não sobrar nenhuma.

— E o resto da família aprova isso tudo?

— Que família? — Beco deu de ombros. — Os irmãos homens ele matou também. Mandou para o front de batalha. Dos parentes que restaram, é cada um por si.

Ruprest olhou para o infinito. Lady Faustine estava lidando com tudo sozinha.

— E o que é esse Festival da Primavera?

Por algum motivo, a pergunta saiu mais alta do que Ruprest pretendia. Vários clientes da taverna olharam para ele e deram risadinhas maliciosas, desviando a atenção em seguida. Beco encolheu os ombros.

— Como posso explicar? É um ritual de fertilidade. Envolve uma grande festa em que as pessoas mais belas do reino são convidadas para... hum... copular.

Ruprest se levantou:

— É uma suruba?!

Os desconhecidos ao redor riram novamente, mas agora de forma descarada.

— Isso mesmo, pescador. Uma suruba! — disse um artesão de poucos dentes sentado na mesa ao lado. — Você não é daqui? Pois se prepare. Os bonitos se comem lá dentro e os feios se comem aqui fora.

— Todo mundo se dá bem! — concordou uma mulher.

— E, depois do festival, as colheitas aumentam, as vacas procriam, os cardumes aparecem — sorriu um lavrador que estava em outra mesa.

— Só vantagens — comemorou um pregoeiro de chapéu elegante.

— Finalmente teremos uma nova rainha. À saúde dela! — alguém propôs um brinde, e canecas se ergueram por toda a taverna.

Ruprest escutou tudo de pé. Quando as risadas arrefeceram, perguntou com um fio de voz:

— A rainha participa da suruba?

Mais risadinhas.

— Nem adianta ir se animando — respondeu o pregoeiro. — A rainha é exclusividade do rei. Afinal de contas, o objetivo disso tudo é despertar o poder mágico primal que corre nas veias dos Osbourne para conceber o herdeiro da coroa.

Ruprest voltou a se sentar, atordoado.

Beco falou baixinho:

— Esse festival é a melhor chance da gente entrar escondido no castelo.

Ruprest passou a mão na testa e pela cabeça, e indagou sem nem ao menos olhar para Beco:

— Quando ele acontece?

— Daqui a duas semanas.

Ruprest meneou a cabeça.

— Não posso esperar tanto tempo.

Beco olhou para ele esperando por uma explicação.

— Não posso esperar — repetiu Ruprest. — Preciso... preciso do Anel do Ressurgir.

CAPÍTULO 9

# O CASTELO DO CRISOL

RUPREST ABANDONOU o caneco de bebida pela metade, alugou um quarto na Olho de Sapo e passou o resto da noite reunindo equipamento para a infiltração. Um estojo de gazuas, adagas de arremesso embainhadas junto à coxa, um anel porta-veneno, uma bolsinha de couro discreta comportando outros itens versáteis.

— Quando quer ir? — perguntou Beco.

— Amanhã — Ruprest respondeu sem pensar.

— Depois de amanhã é melhor — disse Beco. — Dia de entrega no castelo. Bastante gente entrando e saindo.

Ruprest parou o que estava fazendo e se virou para o rapaz. Tinha o cenho franzido em censura. Beco se encolheu.

— Tenho um primo na criadagem. Ele me conta coisas.

O metamorfo sacou uma pedra de amolar, sentou-se em uma cadeira e pôs-se a trabalhar na lâmina de uma das adagas.

— E o que mais ele te contou?

— Várias coisas. Corredores fora de uso. Trancas vulneráveis. O castelo é grande demais para não ter brechas.

Ruprest meneou a cabeça em aprovação, mas sem tirar os olhos do fio da arma. Beco sempre dispunha de informações valiosíssimas.

— Não sei se essas informações serão úteis — disse Ruprest. — Fale mais.

— Como eu ia dizendo, depois de amanhã é o dia que o portão fica aberto. Claro que tem guardas, mas ainda assim vai ser bem mais fácil da gente entrar e sair.

— A gente? — Ruprest se levantou. — Está pensando que vai comigo?

Beco ficou parado de boca aberta.

— Eu... sou seu parceiro de golpe. Não sou? E o único que restou.

— Você é um moleque! Escapou vivo por sorte. Quer terminar como os outros? Eu não tenho como cuidar de você. Vai ficar aqui.

Beco abaixou a cabeça e se contentou em atuar como informante. Deu a Ruprest todos os detalhes possíveis. O metamorfo explicou que já havia se infiltrado em locais mais difíceis e não precisava formular um plano muito complexo, mas que não faria mal ter um dia a mais para providenciar as ferramentas faltantes.

Na primeira noite de espera, dormiu mal e teve sonhos estranhos. Na segunda noite, não conseguiu dormir. Levantou da cama quando a luz do dia penetrou as frestas na janela, conferiu os últimos preparativos e desceu as escadas na hora do almoço, desviando dos muitos fregueses e causando um sobressalto no taverneiro ao cumprimentá-lo em seu trajeto até a porta. Saiu para a rua sob o céu encoberto. Rumou para o objetivo.

O Castelo do Crisol era formado por inúmeras torres, algumas baixas e encimadas por ameias, outras altas e terminando em pináculos pontiagudos que feriam o céu. Era uma fortaleza capaz de impor duras baixas a quaisquer invasores, e um palácio acostumado a receber festas elegantes e libertinagem. Havia janelas pequenas, de onde um observador interno analisaria os arredores sem ser visto, e enormes terraços descobertos, aonde o rei ia para ostentar suas esposas e se pronunciar para os súditos. Proteção e luxo andavam lado a lado na sede do poder de Utteria, com cada ponto iluminado pelo verde bruxuleante de tochas mágicas.

A fortaleza era grande e habitada por nobres mimados, que exigiam uma criadagem excessivamente numerosa. Toda essa gente precisava comer, vestir e ter suas frescuras saciadas. Como a construção não era autossuficiente, o abastecimento precisava vir de fora. Assim, nos dias marcados chegavam carroças de grãos, legumes, carnes, tecidos, madeira, pedra e até tinta. Tudo o que Ruprest precisou fazer foi tomar o lugar de um dos carroceiros.

Disfarçado de trabalhador, galgou a alameda principal, que serpenteava colina acima, até o promontório onde o castelo se erguia. Do lado de cá, a escarpa abarrotada de casas. Do outro lado da fortaleza, a queda até o rio turbulento. O sol ia alto quando Ruprest puxou as rédeas do jumento diante da entrada da construção. Era um portão pesado, composto por barras de ferro na vertical e na horizontal, formando um quadriculado sólido. Estava aberto, içado para cima, mas vários guardas vigiavam. Alguns perto do portão, portando alabardas; outros no topo da muralha, empunhando bestas.

Um dos guardas do portão se aproximou:

— Deixe-me ver o que você tem aí.

Ao longo de todo o trajeto, a caçamba estava coberta por uma pesada lona de cânhamo, e Ruprest não fazia ideia do que transportava. Portanto, não respondeu, como era de praxe quando alguém perguntava algo que não sabia. Em vez disso, desceu da boleia de forma humilde, dizendo:

— O senhor pode ver com seus próprios olhos. — Descobriria a resposta junto do guarda.

Ruprest levou o guarda até a traseira e, com esforço, ergueu a lona, revelando o conteúdo. Ao fazer isso, ergueu-se uma fedentina inominável. O guarda imediatamente tapou o nariz e virou a cara para o lado.

— Por todos os santos!

Ruprest precisou de uma força de vontade monumental para manter a expressão sóbria, como se estivesse habituado àquilo. Porém, sentiu as narinas arderem e lágrimas se formarem em seus olhos. Sobre a muralha, sentinelas armadas com bestas perceberam que havia algo fora do comum e passaram a acompanhar os desdobramentos com mais atenção.

— O que é isso? — inquiriu o guarda, chocado.

A caçamba de madeira estava preenchida por um material marrom e quebradiço semelhante a terra, mas dotado de um fedor orgânico. Ruprest não soube como dar a notícia, mas o próprio guarda chegou à conclusão:

— É... estrume?

Um instante de silêncio se fez enquanto todos assimilavam a informação.

Ruprest rapidamente calculou a quantidade de guardas e a posição de cada um, perguntando-se o que fariam com um pobre coitado que ousava insultá-los. Será que iriam espancá-lo? Haveria ainda brecha para fuga? E como raios Beco havia dado uma dica tão furada?

Então os guardas no topo das ameias caíram na risada.

— Estrume! — repetiu um deles.

— Manfredo recebeu uma encomenda de merda! — Bradou o outro.

Manfredo manteve a carranca de repulsa e aborrecimento, ele mesmo se perguntando qual seria o curso de ação adequado, quando um sargento surgiu no portão.

— Deixe passar. É adubo para os jardins.

Manfredo assentiu para o superior e se afastou da carroça, permitindo a Ruprest cobrir a carga e subir à boleia. Uma vez sentado, estralou as rédeas e passou sob o portão. Içadas, as barras de ferro terminavam em agulhões que ameaçavam cair e fincar-se na cabeça de Ruprest enquanto adentrava a fortaleza.

— E quanto a vocês — o sargento olhou para os guardas acima —, continuem rindo... Se quiserem virar os novos expurgadores das Oráculos!

Todos pararam de rir, exceto um.

— Enviar um soldado daqui para lá? Sir Corovan Doyle nunca ia deixar uma coisa dessas — rebateu o guarda especialmente ousado.

— O general nem sabe quem é você, Alvino. Agora voltem todos ao trabalho. Manfredo. Alvino. Acompanhem a carroça.

Os dois guardas se destacaram do grupo, enquanto os demais seguiram com os procedimentos do portão. Alvino pulou na boleia ao lado de Ruprest, sua armadura tilintando com o movimento. Era um jovem atlético e de cabelo castanho e curto. Sentou e foi logo dando instruções:

— Vire à direita e depois à esquerda contornando a torre, passe embaixo do arco e siga reto até encontrar a entrada de um galpão.

Sem mais espaço na boleia, Manfredo se agarrou à lateral da caçamba, perto da carga malcheirosa. Isso daria aos colegas mais um motivo para rirem, mas ainda era mais digno do que ir correndo atrás da carroça. Era jovem e atlético como o colega, mas com cabelo cor de palha e um grande nariz.

Ruprest deu o comando e o jumento seguiu adiante. Avançava devagar, as rodas da carroça ora derrapando em poças de lama, ora trepidando contra paralelepípedos de pedra, enquanto Ruprest observava os arredores.

O Castelo do Crisol era formado por incontáveis edificações de todos os tamanhos, mas que tinham em comum a verticalidade: quase todas eram muito mais altas do que largas, desde as pequenas atalaias de guarita até a gigantesca torre principal. Para fortalecer as maiores estruturas, arcobotantes esticavam meio-arcos para fora das imensas paredes, formando corredores ao ar livre. Além disso, a arquitetura intrincada contava com labirintos de mármore, abóbadas ogivais, espiras espinhosas e outros elementos que conferiam uma atmosfera solene e soturna. Afrescos, gárgulas e vitrais completavam a composição com um toque exagerado de ostentação decadente.

— Você acha que Sir Corovan Doyle não sabe mesmo quem sou eu?

Por um momento, parecia que Alvino falava com Ruprest. Em seguida, porém, Manfredo respondeu:

— Claro que não — disse ele, com o mau humor de quem virou a piada da turma. — Nem você e nem eu. E nem o sargento. Não passamos de números para ele.

— Sou sobrinho de um barão! Como posso ser só um número?

— Baixa nobreza. É por isso que está alocado no castelo. Se fosse nobre de verdade, ganharia um título bonito e um motivo qualquer sobre honra e bravura para lutar na fronteira e morrer rápido. Agradeça ao seu pai por ser pouco importante. Torça para que ele não incomode o rei e aprecie a segurança de ser apenas um número.

A carroça virou à direita e seguiu trepidando por um tempo. Então o trecho calçado terminou e seguiu-se um momento de silêncio em que todos apenas observaram o percurso se desdobrando adiante, à medida que circundavam uma das torres na morosidade do jumento.

As palavras de Manfredo pairavam no ar, desconfortáveis. Alvino tentava digeri-las. O próprio Manfredo estava calado, parecendo cogitar uma retratação. Ruprest aproveitava a desatenção dos dois jovens. Virando apenas os olhos e nunca a cabeça, reconheceu algumas torres que haviam sido descritas por Beco, distinguiu outras que o haviam escapado e completou em sua mente algumas partes faltantes do mapa.

Quando a carroça passou sob o arco e entrou novamente em uma área com calçamento, o barulho fez com que os rapazes despertassem. Olharam para Ruprest. Observaram o jumento. Conferiram a lona sobre o esterco. Percebendo que o fim do diálogo os deixava mais alertas, Ruprest simulou uma voz cansada:

— Cada homem conta.

Os rapazes demoraram a perceber que o estrumeiro falava com eles. Quando perceberam, sorriram. Não o responderam, mas voltaram a conversar entre si.

— É verdade — disse Manfredo. — Podemos ser só número, mas somos números valiosos. Tanto é que o general não nos manda proteger a igreja dos expurgadores ou outro desses lugares sem importância. Cada homem conta, principalmente depois que as tropas mercenárias foram cortadas pela metade.

— Cortadas pela metade? Como assim? — perguntou o outro rapaz.

— Helestra de Theeras, é claro. Quem mais?

— Sovina! Aposto como está desviando o ouro para aquela obra estúpida. Por que o rei deixa uma idealista ser chanceler? Ela não sabe do que o reino realmente precisa.

Se uma conversa desconfortável já distraía os dois rapazes, uma boa fofoca obliterava seu senso de vigilância. Enquanto se ocupavam de tecer ofensas contra a chanceler delirante e manipuladora que prejudicava o trabalho louvável do bravo general, Ruprest aproveitou para diminuir ainda mais a velocidade do jumento e esquadrinhar os arredores descaradamente. Com isso, concluiu seu mapeamento do pátio externo, detectou falhas na segurança e identificou possíveis rotas de fuga.

Mais importante: ouviu a voz conhecida de Lady Faustine. Virou a cabeça e a viu num pequeno terraço no terceiro andar.

— Chega das suas ameaças! — vociferou ela. — Não tenho medo de você.

Estava deslumbrante. De volta seus trajes negros e luxuosos de corte, tinha o cabelo branco impecavelmente escovado às costas e os chifres adornados por joias. Falava com outra mulher. Igualmente bela, a outra vestia vermelho e tinha os cabelos castanhos e ondulados penteados para um único lado da cabeça, deixando o pescoço à mostra do outro lado, de forma sensual. Não possuía os chifres, nem a pele cinzenta que conferia a Lady Faustine ar demoníaco. Sua pele era clara, de aparência saudável. Apesar disso, algo nas duas era parecido. Talvez o contorno do rosto, talvez o formato do nariz.

— Suma da minha frente, Lucylia. Não sou obrigada a aturar suas ameaças. — Ao dizer isso, Lady Faustine deu as costas à outra.

À distância, era difícil identificar a reação da outra. Mas suas palavras chegaram claras, como que trazidas pelo vento:

— Não trago ameaças, apenas ofereço conselhos sinceros. Cabe a você decidir se ouvirá a voz da razão ou se prefere ficar se martirizando. Apenas saiba que toda escolha reserva consequências. E quando tais consequências se revelarem, não poderá dizer que houve falta de aviso.

Dizendo isso, fez uma mesura apenas para cumprir protocolo, já que Lady Faustine não estava olhando, e se retirou do terraço.

— Ei! Pare de encarar as princesas! — Manfredo deu um tapa na nuca de Ruprest.

— Isso, olhos pro chão. — Alvino reforçou. — E essa carroça não vai mais rápido?

Ruprest nada disse, apenas obedeceu. Estalou as cordas e o jumento acelerou o passo, passando por baixo do terraço e seguindo adiante.

Chegando ao galpão, os dois jovens pularam do veículo, deram uma pá nas mãos de Ruprest, indicaram onde descarregar o adubo e ficaram observando-o trabalhar. Ruprest então subiu na caçamba e pôs-se a arremessar o estrume para fora, revirando-o ao máximo e fazendo uma chuva com a massa fedorenta.

— Pensando bem, vamos esperar lá fora — disse um dos rapazes franzindo o nariz. — Avise quando terminar.

E o deixaram sozinho no galpão.

Ruprest descarregou uma pá de estrume. Descarregou outra. Trabalhou no auge da ineficiência, enquanto ouvia as vozes dos dois rapazes percorrerem a fachada do galpão e virarem a esquina. Não se distanciaram mais. Os dois ficaram conversando ao lado do prédio, rindo dos colegas, reclamando do sargento, especulando sobre a realeza. Sem supervisão, Ruprest abandonou sua tarefa. Assumiu uma forma mais ágil e investigou o local. Era um depósito amplo, mas simples, onde se guardavam pás, foices e sacas de sementes. Além da porta ampla por onde havia entrado com a carroça, havia uma menor nos fundos, mas que levava para o lado oposto de onde ele queria ir. Sendo assim, traçou um rápido plano que envolvia esperar.

Os dois guardas jogaram conversa fora por um tempo mais longo do que deveriam. No que dependesse de Alvino, passariam a tarde inteira ali. Mas Manfredo tinha senso de dever, e em dado momento se cansou de esperar.

— O estrumeiro já devia ter terminado. Vamos lá.

— Vá você — respondeu Alvino, indolente. — Chame se precisar.

O som de um par de botas refez o caminho de volta, contornando o galpão rumo à porta maior. Manfredo deu um passo para dentro e se deparou com o galpão vazio. A carroça de adubo estava abandonada, a pá fincada no esterco, o jumento solitário balançando o rabo para espantar os insetos. Não se via o estrumeiro. O jovem Manfredo mal teve tempo de se espantar, que dirá de reagir. Antes que sequer abrisse a boca, Ruprest se lançou sobre ele a partir do teto onde estava pendurado, e o nocauteou com um golpe na cabeça. Com a desenvoltura de quem já fez isso mais vezes do que se lembrava, arrastou-o para um canto, despiu-o, amarrou-o e assumiu sua forma. Quando o falso Manfredo retornou para o exterior do galpão, Alvino não notou diferença.

— E o estrumeiro? — perguntou.

— Ainda revirando merda.

Alvino deu algumas risadinhas quase infantis.

— Engraçado ver você falando essa palavra. Sempre tão certinho!

Ruprest não respondeu. Apenas fez a cara de desgosto que imaginou que Manfredo faria. De dentro do galpão, surgiram gemidos e resmungos de um trabalhador braçal fazendo esforço físico: na verdade, um simples truque de ventriloquismo que Ruprest aprendera há muito tempo e que sempre lhe fora útil ao conferir credibilidade às suas lorotas.

— Pelo visto, vai demorar — Alvino deu de ombros, despreocupado.

Ruprest concordou:

— Sim, e é um desperdício nós dois parados aqui. Eu fiscalizo o estrumeiro. Pode voltar para o portão.

— Não — respondeu Alvino. — Volte você para o portão. Se chegar outra carga valiosa como essa, eles vão precisar de você para fazer uma inspeção olfativa. Eu fico aqui com a árdua tarefa de esperar.

Exatamente o que Ruprest queria ouvir. Fingindo contrariedade, despediu-se do colega e retornou caminhando rumo ao portão, mas uma vez fora da linha de visão de Alvino, virou em uma passagem estreita entre duas torres, percorreu-a do início ao fim, até uma pequena porta sem adornos e, certificando-se de que ninguém o observava, sacou um pequeno estojo de gazuas e se ajoelhou diante da fechadura. Era simples e, com a maestria da experiência, Ruprest a abriu em um instante.

Viu-se nos estábulos reais, exatamente como indicado por Beco. Enormes corcéis de pelagem brilhante ocupavam as baias, e os equipamentos de montaria estavam pendurados em uma das paredes, ao lado de pilhas de feno. Ruprest se apoderou de um par de selas, rédeas, mantas e estribos, escolheu dois animais musculosos, porém mansos, e os deixou preparados. O amplo portão de madeira que permitiria a saída dos cavalos estava encostado, mas Ruprest se certificou de abrir o ferrolho. Quem olhasse de fora não teria como adivinhar que a segurança estava comprometida. Tudo pronto para quando fosse o momento de fugir.

A um canto do estábulo, havia uma escada estreita, que subia. Ruprest galgou os degraus e acessou o segundo andar, onde um corredor dava acesso a várias salas com mais equipamento de montaria, além de escovas, tesouras e outros itens para o asseio dos animais. Uma delas estava aberta e lá dentro um cavalariço escrevia algo num papel. Ruprest passou pelo corredor sem fazer barulho, aproveitando a concentração do homem para não ser visto. Encontrou a sala que buscava sem grandes dificuldades. Uma sala pequena e sem grandes atrativos, mas cuja janela ficava próxima do terraço onde há pouco havia visto Lady Faustine.

Ruprest estava no segundo andar e o terraço ficava no terceiro, de modo que não era possível ver tudo o que se passava nele. Ao se erguer no batente da janela, no entanto, soube que Lady Faustine não estava mais lá, tampouco Lady Lucylia ou qualquer outra pessoa. Era um terraço pequeno, circular, contornado por um parapeito formado por uma balaustrada ornamentada. Possuía uma única porta em forma de arco ogival, que Ruprest mal conseguia ver, mas sabia, graças a Beco, que dava acesso ao principal salão do castelo. Uma vez que ganhasse o terraço, o castelo inteiro estaria à sua disposição.

Ruprest sacou uma corda com gancho, mas paralisou quando um pelotão surgiu virando a esquina. Tão jovens quanto Alvino e Manfredo, o grupo de oito soldados percorreu a travessa que se formava entre a torre principal do castelo e o estábulo, alheios ao ladino sobre suas cabeças, tão imóvel e discreto que mal parecia respirar. Depois que se foram, Ruprest girou a corda para pegar embalo e arremessou-a no terraço. O gancho se prendeu a um ornamento do parapeito e, com a corda firme, o metamorfo se lançou no vão entre prédios e se agarrou ao outro lado. Escalou os poucos metros que faltavam. Com a agilidade de um gato, pulou para dentro do terraço vazio. Diante dele, abria-se a modesta porta para o salão principal. A partir dali, não poderia mais contar com as dicas de Beco.

Estava por conta própria.

CAPÍTULO 10

# MÃOS-LEVES

MUITO SE FALAVA em Utteria, e até nos reinos vizinhos, sobre o Castelo do Crisol. Não sobre suas torres centenárias, sobre sua iluminação mística ou mesmo sobre as peças de arte que o adornavam. Ninguém parecia lembrar sequer que naquele local eram tomadas decisões que afetavam a vida de incontáveis súditos e forasteiros. Sempre que alguém mencionava o centro do poder dos Osbourne, ou a própria família real, a conversa invariavelmente se voltava para o mesmo assunto: suas abundantes orgias.

Quando Ruprest espiou para dentro do salão principal, logo soube: era ali que os eventos aconteciam. O centro do salão era amplo e vazio, permitindo espaço para as pessoas circularem e dançarem. As laterais, por sua vez, eram repletas de sofás e divãs onde os convidados poderiam se reclinar para conversar ou fazer algo que demandasse certo conforto. Havia mesas aqui e ali, mas nenhuma cadeira. No Crisol não se sentava para banquetes. De pé, comia-se aperitivos e bebia-se até a embriaguez, mas o prato principal eram os demais convidados.

Isso, contudo, em situações festivas. Quando Ruprest invadiu o salão principal, o local estava quase desabitado, à exceção de alguns guardas postados nas laterais e criadas limpando o piso. Portanto, pôde contemplar a arquitetura. Era oval, com chão e paredes forrados por tapeçarias suntuosas que reforçavam a atmosfera de lascívia. Por três lados, o ambiente era cercado de mezaninos e camarotes, com algumas portas o interligando a corredores internos, uma grande escadaria descendente que levava para fora e outras várias passagens abrindo para pequenos terraços, como aquele por onde Ruprest havia acabado de entrar.

O lado leste era diferente. Possuía várias portas iguais, todas enormes, de folha dupla, exibindo vitrais luxuosos como nada mais que Ruprest tivesse visto no reino até então. Todas abriam para o mesmo local: um terraço gigantesco, vagamente circular, mas cujo formato ia afunilando até se transformar em uma ponte de pedra. Esta cruzava por sobre um amplo jardim que contornava o corpo principal do castelo, a última porção de terra antes do fim do promontório, e depois continuava sobre um abismo. Em séculos idos, era o único acesso à mais célebre torre da história de Utteria, construída no topo de uma falésia estreita, onde os antigos reis se deitavam com suas rainhas-irmãs e geravam os próximos herdeiros da coroa. Contudo, a torre ritualística estava em ruínas. Apenas a ponte resistia, levando até um mero amontoado de pedras. Muito abaixo, à altura de uma queda mortal, o rio rugia açoitando o sopé do rochedo.

Ruprest observou tudo isso e guardou a arquitetura do lugar em sua mente. Então, com passos decididos para não levantar suspeitas, deu as costas aos vitrais que abriam para o grande terraço e rumou para as portas menores que levavam para corredores internos. Escolheu uma porta qualquer, pois seria apenas o início de sua investigação.

A porta levou-o a um corredor repleto de quadros e tapeçarias. Havia várias portas, das mais simples às mais decoradas. A maior de todas ficava na outra extremidade do corredor e estava aberta. Dela, surgiu a voz de um nobre:

— Minhas terras darão mais fruto após o ritual. Inclusive, da última vez muitas servas embarrigaram. Espero que isso se repita. Novos pares de braços não me fariam mal.

Outro nobre respondeu:

— Da última vez, encontramos um veio de diamantes em uma mina que já havia sido dada por exaurida. A magia dos Osbourne é poderosa.

As vozes se aproximavam, e Ruprest não quis esperar para ver quem eram os nobres. Escolheu uma das portas menores e sem adornos, e por ela acessou um corredor estreito. Seu objetivo era encontrar as passagens de serviço, pois criados possuem acesso aos mais diversos aposentos. Assim, subiu uma escadinha escura, percorreu passagens labirínticas e, em pouco tempo, encontrou uma grande escadaria espiral, que atendia a vários andares. Apesar de larga, a passagem parecia apertada, devido à quantidade de camareiras, copeiros, aias e valetes que transitavam carregando os mais variados objetos, desviando uns dos outros e mal reparando no jovem guarda que ninguém sabia estar fora de seu posto. Não havia janelas e nem tochas mágicas; a iluminação era proporcionada por alguns poucos candeeiros mundanos. O lugar parecia um formigueiro.

— Mais lenha! — gritou um camareiro andares acima.

— A caminho! — respondeu um serviçal andares abaixo.

Ruprest não via nenhum dos dois, mas ouvia suas vozes, assim como várias outras que gritavam acima e abaixo e outras que conversavam entre si. Tentou apreender o máximo possível no pouco tempo que tinha. Apurou os ouvidos para captar nomes que talvez lhe fossem úteis.

— Helestra de Theeras... — disse uma jovem de cabelos encaracolados. Pelas roupas finas, uma dama de companhia — ...precisou interromper a construção do liceu.

— Mas por quê? — sussurrou uma assistente robusta que a seguia escada abaixo.

— Sir Corovan mandou para a guerra todos os duques que a apoiavam. Agora ela não consegue mais convencer o rei.

— Que afronta! Mas... o que é um liceu?

— É um... — a dama de companhia pensou por um instante — uma escola. A chanceler disse que entrar lá vai virar alquimista.

— Uma escola mágica? — a assistente arregalou os olhos.

A dama de companhia não respondeu, apenas permitiu o peso do silêncio. As duas passaram por Ruprest carregando bandejas, rumo a algum andar inferior. Ruprest, por sua vez, dirigiu-se para cima.

Durante a subida, passou por diversas portas: algumas abertas, outras fechadas; algumas dando acesso a corredores importantes, outras terminando em pequenos depósitos. Ruprest mapeou tudo mentalmente enquanto galgava os degraus com passos decididos, de forma a não levantar suspeitas. Contudo, algo o fez estacar. Após vários pequenos depósitos, encontrou um que a seus olhos era uma mina de ouro. Viu-o só por um momento, pois logo a ama de chaves fechou a porta e a trancou: era uma espécie de armário de roupas, onde se guardavam vários tipos de uniformes e roupas sobressalentes.

— Precisa de alguma coisa, soldado? — perguntou a ama, ao notá-lo ali parado, enquanto prendia o molho de chaves à cintura. Era uma mulher bastante velha e igualmente severa, de vestido bem alinhado e um manto sobre os cabelos.

Ruprest recuperou a boa postura e respondeu:

— Fui enviado como mensageiro. Tenho um recado para Lady Faustine.

A idosa franziu o cenho.

— Apenas membros da família Osbourne podem se encontrar com Lady Faustine. Você deverá informar o remetente de que a mensagem não pôde ser entregue, e depois retornará a seu posto.

Ruprest hesitou. Não esperava por aquilo.

— Lady Faustine? — repetiu ele. — Desculpe, me confundi. São tantas princesas! Na verdade, a mensagem é para Lady Lucylia.

— Hum... — a ama ponderou por um momento. — Lady Lucylia está com Helestra de Theeras. — Ela o olhou de cima a baixo. — Qual é mesmo seu nome, rapaz?

— Manfredo, senhora.

— Filho do Marquês de Siaxow?

— Sim, senhora — Ruprest concordou sem saber se estava correto.

A ama fez uma expressão de desagrado, mas por fim decidiu:

— Você encontrará Lady Lucylia no próximo andar. Mas, antes de interromper a conversa, peça autorização à dama de companhia de Helestra. O nome dela é Verena. Ela saberá o que fazer.

Ruprest assentiu, obediente. Com um último olhar inquisidor, a ama de chaves desceu as escadas.

Ruprest deu as costas e fez que continuaria subindo, mas não continuou. Com um sorriso, jogou para o alto e pegou novamente um item metálico tilintante: o molho de chaves. Talvez tivesse falhado em afanar o anel que estava no dedo do campeão do rei, mas ainda era capaz de pegar as chaves na cintura de uma velha. Assim, enfiou-se no armário de roupas. Mesmo que a ama desconfiasse e mandasse alguém em seu encalço, jamais o encontrariam, pois, quando saiu, era a jovem de vestido elegante e cabelos encaracolados que vira descer as escadas acompanhada de uma assistente. Ruprest não pediria autorização a Verena.

Ele *seria* Verena.

CAPÍTULO 11

# OS IRMÃOS OSBOURNE-VANDERSNACH

RUPREST ABRIU A porta devagar, para se certificar de que a velha não o havia mandado para uma armadilha. Porém, deparou-se com um corredor simples e vazio, semelhante ao que vira alguns andares abaixo. Uma passagem de serviço. Com a mesma cautela, investigou o andar. Experimentou portas, percorreu corredores, esperou o som de passos se afastarem antes de cada avanço arriscado. Por fim, encontrou Lady Lucylia em uma pequena sala decorada com cortinas e mesinhas laterais. Estava recostada em meio a almofadas com displicência, de modo que o decote ombro a ombro do vestido vermelho ficava caído de um dos lados, deixando à mostra uma parte polpuda do seio e o início delicado da axila. Com seus 20 anos de idade, tinha a pele macia e luminosa, própria da juventude. Se fosse inexperiente, Ruprest pensaria que a indiscrição era fruto de mero descuido. Porém, já tendo conhecido moças tolas e moças espertas, e já tendo ele mesmo feito uso de boa aparência para conseguir o que queria, ficava fácil identificar a intenção em cada detalhe. A boca levemente aberta para mostrar os dentes. O tronco inclinado para frente para valorizar o colo. A coincidência do penteado que deixava o pescoço livre do mesmo lado onde a alça estava caída, propiciando uma longa extensão de pele desnuda que ia do braço até atrás a orelha. Lady Lucylia estava flertando. Diante dela, uma mulher com o triplo de sua idade.

— Fico feliz em saber que concordamos em tantas coisas — disse Lady Lucylia. — Quem sabe possamos ajudar uma à outra?

— Certamente eu gostaria de saber quais outros assuntos nos aproximariam — respondeu a outra.

Helestra de Theeras estava sentada de forma muito mais digna, com os pés apoiados no chão e as costas bem encaixadas em uma poltrona de espaldar alto. Tinha pouco quase sessenta anos. Se fosse uma camponesa, seria considerada idosa. Porém, tendo passado a vida inteira na comodidade de um castelo e desconhecendo o significado de trabalho braçal, não apresentava marcas da idade. Trajava vestes brancas, indo até o chão, sobrepostas por um colar de ouro tão largo, que lhe cobria do pescoço até os ombros. Estava coberta na mesma proporção em que Lady Lucylia estava exposta. Girava nas mãos um cálice pela metade, mas seus olhos estavam fixos na jovem que se insinuava para ela.

— Verena — disse Helestra de Theeras, percebendo a presença de Ruprest. — Trouxe o vinho que pedi? O cálice de nossa convidada está vazio.

— Mas o seu não está — queixou-se Lady Lucylia. — Beba comigo! Não tem graça beber sozinha.

Ruprest olhou ao redor e encontrou uma jarra de vinho qualquer a um canto do cômodo. Pegou-a, foi até Lady Lucylia e serviu o cálice que estava pousado na mesinha ao lado dela. A jovem se esticou de forma lânguida até alcançá-lo. Trouxe até os lábios. Deu um gole. Derrubou uma gota dentro do decote.

— Opa. — Limpou com os dedos e olhou para Helestra, erguendo o cálice. — Vamos lá, é sua vez.

Helestra de Theeras sorriu:

— Pois bem.

Sorveu o conteúdo restante em seu próprio cálice. Permitiu que Ruprest servisse mais. Porém, não voltou a beber. Em vez disso, iniciou um novo assunto:

— Lady Lucylia, aprecio a tarde agradável que está me ofertando, e lamento saber suas reais intenções.

— É mesmo? — Lady Lucylia encolheu os ombros de forma inocente, fazendo com que a alça do vestido caísse ainda mais. — Será que sou tão transparente assim?

Helestra de Theeras alargou o sorriso.

— Casar-se com o rei não é uma boa ideia por aqui. Com efeito, casar-se com qualquer homem é uma má ideia para qualquer mulher, em qualquer lugar do mundo. — Ela fez uma pausa. Então continuou: — A menos que o homem esteja à beira da morte, mas não debilitado a ponto de inviabilizar o nascimento de um herdeiro, é claro. As mulheres mais felizes são as viúvas.

Lady Lucylia tocou o lábio com as pontas dos dedos, como se ponderasse sobre o assunto, então sorriu e respondeu:

— Sem dúvidas admiro tudo o que você conquistou. Espero um dia poder desfrutar de posição semelhante. Do mesmo poder e da mesma liberdade. O primeiro passo, no entanto, é casar com o homem mais poderoso que estiver ao meu alcance. Por sorte, sou uma Osbourne.

— Por azar, é também uma Vandersnach, o que a coloca atrás de Lady Faustine.

Lady Lucylia parou de sorrir. Quando voltou a falar, tinha no semblante uma franqueza que antes não estava lá:

— Meu pai talvez não tenha tomado as melhores decisões na vida, mas eu serei melhor. Sim, estou atrás, e é por isso que estou aqui. Porque, com o seu apoio, talvez eu possa neutralizar a concorrência.

Ruprest não gostou dos rumos que a conversa estava tomando. Levou a jarra de volta até o canto da sala e verificou o anel que costumava usar, dentro do qual trazia um veneno mortal, facilmente solúvel em vinho.

Helestra relaxou na poltrona, apreciando cada momento da conversa.

— E o que a faz pensar que a ajudarei?

— Sem dúvida não será em troca de um sorriso — respondeu Lucylia, séria. — Mas talvez eu possa despertar seu interesse de outra maneira.

— Oh, não se engane, menina. Você desperta meu interesse. Apenas temo que não seja suficiente.

Lady Lucylia respirou fundo. Prosseguiu:

— A obra do seu liceu alquímico está interrompida. Talvez pudesse ser retomada, através da gratidão da rainha. A rainha que for capaz de gerar um herdeiro.

— Oh, agora estamos conversando! — disse Helestra. — Imagino que você tenha um plano para dar um herdeiro ao rei e evitar ser só mais uma na lista de esposas mortas.

Lady Lucylia assentiu.

— Muito bem — disse Helestra. — Isso já é mais do que Lady Faustine pode oferecer. A tola não foi capaz nem de matar o próprio marido e manter isso em segredo. O rei finge que não sabe... mas ele vai parar de fingir no momento em que nascer o primeiro filho defeituoso. Ela será executada tão rápido quanto as demais. Nem sei por que você se preocupa. Mas tudo bem, irei ajudá-la. Contudo, é importante decidirmos de onde virá o ouro para o liceu. O

Carnífice está causando pânico no interior do reino, e as Oráculos exigem que seja capturado. Não queremos mover os recursos que foram destinados a isso.

— Certamente — Lucylia respondeu de forma mecânica, como um texto decorado. — O desejo das Oráculos vem em primeiro lugar. Mas é possível realocar um pouco do que hoje é investido em guerra.

— Sir Corovan Doyle não vai gostar disso.

Lady Lucylia ergueu o queixo:

— Sir Corovan terá que acatar as ordens do rei.

Helestra de Theeras ponderou por um momento, e então sorriu.

— Gosto.

A chanceler olhou para os olhos de Lady Lucylia. Olhou para os seios. A jovem percebeu e voltou a se fazer de descuidada, mostrando mais pele do que deveria. Ergueu o cálice, e as duas fizeram um brinde, selando o acordo. Enquanto isso, Ruprest se aproximou lentamente. Precisava apenas que bebessem dos cálices, e voltaria a enchê-los, dessa vez com vinho adulterado.

Lady Lucylia esvaziou o dela e sorriu para a outra com os lábios úmidos, já esticando o cálice para que Ruprest o completasse novamente.

Helestra não esvaziou o dela. Tão logo tomou o primeiro gole, cuspiu tudo em um acesso de tosse que pôs fim ao clima de lascívia.

— Verena! O que significa isso? — berrou. — Esse não é o vinho que eu pedi!

Dizendo isso, a chanceler arremessou o cálice na dama de companhia, que se encolheu e derrubou a jarra. O recipiente se espatifou no chão, espalhando vinho por todo lado e desperdiçando o veneno.

— Como pode me envergonhar dessa maneira diante da princesa? Você não é capaz nem de trazer um vinho decente! Nem de segurar uma jarra! Desastrada! Incompetente!

Escorraçado aos berros, Ruprest saiu correndo de volta à escadaria de serviço.

— Você está imunda — disse a ama das chaves. — Pelo menos não está chorando. Limpe-se e volte ao trabalho.

Ruprest aceitou o lenço que a idosa lhe oferecia e limpou as gostas de vinho que escorriam do rosto. O vestido, porém, estava arruinado. Precisaria se trocar. Percebendo isso, a ama tateou a própria cintura em busca do molho de chaves. Não encontrou. Revistou-se então com as duas mãos, procurando pelo item em todos os bolsos, alardeada. Sem nada explicar, saiu subindo os degraus com urgência, investigando o chão. Foi então que Ruprest discretamente jogou o molho de chaves aos pés dela, causando a impressão de que havia acabado de cair de um dos bolsos.

— Ah, aqui está — disse a ama das chaves, aliviada. Ela então removeu uma das chaves e deu na mão de Ruprest. — É do armário de roupas. Troque-se e me devolva em seguida.

Ruprest assentiu, e a ama voltou a subir os degraus para lidar com outras incumbências. No entanto, era muito requisitada. Mal dava dois passos e surgia algum empregado para pedir auxílio ou perguntar alguma coisa.

— O menestrel chegou? — perguntou um valete.

— Ele não vem. Quebrou a perna — respondeu a ama. — Mandei chamar outro. Queiram os deuses que seja aceitável.

Ruprest deu as costas à idosa e desceu até o armário de roupas. Assim que abriu a porta, porém, escutou uma voz vagamente conhecida subindo em sua direção:

— Espero que ela goste desse vinho. Helestra é tão exigente!

Era a verdadeira Verena, tagarelando com a assistente que a acompanhava. Nenhuma das duas percebeu a presença de Ruprest, então ele simplesmente se enfiou no armário e fechou a porta. Elas passaram reto, seguindo rumo à sala onde Helestra negociava com Lucylia. Ruprest imaginou que a chanceler voltaria a reclamar do vinho anterior, dizendo que finalmente lhe era trazido o certo. Porém, isso não era problema dele. Quando voltou a abrir a porta, tinha aparência masculina e caricata, com um cabelo seboso que ia até a altura do queixo, um sorriso bonachão e uma esplendorosa nareba. Vestia um chapéu emplumado e uma capa multicolorida, e subiu as escadas com passos enérgicos.

— Você é o menestrel substituto? — perguntou a ama das chaves, ao vê-lo.

— Sim, senhora — Ruprest tirou o chapéu e fez uma reverência exagerada. — Ao seu dispor!

— Onde está seu instrumento? — inquiriu ela, carrancuda.

— Sou um cantor, minha senhora. Entretenho o público com minha voz — Ruprest respondeu. Então, vendo que ela continuava séria, completou: — Também sou comediante. Gostaria de ouvir uma piada?

A ama continuou séria. Então, ergueu a voz, dirigindo-se a todos que transitavam ao redor:

— Por todos os deuses, alguém arranje um instrumento para esse bardo.

Um rápido alvoroço tomou conta da escadaria e, em poucos instantes, um bandolim foi colocado nas mãos de Ruprest.

— Me diga que sabe tocar — disse a ama.

— Sim, senhora — Ruprest respondeu com um sorriso tão falso quanto suas habilidades musicais.

— O general o aguarda. — Então a ama ergueu a voz novamente: — Gaspar, mostre o caminho.

Gaspar era um valete de túnica branca e olhar assustado. Guiou Ruprest até alguns andares acima e através de uma sequência de corredores. Pararam diante de uma porta entreaberta, que dava para um gabinete amplo, porém escuro, com o chão forrado de peles e as paredes decoradas com a cabeça de animais abatidos. O valete sussurrou instruções para que Ruprest esperasse ser anunciado, e ele mesmo se esgueirou para dentro do gabinete, onde duas vozes conversavam:

— Sinto por você, Eighar — disse uma voz desgastada pela idade. — Sendo um duque e um príncipe, está tão perto da coroa, e ao mesmo tempo tão longe. Não é fácil ser o primeiro na linha sucessória, sabendo que se tornará o segundo assim que o rei conseguir um herdeiro.

— Agradeço a preocupação, general — respondeu uma voz mais jovem. — Contudo, não estou preocupado em avançar na fila do trono. Até porque já fui o quarto, o terceiro, o segundo. A linha sucessória muda a cada manobra militar sua.

— Guerras e dinastias: duas coisas instáveis — concordou o general.

— De fato — o príncipe continuou. — No momento, temos um rei que deseja um filho, o que alguns podem ver como ameaça à minha posição. Porém, eu vejo uma oportunidade.

— Oportunidade para você... e para sua irmã, imagino.

Um silêncio indicou que os dois homens concordavam cordialmente.

— Gaspar está de volta — o general interrompeu a conversa. — Trouxe a música que pedi?

— Tivemos que chamar outro menestrel, milorde. Ele está pronto para se apresentar.

— Mande entrar.

O valete fez sinal, e Ruprest entrou no gabinete com passos determinados e um amplo sorriso. Fez uma reverência como se estivesse em um teatro lotado e dirigiu-se aos dois homens:

— General. Duque. É uma honra oferecer meu espetáculo a figuras tão ilustres. Permita-me me apresentar. Sou o grande...

— Apenas toque — o general o interrompeu. — Estamos conversando.

Sir Corovan Doyle era um homem velho, mas vigoroso. Tinha os braços firmes de quem muito treinara com a espada, a expressão séria de quem já vira o campo e batalha e os cabelos grisalhos de quem sobrevivera para contar. Apesar disso, sua armadura era cerimonial: não possuía proteção suficiente para o combate, mas os adornos em alto relevo, as ombreiras largas e a capa esvoaçante lhe conferiam a pompa necessária para identificá-lo como general.

O Príncipe Eighar era um homem feito, de cabelo castanho e cavanhaque. Trajava uma casaca bordada em ouro que cobria seus braços, no entanto, a grossura dos punhos levava a supor que o corpo por baixo do tecido era musculoso e belo. Apesar de não ter a mesma experiência do outro, seu título e aptidões o colocavam à altura da negociação.

Os dois estavam sentados a uma mesa, servindo-se de um verdadeiro banquete, embora ainda fosse de tarde. Comiam e bebiam com tranquilidade, como se a guerra não corroesse as fronteiras de Utteria, levando a alma dos soldados de maneira precoce.

— Sim, senhor — disse Ruprest. — Preciso apenas afinar meu instrumento.

O general não se dignou a responder. Apenas dirigiu sua atenção de volta ao príncipe, enquanto Ruprest foi para um canto afastado da sala, fingir que sabia o que estava fazendo.

— Príncipe Eighar, sou um homem ocupado, e imagino que você também. Então, se não se importa, podemos ir direto ao assunto — disse Sir Corovan Doyle. — Não é segredo que Lady Lucylia quer se casar com o rei. Ela própria deixa isso evidente. E você, como bom irmão que é, veio pedir para que eu interceda em favor dela.

O príncipe engoliu um naco de carne com certa dificuldade.

— É um homem pragmático, general.

— Decerto — respondeu o general. — A pergunta que fica é: o que ganho com isso?

O Duque Eighar Osbourne-Vandersnach se endireitou na cadeira:

— A gratidão da Rainha de Utteria.

Sir Corovan Doyle estreitou os olhos.

— Confesso que não era bem isso que eu esperava de Lady Lucylia. Você deve entender que um general condecorado como eu nutria esperança de ser recompensado de certa forma. Não seria de se descartar uma união com uma jovem tão bela e bem-nascida.

— Você queria se casar com Lucylia? — o príncipe deu um sobressalto de surpresa.

— Ora, posso não ser jovem, mas sou bastante viril. Fui convidado para todos os Festivais da Primavera. Você sabe. Você estava lá.

O príncipe ficou taciturno.

— Não falamos sobre o que acontece no ritual.

Pela primeira vez, o general deu uma risada.

— Claro que não. Aqueles que não foram convidados ficariam... com inveja. Sua irmã nunca foi. O que será que ela pensaria do irmão mais velho?

Eighar não respondeu. Sir Corovan se virou para Ruprest:

— Onde está a música? Estou quase terminando de jantar!

— Só mais um instante, milorde — disse Ruprest, tocando uma corda por vez, para fingir que a testava.

Então o general continuou com seus pensamentos:

— Agora Lady Lucylia já tem idade, e o ritual está próximo. Talvez eu a encontre lá.

Eighar continuou calado. Bufava, tentando não perder o controle diante dos comentários do homem mais velho.

— A não ser... — o general continuou — A não ser que você tenha um bom motivo para que eu tente tirar Lady Faustine da cabeça do rei. Ele parece decidido a desposá-la.

— Lady Faustine não conseguirá dar um herdeiro ao rei — disse o príncipe. — Apenas Lady Lucylia será capaz.

— E o que Lady Lucylia tem de tão especial?

O príncipe ergueu o olhar lentamente e cravou-o fundo nos olhos do general. Não havia qualquer sorriso ou sinal de amizade em seu rosto, quando respondeu:

— Ela tem a mim.

O general pousou os talheres e baixou o tom de voz.

— Fale mais.

— O problema não estava nas esposas do rei. Está nele. Ulriss é incapaz de conceber a prole que deseja. Mas ainda assim podemos dar a ele o herdeiro ideal.

Sir Corovan Doyle cruzou as mãos próximas ao queixo.

— E você termina como amante da rainha e pai do futuro rei. Agora, devo acusá-lo de traição... ou me tornar cúmplice.

Eighar Osbourne-Vandersnach abriu um sorriso comedido.

— A gratidão da rainha não virá apenas na forma de palavras bonitas — disse ele. — Utteria está em guerra. Não há figura mais importante do que o general. Não há entidade mais importante do que o exército. Se o que deseja é um belo par de pernas, encontrará vários na noite do ritual. Contudo, se quer tropas, apenas Lady Lucylia pode oferecer. Mas apenas tornando-se rainha.

O general observou-o por um momento. Então limpou os lábios com um guardanapo e colocou-o de lado na mesa.

— Tropas. Agora estamos conversando — disse ele. — Bom saber que o gosto para mulheres não é o único assunto em que concordamos. Preciso de soldados. Claro que precisamos ver de onde saem esses recrutas. O interior do reino está um caos desde que o Carnífice ficou à solta, e as Oráculos demandam braços para capturá-lo.

— Certamente — Eighar ofereceu ao general a mesma resposta mecânica que sua irmã dera a Helestra de Theeras. — Mas existem iniciativas um tanto inúteis no reino, que ocupam grande parte da mão-de-obra. Liceu alquímico? Escolas não vencem guerras, apenas drenam o ouro dos cofres reais. Esse gasto poderia ser convertido em soldados.

— De fato, uma inutilidade. Mas é uma inutilidade apadrinhada pela chanceler. E ela não vai gostar de ver seu projeto preterido.

Sir Eighar voltou a se acomodar confortavelmente na cadeira:

— Convenientemente, você mandou para a guerra os altos nobres que a favoreciam. Agora, Helestra de Theeras terá que acatar as ordens do rei.

Os dois sorriram com malícia.

— Gosto do seu estilo, Príncipe Eighar. E confesso que essa mortandade de rainhas não faz bem para o exército. Precisamos de mais estabilidade se queremos fazer alianças fortes. Por mim, quanto antes o rei tiver seu herdeiro, melhor — concluiu o general. Então, falou tão baixo, que Ruprest mal conseguiu ouvir, mesmo estando na mesma sala: — Tentarei mudar a opinião do rei quanto à escolha da noiva... ou me livrar de Lady Faustine de outra forma.

De repente, uma corda do bandolim arrebentou, emitindo um estampido.

— O que significa isso? — bradou o general. — Você sabe ou não sabe usar essa coisa?

— Sinto muito, milorde — Ruprest fez uma sequência de mesuras. — Lamento informar que estou enfrentando problemas.

O general esmurrou a mesa, fazendo pratos e copos trepidarem.

— Seu inapto! Se um soldado falha assim comigo no campo de batalha, ele está morto. Sorte sua que estou clemente hoje.

Dizendo isso, Sir Corovan Doyle se levantou, e o Príncipe Eighar o imitou. Apertaram as mãos e os dois se foram, deixando o menestrel sozinho na sala do banquete.

Ruprest largou o bandolim avariado e caminhou pela câmara, pensativo. Foi até a mesa. Arrancou o pernil de um porco que havia sido servido inteiro. Deu duas mordidas.

— Uma conspiração está acontecendo aqui... E Faustine não parece ser bem-quista por nenhum dos lados — ponderou. — Por que ela não vai embora?

Deu mais uma mordida e devolveu à travessa o pernil pela metade. Limpou a mão em uma cortina. Removeu a capa e o chapéu escandalosos, ficando apenas com uma roupa discreta. Iniciou uma nova transformação.

— Bom, é hora de descobrir.

Dizendo isso, assumiu a forma do Príncipe Eighar Osbourne-Vandersnach.

CAPÍTULO 12

# TORRE ACIMA

A MELHOR FORMA de se andar por um castelo sempre foi usando a aparência de um nobre de média importância. Sendo nobre, ninguém lhe dá ordens. Sendo desimportante, ninguém lhe pergunta a opinião. O Duque Eighar Osbourne-Vandersnach tinha um sobrenome importante e um título empolado, mas sua falta de atribuições o tornava o indivíduo perfeito. Com a aparência dele, Ruprest se viu livre para bisbilhotar praticamente todos os corredores e salões. Bastava estufar o peito e caminhar com convicção, que todos saíam de seu caminho.

Dessa forma, percorreu passagens exíguas e corredores ostentosos, adentrou pequenas câmaras e grandes salões, subiu inúmeros andares na alongada torre, utilizando não a escada abafada dos empregados, mas a escadaria principal do castelo, bela, iluminada e frequentada apenas por aristocratas. Deparou-se com apenas dois tipos de interações humanas: os servos que ora ou outra perguntavam se o príncipe gostaria de alguma assistência e as damas da corte que cruzavam por ele oferecendo olhares indiscretos.

Ruprest respondeu aos sorrisos apenas para manter o disfarce. Tantas mulheres havia seduzido no passado, que já não era mais motivo para surpresa: bastava vestir uma boa aparência e falar de forma agradável, que até a mais durona ficava corada. Seduzir homens era ainda mais fácil, pois sequer precisava falar. Bastava mostrar-se bela. Nos muitos anos de aventuras, encontrou poucos homens ou mulheres que resistissem à sua falsa formosura. O jogo de sedução às vezes se tornava até enfadonho. Na verdade, estava cansado de ter sua presença valorizada só porque era capaz de mostrar aos demais a face que desejavam ver.

Ia caminhando por um corredor vazio e pensando em seu atual desinteresse por admiração roubada, quando uma porta se abriu e uma mulher o puxou para dentro. Antes que identificasse quem era, a mulher o prensou contra a parede, colando o corpo no dele, e pôs-se a beijá-lo no pescoço, no rosto, em direção à boca.

— Ôa! — no susto, Ruprest falou com ela como quem fala com um cavalo. — Calma aí...

A mulher olhou-o nos olhos. Era Lady Lucylia, em todo o esplendor de sua juventude.

— O que é isso no seu olho? — disse ela, levando um dos dedos à sobrancelha de Ruprest enquanto examinava sua pálpebra.

— Não é nada. Er... É uma marca de guerra. Tive que fazer para agradar Sir Corovan, aquele bazófio.

Lady Lucylia sorriu e tocou o queixo de Ruprest com as duas mãos. Então deslizou as mãos para cima, acariciando-lhe o rosto, atrás da orelha e no topo da cabeça, ao mesmo tempo em que pressionou o corpo ainda mais contra o dele, de modo que podiam sentir os contornos e o calor um do outro.

— A megera sovina vai nos ajudar — disse ela, aninhando-se nele. — Imagino que você tenha conseguido o apoio do glutão frouxo?

Ruprest logo compreendeu que ela se referia a Helestra de Theeras e Sir Corovan Doyle.

— É claro — ele sorriu com dentes perfeitos.

— Nosso plano está cada vez mais próximo, Eighar! Depois disso, é só você me engravidar — ela passou a esfregar o corpo nele.

— Sim... — Ruprest olhou ao redor, procurando por uma escapatória.

Estavam em um quarto de dormir que era dividido em vários ambientes. Cortinas e tapetes tornavam-no aconchegante. Havia mesinhas, quadros, jarros e uma cama macia. Contudo, por cima da decoração, havia também vestidos jogados por toda parte. Longos, curtos, de todas as cores.

— E que tal... — Ruprest começou a falar, e viu que ela prestava atenção. Então, disse com uma voz doce: — Que tal você colocar aquele vestido que eu gosto?

Lady Lucylia se afastou.

— Aquele...? — ela sorriu com malícia.

— Você sabe muito bem de qual estou falando... — Ruprest insistiu. Ele próprio não fazia ideia, mas imaginou que Lady Lucylia tivesse um favorito em mente.

— Está bem, vou vestir aquele — ela disse, por fim. — Mas você vai ter que se comportar.

— Como um cão.

Lady Lucylia mordeu o lábio de leve. Ela então virou de costas, abriu o vestido vermelho que estava usando e deixou-o cair ao redor dos pés. Saiu por cima dele, nua, deixando o tecido estirado no chão. Caminhou lentamente para outro ambiente e se enfiou atrás de um biombo onde poderia se vestir com privacidade... e fazendo certo mistério.

Tão logo ela sumiu de vista, Ruprest agarrou o vestido vermelho do chão e se esgueirou para fora do quarto. Saiu correndo pelo corredor ao mesmo tempo em que tentava não fazer barulho. Escondeu-se em outro quarto e, tendo certeza de não ser seguido, buscou rotas alternativas para continuar a galgar andares na longa torre.

Quanto mais alto subia, mais vazios ficavam os corredores. Ruprest já não sabia ao certo o que procurava, mas teve certeza de estar no caminho certo quando encontrou uma porta guardada por dois soldados. Quando se aproximou, os dois cruzaram suas lanças de modo a barrar a passagem.

— Lady Faustine não está — disse um deles em tom autoritário. — Ninguém pode entrar sem a autorização de Sua Majestade.

— Não está? — repetiu Ruprest. — E quando ela volta?

— Quando Sua Majestade assim decidir — disse o soldado.

— Aonde ela foi?

— Não sei informar, milorde.

Ruprest olhou de um soldado para outro. Apenas o mais velho falava. Devia ser um sargento. Aproveitou-se da hierarquia e continuou conversando com o mais velho, só que num volume mais baixo.

— Você deve saber, considerando sua experiência.

O veterano hesitou. Não queria parecer inexperiente diante do outro. Então respondeu:

— Quem a levou foi Vorghan Brax, milorde. Ele costuma levá-la... aos aposentos reais.

Ruprest segurou a respiração para reprimir um esgar de ódio. Em seguida, forçou um sorriso de agradecimento pela informação recebida. A verdade é que suas entranhas pareciam se revirar. Queria gritar, mas nem ele próprio sabia ao certo porque. Lady Faustine havia sido levada para o quarto do rei. Talvez para a cama do rei. E daí? O que ele tinha a ver com isso?

Pensando bem, por que tinha ido até o castelo?

De alguma forma, Faustine mexia com ele. Ela era luz e sombra, clemência e crueldade, vítima e perpetradora. Era um deleite aos olhos. Calidez à alma. Alguém disposta a sacrificar sua liberdade e felicidade, mas a troco do quê? Ela era algo que ele próprio havia perdido há muito tempo, ou que haviam lhe tirado. Ainda assim, Ruprest não conseguia compreendê-la. Lady Faustine era um enigma.

— Obrigado — respondeu Ruprest ao sargento e retornou às escadarias.

O esforço para se controlar havia dado frutos. Além do benefício óbvio de manter seu disfarce, Ruprest conseguiu prestar atenção à expressão corporal do homem. Ao mencionar os aposentos reais, ele havia olhado para cima de uma forma que não deixava dúvidas: os aposentos reais ficavam no próximo andar.

Ruprest subiu mais um lance de escadas e descobriu que era o último. Os degraus terminaram diante de uma parede em formato de semicírculo cheia de janelas altas e estreitas, de onde se podiam ver as ruas e construções da cidade minúsculas lá embaixo. Os aposentos reais ficavam no andar mais alto do castelo.

De frente para a parede semicircular, havia uma parede reta. Ali, outra dupla montava guarda diante de uma porta alta e larga, cuja madeira era entalhada com abundância de detalhes. Todas as gravuras cinzeladas eram de corujas. Esvoaçavam, davam rasantes, atacavam umas às outras com garras e bicos. Os detalhes de cada pena e de cada garra faziam com que parecessem quase vivas. A madeira era cinzenta, mas os olhos de cada coruja recebiam o vermelho de rubis incrustrados. E, no topo da porta, erguia-se a maior de todas, com as asas abertas em sinal de majestade e esplendor, envolta em relâmpagos. Era o rei entre os Osbourne de Utteria: a Coruja-Tempestade.

Ruprest respirou fundo e se aproximou da porta. No entanto, como era de se esperar, os soldados cruzaram as alabardas diante da porta, impedindo seu avanço.

— Não poderá entrar, milorde — disse um dos soldados.

Ruprest fingiu pensar por um momento, e então deu um sorriso indecente.

— Imagino que Ulriss esteja... ocupado?

— Sua Majestade não está em seus aposentos, milorde.

Ruprest quis dar um sorriso de verdade. Porém, mais uma vez se controlou. Em vez disso, demonstrou surpresa.

— Não está? Mas me pediram para trazer este vestido... — Indicou o vestido vermelho que carregava.

Não sabia ao certo o que queria dizer com aquilo. Como de costume, lançava uma frase sem contexto para ver se o interlocutor interpretava de maneira favorável. O soldado poderia supor que o vestido era para Lady Faustine. Ou poderia supor que era para Lady Lucylia. Poderia até mesmo supor que era para o próprio Rei Ulriss Osbourne, ou qualquer coisa que o valha. Quem sabe deixasse Ruprest entrar. Quem sabe desse alguma outra informação relevante, e foi o que fez:

— Esse vestido... é de Lady Lucylia? — o soldado perguntou ao companheiro.

— Ela costuma usar vermelho — respondeu o outro.

Então o líder se virou para Ruprest:

— Não posso deixá-lo entrar nos aposentos reais, a não ser que Sua Alteza em pessoa autorize, mesmo que seja para trazer algo de sua irmã. Lady Lucylia terá que vir em pessoa.

Ruprest esmoreceu, como se tivesse recebido uma resposta desfavorável.

— Pedirei para ela mesma vir. Ela está... próxima.

Desceu dois andares. Encontrou um aposento desabitado. Trocou de roupa. Trocou de face. Quando retornou, era a jovem e charmosa Lady Lucylia, trajada no luxurioso vestido vermelho que deixava os ombros de fora. Os soldados mantiveram a postura diante da princesa, mas alertaram:

— Milady, Sua Majestade não está.

— Tudo bem — disse Ruprest com um sorrisinho. — Esperarei por ele no quarto.

O soldado então falou mais baixo:

— Tem certeza de que quer entrar? As Oráculos estão aí dentro.

— É mesmo? — disse Ruprest. — E por que isso o incomoda?

O soldado engoliu em seco.

— Incomodar? Não, de forma alguma. Apenas... nos chame se precisar de assistência.

Com isso, os soldados recolheram as alabardas e abriram a pesada porta entalhada.

— Seja bem-vinda, milady.

Ruprest sorriu e entrou. Fecharam a porta às suas costas.

O aposento do Rei Ulriss Osbourne era um único quarto que ocupava o andar inteiro. Janelas altas davam vista para a cidade e os campos ao redor, mas, sendo estreitas, permitiam apenas a entrada de fachos de luz, deixando o restante do ambiente imerso em penumbra. Toda a decoração era temática da Coruja-Tempestade: tapeçarias, armários, candelabros, janelas. Em uma mesinha lateral, havia até prataria decorada com a ave noturna. Estampadas e esculpidas em todos os tamanhos, as inúmeras corujas tinham ar sobrenatural, com suas penas se transformando em nuvens, raios e chuva, tudo pincelado nas cores cinza, preto e azul-esverdeado escuro. O quarto inteiro parecia se mover no serpentear de plumas e ondas. Era como se o próprio oceano revolvesse ao redor.

Ruprest parecia estar sozinho no quarto. Deu dois passos à frente, olhando ao redor com atenção. Como tudo se manteve silencioso, deu mais alguns passos, até estar no centro do aposento, diante de uma enorme cama circular e cheia de almofadas.

Foi então que uma figura ao lado da cama se moveu, virando-se para ele, e falou:

— Você veio...

Ruprest deu um sobressalto. Antes, a figura parecia fazer parte da tapeçaria estampada logo atrás dela. No entanto, agora que se movia e falava, ficava claro se tratar de uma pessoa de carne e osso, ou algo que se assemelhasse a isso. Era uma anciã, a julgar pela voz, muito mais velha do que Helestra de Theeras ou até mesmo do que a ama das chaves. Porém, seu rosto estava oculto sob uma máscara de coruja decrépita. Da mesma forma, incontáveis penas opacas e desgrenhadas formavam suas vestes, cobrindo-lhe o corpo encarquilhado. Não havia sequer um centímetro de pele exposta.

A coruja-anciã ficou de frente para ele, centrada e solene:

— Sabia que viria.

Ruprest se encolheu, como julgava que Lady Lucylia faria:

— Vim encontrar meu amado Rei Ulriss... Não permitiram que meu irmão trouxesse esse vestido, então trouxe eu mesma.

Mais uma vez, algo que Ruprest julgava ser uma pintura se moveu. Do outro lado da cama, surgiu uma segunda pessoa vestida de coruja. Esta, porém, não possuía penas: apenas plumas brancas que pareciam algodão. Quando falou, a voz era de menina:

— Não nos insulte. Conhecemos você.

— Sabemos quem você foi — disse a velha.

— Sabemos quem você será — disse a nova.

Então, das costas do metamorfo, onde antes parecia haver apenas a porta por onde ele havia entrado, destacou-se uma terceira figura. Também oculta sob vestes de coruja, seu manto e sua máscara eram feitos de penas lustrosas, aprumadas e belas. A voz era de mulher adulta, vivendo a época da vida mais cheia de energia e vigor:

— E sabemos quem você é, Ruprest.

CAPÍTULO 13

# PRIMEVA, PERCEPTA E PORVINA

COM A AGILIDADE de um gato, Ruprest ergueu o vestido e sacou a adaga que trazia amarrada à perna.

— Quem são vocês? — perguntou, cercado, incerto quanto a qual lado defender primeiro.

— Guarde a arma — disse a adulta.

— Ela não servirá para nada — antecipou a menina.

— E você sempre se saiu melhor na esperteza do que na violência — relembrou a velha.

Ruprest olhou para cada uma delas. Não demonstravam qualquer tipo de hostilidade. Guardou a lâmina.

— Quem são vocês? — repetiu.

A velha deu um passo à frente:

— Sou Primeva. Vejo o passado. A caravana onde você cresceu. Sangue, morte, mas também triunfo. Um grupo de amigos. Vejo seu heroísmo, e sei que ninguém mais vê.

A adulta também deu um passo adiante:

— Sou Percepta. Vejo o presente. O verdadeiro Ruprest escondido embaixo de um rosto roubado. Desejo. Incerteza. Angústia. Vejo solidão.

Por último, a menina deu um passo:

— Sou Porvina. Vejo o futuro. Seus amigos, só que velhos. — Porvina e Primeva trocaram um olhar, e então a menina continuou: — Vejo um reencontro. Mas eles não o reconhecerão.

Ruprest sentiu como se, em vez de guardar a adaga, tivesse a cravado em seu próprio peito.

— Do que adianta o meu esforço, se ninguém nunca sabe, nunca se importa, nunca reconhece?

— Não sei, Ruprest — disse Percepta, a adulta.

Então, as três falaram em uníssono:

— Vejo abandono.

Ruprest deu dois passos para trás. Então tentou disfarçar o quanto aquelas palavras o atingiam. Por fim, percebeu que Percepta o olhava com curiosidade, inclinando a cabeça para o lado como uma coruja que vê um fato intrigante. Não adiantava esconder nada dela.

— Então é isso. Vou desistir de tudo! — disse ele. — Se minha mãe e meu pai me abandonaram, eu fico sem família. Se meus companheiros de aventura me abandonaram, fico sem amigos. E se Lady Faustine me abandonou, então ela que se vire nesse casamento com o tal rei assassino.

As três Oráculos riram.

— Vejo desespero... — disse Percepta — ...mas também desabafo.

— Ela não o abandonou — disse Primeva, a velha.

— E você também não irá abandoná-la — disse Porvina, a menina.

— Acalme-se, Ruprest — disse Percepta. — Você está diante de entidades que tudo veem. Podemos ajudá-lo.

— Você quer ter reconhecidos os seus atos de heroísmo — disse Porvina.

— Quer pertencer a um local — disse Primeva.

— Quer seus amigos — disse Porvina.

— Quer sua mãe — disse Primeva.

— Pode escolher — disse Percepta. — Daremos o que quiser.

Ruprest olhou para Percepta, então para Primeva e, por fim, para Porvina. Eram o presente, o passado e o futuro. Eram sua vida inteira, exposta de maneira humilhante, mas lhe ofereciam uma solução fácil para todos os seus problemas. As três eram tudo, exceto uma coisa.

Vocês podem saber muito, mas não são confiáveis. Qual é o preço que estão omitindo?

As três silenciaram. Por um instante, apenas encararam Ruprest. Então, Percepta reiniciou a conversa com cautela:

— Utteria é um reino pequeno.

— Sempre esteve em guerra — disse Primeva.

— E sempre estará — Porvina completou.

— Sempre apoiado em tradições primitivas — disse Primeva.

— E tentativas de mudança demorarão a dar frutos — Porvina completou.

Percepta deu a explicação completa:

— Mas os problemas acontecem agora. Nosso rei apenas pensa em um herdeiro, deixando que o general e a chanceler disputem o povo, o ouro e outras riquezas do reino, enviando-as cada um a suas próprias iniciativas inúteis. Enquanto isso, como se o interior de Utteria já não estivesse repleto de ameaças e caos, agora o Carnífice está à solta. Seu trajeto assola vilas miseráveis e devasta as parcas plantações. Os recursos do reino são insuficientes.

— Não sou a Porvina, mas vejo onde você está querendo chegar... — Ruprest murmurou.

E Percepta concluiu:

— São precisos novos expurgadores.

Ruprest deu um sorriso, mas foi de desgosto.

— Aqueles sujeitos maravilhosos que vi na Catedral do Suplício Eterno? Gente morta, mas que faltou enterrar?

— Expurgadores são leais ao seu dever — disse Percepta.

— Claro! — Ruprest rebateu. — Se saírem de perto do Carnífice, elas morrem!

— É uma vida santa... — Percepta tentou argumentar, mas Ruprest interrompeu:

— É uma sobrevida! E, se pensam que vou me sujeitar a isso, estão muito enganadas. Posso não ser a pessoa mais realizada do mundo... Mas não estou tão desesperado assim.

Percepta respirou fundo e adicionou:

— Não precisa ser você. Pode ser outra pessoa.

— Eu não mandaria para lá nem o meu pior inimigo. Aquilo me enoja. Vamos fazer um acordo muito mais simples: vocês não me atrapalham e eu não atrapalho vocês.

As Oráculos se entreolharam, e Percepta falou pelas três:

— É um acordo aceitável.

— Então está combinado — Ruprest sentenciou. — De resto, não quero nada de vocês. Tudo o que precisar, vou conquistar eu mesmo.

Mais uma vez as Oráculos se calaram, dessa vez de decepção.

— Então siga seu caminho, Ruprest Ruprestson — disse Percepta, para encerrar o assunto.

Ruprest olhou para cada uma delas, intrigado, mas as máscaras de coruja resguardavam suas expressões faciais. Então deixou o centro do cômodo, passou entre Percepta e Primeva e foi até uma das muitas janelas compridas. Espiando lá embaixo, viu parte da cidade e o rio que corria até muito distante, perdendo-se no horizonte em direção ao mar. Tudo estava banhado pela luz alaranjada do sol poente. O que realmente desejava ver, no entanto, estava muito mais próximo: a torre do ritual. Olhando do alto, via que a ponte de pedra levava a uma passagem lateral e, esta, a uma entrada por entre pedras desabadas. Apesar de em ruínas, a torre ainda estava em uso.

O metamorfo se virou novamente para as Oráculos:

— Se vocês sabem tanto de tudo, por que não dizem ao rei qual esposa escolher?

— Sabemos o que podemos ver — explicou Percepta. — Olhamos para você e vemos seu passado, presente e futuro. Quando a verdadeira Lady Lucylia vem aqui, vemos os dela. Porém, o mesmo não ocorre com o Rei Ulriss Osbourne. Desde que o coroamos, ele é envolto no poder da Coruja-Tempestade.

— Foram vocês que coroaram o matador de esposas? — Ruprest se exasperou.

— Sim — disse Primeva.

— Somos nós quem coroamos os reis — disse Percepta.

— Por que fizeram isso?

Primeva e Porvina se olharam. A mais velha falou:

— Porque Porvina não via o futuro dele.

— E daí? — Ruprest insistiu.

— Isso significava que ele morreria, ou que viraria rei — Primeva explicou. — Como não morreu, nós o coroamos.

— E vocês veem o meu futuro?

— Sim — disse Porvina. — Você não morrerá. Tampouco será rei.

Ruprest colocou as mãos na cintura fina de mulher e bateu com o pé no chão repetidas vezes, matutando.

— E por que vocês não vão embora? — perguntou ele.

— Porque sempre estivemos aqui — disse Primeva.

— E sempre estaremos — concordou Porvina.

— E porque somos necessárias no Festival da Primavera — concluir Percepta.

Ruprest queria falar mais alguma coisa, mas não soube ao certo o que. Então, apenas deu um longo suspiro. Ao que percebia, as Oráculos eram tão poderosas quanto respeitadas pela nobreza, mas incapazes de tomar uma atitude por conta própria.

— Tenho meus próprios assuntos para resolver, e eles são minha prioridade, mas vou lembrar de vocês. Talvez possa ajudá-las. Mas não prometo nada!

— Vejo o heroísmo do passado — disse Primeva.

— Vejo a oportunidade do futuro — disse Porvina.

Para encerrar o assunto, Percepta relaxou levemente os ombros.

— E eu vejo intenção genuína no agora — disse ela, e Ruprest teve a impressão de que, por baixo da máscara, havia um sorriso.

— Então está decidido — disse ele. — Se me dão licença, tenho uma princesa a salvar. E, pelo que vocês me disseram, ela não me abandonou.

Ruprest fez menção de se dirigir à porta, mas as Oráculos atravessaram o quarto com espantosa velocidade, como se suas imagens se mesclassem às pinturas e adornos, e o encurralaram junto à janela.

— Ele nos trouxe uma informação e uma intenção — disse Primeva.

— Precisamos retribuir — disse Porvina.

As máscaras de coruja balançavam de um lado para outro, de forma que as penas e plumas dançavam ao redor e pareciam se misturar à arte que dominava o quarto. Tudo oscilava como o oceano, e Ruprest se sentiu zonzo.

— Não precisam retribuir — disse ele. — Não quero nada de vocês.

— Mas nós estamos gratas, e precisamos demonstrar. Você nos trouxe uma informação e uma intenção, e daremos o mesmo em troca.

O balançar fez Ruprest perder o equilíbrio, e ele encostou na janela às suas costas. Ao mesmo tempo, as três ergueram as mãos, e o vidro da janela se estilhaçou. Ruprest foi arremessado para fora da torre com violência, como se impelido por uma lufada de vento. Desabou em queda livre, envolto em cacos de vidro, rumo ao solo inexorável. Em seu devaneio confuso, torceu para cair na água. Porém, antes que atingisse qualquer superfície, os cacos de vidro explodiram em areia brilhante. O céu se tornou rio e o rio se tornou céu, e todas as coisas espiralaram em uma mistura sem sentido.

Ruprest não percebeu quando perdeu os sentidos. Em seu delírio, viu corujas, mares e relâmpagos, todo raivosos e rugindo... Mas todos se aquietaram quando emergiu da água uma gigantesca coroa negra, incrustrada de rubis.

Um pio de coruja ensurdecedor o fez acordar com um susto. Sentou-se de olhos arregalados. Não havia qualquer coruja ao redor. Estava sentado em uma poltrona macia, em uma sala escura do castelo, ainda na forma de Lady Lucylia. Não estava ferido, nem preso. Havia apenas sido transportado de alguma maneira. Ao redor, estantes de livros recobriam as paredes e dividiam o ambiente, formando corredores.

Ruprest estava ileso, desperto e livre, e se perguntou por que as Oráculos o haviam colocado ali sozinho. A dúvida não tardou a ser respondida, pois logo percebeu não estar tão sozinho assim. Do outro lado de uma das estantes que dividiam a sala, ouviu passos leves de criança. Quem quer que fosse, parecia indolente ou entediado, visto que os passos iam e vinham sem propósito. As sombras projetadas pelas estantes de livros também se moviam, revelando que a criança carregava consigo a única fonte de luz na biblioteca. Quando finalmente terminou de percorrer o corredor, viu Ruprest sentado na poltrona na forma de Lady Lucylia e deu um pulo de susto. Endireitou-se. Fingiu disciplina. Era um menino.

— Tia Lucylia! — disse ele.

Tinha por volta de oito anos, todos vividos dentro de um castelo. As bochechas eram fofas, a postura era aprumada, as unhas eram limpas. Além disso, vestia-se de forma afrescalhada: calças curtas sobrepondo meia-calça e um chapeuzinho com pena. Trazia uma vela nas mãos.

Ruprest evitava crianças. Para ele, quanto mais singela fosse a aparência, maiores as chances de ser um diabo. Era sempre o primeiro a desconfiar de crianças, idosos e animais fofinhos. Enquanto seus amigos baixavam a guarda, ele ficava esperando a criatura inocente se transformar em um assassino de aluguel, demônio de sangue ou devorador de memórias. Geralmente estava certo.

Contudo, dessa vez algo chamou sua atenção. O menino tinha aparência singular: cabelos brancos, pele cinzenta e olhos vermelhos. Pouco acima da testa nasciam dois toquinhos de chifres. Apesar das bochechas arredondadas, o rosto tinha algo de triangular. Apesar da ingenuidade, seu olhar tinha algo de analítico. Era espantosamente parecido com Lady Faustine. Sua versão menino, que dela apenas diferia pela textura dos cabelos encaracolados.

— Olá — Ruprest respondeu.

O menino arregalou os olhos, e Ruprest se perguntou que resposta esperava ter recebido. Ele então caminhou lentamente em direção à poltrona onde Ruprest estava sentado, como quem se aproxima de um animal selvagem. Não sabia disfarçar as emoções: estava amedrontado, mas curioso. Sua ingenuidade era desconcertante, assim como absorção ativa de seus olhos juvenis.

— Você... — ele repetiu, chegando bem perto, mas se escondendo atrás do braço da poltrona. — Você não é a Tia Lucylia sentenciou com certeza, apesar da voz trêmula.

Por fim, olhou nos olhos do metamorfo e perguntou:

— Você é Ruprest?

CAPÍTULO 14

# FAMÍLIA REAL

— DO QUE ESTÁ falando? Meu nome é Lucylia Osbourne-Vandersnach! E o rei se casará comigo! — Ruprest se levantou e encolheu os ombros de forma a deixar cair ainda mais a alça já naturalmente caída do vestido, em uma imitação caricata da princesa de Utteria.

— Você tem uma marca em um dos nos olhos. É Ruprest, sim. — O menino apontou, parecendo mais à vontade para se expressar do que antes, quando pensava estar falando com a verdadeira Lady Lucylia.

— Quieto, fedelho! — Ruprest se virou para ele com rispidez, abandonando a encenação ao mesmo tempo em que dardejava os olhos ao redor, certificando-se de que ninguém estava ouvindo. — Como sabe de tudo isso?

— Mamãe me contou.

Ruprest ficou sério. Parou de conferir os arredores e se concentrou na criança à sua frente. Sentia como se tivesse gelo no estômago, fogo no peito e um vazio na mente. Foi tomado por uma mistura desordenada de sentimentos. Ciúmes, inveja, raiva, vergonha, indignação, repulsa. Tinha tanto a dizer, mas ao mesmo tempo nenhuma palavra parecia fazer sentido. O desprezo com que olhou foi tamanho, que o menino voltou a se encolher.

— Qual é seu nome, moleque?

— Roddriann, milorde.

— Quem é a sua mãe?

— Minha mãe é Lady Faustine Osbourne Nixdan, duquesa do reino. Meu pai é Lorde Gideon Nixdan. Também é duque. E eu sou Roddriann Osbourne. Não tenho o sobrenome de meu pai, porque Tio Ulriss falou para não colocar. Ele disse que as minhas filhas precisam ser só Osbourne, para poderem ser esposas dos filhos dele.

Ruprest pensou no pai do menino, na forma horrível como morreu e em como teria sido ainda pior continuar vivendo. A lembrança arrefeceu a confusão de sentimentos ruins que revolviam dentro dele.

— Mamãe mandou prestar atenção em *qualquer pessoa* agindo estranho. Disse que você pode virar qualquer um, mas que tem uma marca no olho. E disse que, quando você chegasse, era para mandar embora.

Ao ouvir isso, o gelo derreteu no estômago de Ruprest, o fogo dissipou em seu peito e os pensamentos voltaram a se formar em sua mente. Sentiu como se despertasse de um torpor.

— Ela disse *quando* eu chegasse? Não *se* eu chegasse?

— Sim. Mamãe sabia que você viria.

Com isso, Ruprest sentiu seu corpo derreter. Primeiro, pensou que fosse apenas mais um sentimento abstrato. Em seguida, percebeu que derretia de verdade. Sua pele se desmanchava. Assim, mudou de forma involuntariamente. Quando deu por si, era um homem jovem e forte, com pele avermelhada e os cabelos negros, longos e lisos, com pequenas tranças aqui e ali.

O vestido rasgou em um dos lados para acomodar sua forma atlética masculina, mas ele não se importou. Voltou a se sentar na poltrona e observar o menino. Os olhos dele eram doces. Sua ingenuidade, agradável.

— Por que sua mãe me mandou ir embora? — perguntou Ruprest.

— Acho que não quer que você fique aqui. Ela detesta esse castelo.

— Se ela detesta, por que não vai embora?

— Porque eu estou aqui — disse Roddriann, como se a resposta fosse óbvia.

— É só ela levar você!

— Eu bem que queria. Também não gosto daqui. Mas Tio Ulriss não deixa. E ele é o rei.

— E onde está sua mãe agora?

— Não sei. Ela só vem me ver quando o tio deixa.

Ruprest ruminou as informações. O Rei Ulriss Osbourne tinha controle sobre Lady Faustine. Mesmo que fosse uma feiticeira poderosa, ela jamais o desafiaria. Pelo contrário, faria tudo o que o rei mandasse, inclusive se casar. Parir seus filhos. Ser morta por ele. E o motivo de sua obediência incondicional era simples: o filho dela era refém no castelo. De fato, as Oráculos muniram Ruprest com uma valiosa informação.

— Lady Lucylia é sua tia? — perguntou Ruprest. — E o Rei Ulriss também?

Roddriann fez cara de dúvida.

— Na verdade, Lucylia é minha prima de segundo grau. E o rei é meu tio-avô. — Então, seu semblante se iluminou e ele disse: — Venha. Vou te mostrar uma coisa.

O menino saiu andando pelos corredores de livros e Ruprest o seguiu. Não havia janelas na biblioteca, apenas uma única porta fechada. Ao lado dela, ocupando uma parede de pé direito duplo, havia uma rica tapeçaria. Fios de várias cores se entrelaçavam de forma primorosa, formando a imagem de uma árvore de tronco grosso e casca cheia de relevos, adornada com pequenas folhas, flores e frutos. Junto às raízes, estava urdida uma pequena gravura de Primeva, Percepta e Porvina, usando suas máscaras de coruja e segurando uma coroa negra incrustrada de rubis. Ao longo dos incontáveis galhos e ramificações, iam escritos os nomes de antigos membros da realeza, cada qual com seus epítetos e datas de nascimento, casamento, morte e, no caso dos reis, o período de reinado. Alguns ramos terminavam abruptamente ou surgiam não se via exatamente de onde. Outros se separavam em certa altura e voltavam a se unir adiante. A tapeçaria como um todo havia sido remendada e modificada em vários pontos ao longo dos séculos, fosse para adicionar novos membros e eventos da família, fosse para adulterar algum passado inconveniente.

— Esse aqui sou eu — Roddriann apontou para seu próprio nome em uma das partes da tapeçaria que parecia ter sido adicionada mais recentemente. — Aqui a mamãe, o Tio Ulriss, a Tia Lucylia e todo mundo.

Diante da tapeçaria, havia um divã onde era possível se acomodar para apreciá-la. Roddriann se sentou. Ruprest continuou de pé, inspecionando o ramo da família onde estava Lady Faustine.

# Dinastia Osbourne de Utteria

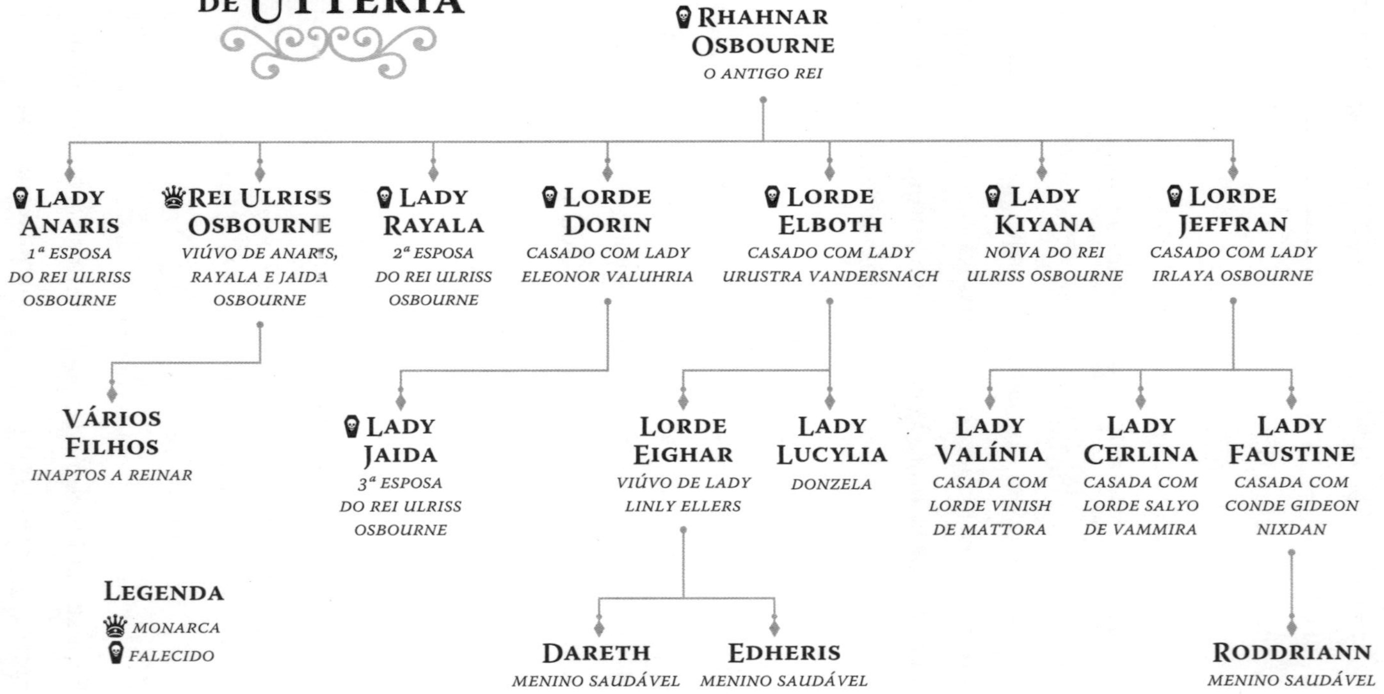

O Rei Ulriss Osbourne tivera três irmãos homens. Por questionável coincidência, os três haviam morrido na guerra contra Mattora ou Vammira. Tivera também três irmãs mulheres. Casara-se primeiro com a mais velha, e dela enviuvara sem reconhecer nenhum herdeiro. Em seguida, casara-se e enviuvara da segunda mais velha, em circunstâncias semelhantes. A terceira irmã recusara o mesmo destino e, sem alternativas, tirara a própria vida faltando poucos dias do casamento.

Sem mais irmãs, o rei dirigira seu interesse às sobrinhas. Seus três finados irmãos haviam sido mais bem-sucedidos no quesito prole, tendo deixado descendentes da linhagem Osbourne adequadas ao casamento. Ulriss começara pela sobrinha mais velha. Casara-se, frustrara-se, enviuvara. Como sua fama de matador de rainhas já havia se espalhado, não se preocupou em esconder mais um assassinato, de forma que esta informação aparecia na tapeçaria.

E este era o fato mais recente da árvore genealógica, que contava também com a presença de Lorde Eighar Osbourne-Vandersnach e seus dois filhos e das princesas Lady Lucylia Osbourne-Vandersnach, que era solteira, Lady Faustine Osbourne Nixdan, viúva e mãe de Roddriann, além de outras duas irmãs de Faustine, ambas casadas e sem filhos.

— Ainda tem quatro princesas! — disse Ruprest. — Por que o rei escolheu a sua mãe?

Roddriann arqueou as sobrancelhas.

— Dizem que é por causa dos chifres — respondeu o menino. — Você é adulto, deve saber melhor do que eu. Por que alguém ia querer casar com a minha mãe?

Ruprest se calou.

Um silêncio se seguiu, em que Roddriann desistiu de receber uma resposta. Então, inusitadamente, Ruprest respondeu:

— Não sei. Ela é irritante. Manipuladora. Arrogante.

— Minha mãe não é nada disso! É uma feiticeira poderosa, inteligente e que cuida da família!

Ruprest se calou e sorriu.

— Talvez o rei concorde com você.

O próprio Ruprest concordava.

— E, além disso, ela tem os chifres — Roddrian repetiu. — Lady Lucylia não tem. As irmãs da mamãe também não, sem contar que não moram mais em Utteria.

— E nenhuma das outras princesas têm filhos — Ruprest constatou.

— Não — Roddriann confirmou, sem entender o que isso significava.

Ruprest olhou para ele. Apenas dez anos de idade. Dez anos sob a proteção de um castelo, sem se preocupar com o que comeria no dia seguinte ou se teria um teto sobre a cabeça. Com a idade de Roddriann, Ruprest já havia aprendido a furtar e se esconder, a fazer truques de malabarismo com frutas podres, para ganhar algumas moedas de prata, e com facas afiadas, para defendê-las de valentões. O filho de Faustine provavelmente era versado em leitura, etiqueta e heráldica, habilidades úteis na corte. Porém, se deixado um dia na rua, Ruprest duvidava que conseguisse voltar sozinho para casa. Parecia inteligente, mas definitivamente não era esperto. Era incapaz de perceber que o principal interesse de Ulriss Osbourne em Faustine não dizia respeito apenas à aparência física ou poder mágico. O rei queria fertilidade. E, ao contrário das demais princesas, Lady Faustine já havia dado à luz a um filho perfeito.

Mal o raciocínio se formou, a conversa dos dois foi interrompida pelo som da maçaneta da porta se abrindo. Um feixe de luz se estendeu para dentro, seguido de um casal aos beijos.

— Estamos quase! — disse Lady Lucylia.

— Aqueles otários... — disse Lorde Eighar.

Ruprest soprou a vela que Roddriann carregava e a sala ficou escura, de modo que os irmãos não repararam na presença dos dois. O casal fechou a porta, e a escuridão se adensou.

— Há há há — riu a princesa em um misto de alegria e prazer, enquanto o irmão lhe beijava o pescoço.

— Você será rainha — sussurrou Eighar ao pé do ouvido da irmã.

Ruprest sabia onde Eighar e Lucylia estavam e o que faziam porque, estranhamente, conseguia enxergá-los no escuro. Ela virou de costas para o amante enquanto se esfregava nele. Ele percorreu o corpo da irmã com as mãos, e pôs-se a puxar a saia do vestido para cima. Ruprest via-os como se seus corpos fossem feitos de vidro transparente, com uma luz fraca emanando de dentro. Quanto mais ousadas ficavam as carícias, mais pareciam brilhar. E, quando os dois trocaram um beijo de língua, ficou evidente que a luz de cada um fluía para o outro. Era a magia primal dos Osbourne, o motivo de fazerem rituais de luxúria. Sua magia irrompia da volúpia, e Ruprest a viu se fortalecer através das carícias que precedem o coito, já se manifestando em forma de aura de luz.

— Por aqui — sussurrou Roddriann, saindo do divã onde estivera sentado. Ele encostou na parede e foi se esgueirando em direção à saída, o que era uma boa ideia, já que o casal parecia estar indo na direção do divã. Ruprest quis segui-lo. Porém, um toque mais ousado do Lorde Eighar fez Lady Lucylia gemer alto e iluminar a sala com um lampejo. Nessa hora, o lorde viu os dois.

— Quem está aqui? — disse Eighar, quando o clarão passou e a sala voltou a ficar escura. — É aquele moleque!

Roddriann abriu a porta e saiu correndo para o mezanino ao mesmo tempo em que os irmãos Osbourne-Vandersnach repeliram um ao outro, disfarçando seus atos.

— Não o deixe escapar! — disse a princesa.

Ao comando dela, Lorde Eighar saiu em perseguição. Foi até a porta, conjurou um feitiço para fora e continuou correndo. Lady Lucylia se virou para Ruprest. Não conseguiu identificá-lo à meia-luz, então conjurou uma pequena esfera de fogo flutuante para iluminar o ambiente. Para seu espanto, a face que a encarava em meio às estantes de livros era de Lady Faustine. No susto, foi a única ideia que Ruprest teve.

— Prima — disse Ruprest, com cabelos brancos, chifres demoníacos e corpo longilíneo. — Pelo visto, está bem envolvida nas tradições da família.

Lady Lucylia ergueu o queixo e puxou os ombros para trás, buscando uma postura digna.

— Olá, prima — respondeu ela. — Vejo que encontrou o meu vestido que sumiu. Podia aproveitar para devolvê-lo.

Ruprest conteve o ímpeto de olhar para o próprio vestido. Em vez disso, provocou:

— Quer ele para quê? O seu irmão nem gosta! Ele gosta mesmo é de... — Então, finalmente reparou em como Lady Lucylia estava vestida: trajes brancos e compridos, que lhe ocultavam quase toda a pele, sobrepostos com um amplo colar. — ...roupas para uma chanceler de meia-idade?

Lady Lucylia ficou muda por um instante, mas disfarçou o constrangimento e partiu para a ofensiva:

— Ria enquanto pode. Ulriss vai amar saber que você encontrou seu filho às escondidas. Ele está só procurando um motivo para punir os dois.

De repente, um grito infantil ecoou lá fora. Com isso, um alarme soou na cabeça de Ruprest e, sentindo um instinto que até então desconhecia, saiu correndo à procura de Roddriann. A porta levava a um mezanino com vista para o salão principal onde o rei costumava promover suas festas lascivas. Lá embaixo, Roddriann atravessava o salão correndo. Fugia para o grande terraço, enquanto Eighar o perseguia caminhando. Com um gesto arcano, o duque fez surgir uma fagulha mística com formato de tira de couro, a qual girou e atirou na direção do menino. A tira de luz rodopiou em seu percurso e atingiu os tornozelos de Roddriann em plena corrida, enrolou-se neles e o derrubou como uma rasteira. Ele caiu rolando e derrapando através das portas enfeitadas de vitrais, para o espaço aberto do terraço, longe do campo de visão de Ruprest.

— Roddriann! — Ruprest gritou com a voz de Lady Faustine.

Ao lado dele, Lady Lucylia escondeu um sorrisinho.

— Ele vai ficar bem — disse ela. — Eighar está apenas ajudando a educá-lo.

Ouvindo a voz da irmã, Lorde Eighar fechou o punho em torno da espada e puxou-a lentamente da bainha, fazendo ressoar pelo salão o som de metal arrastando.

— Façam alguma coisa! — Ruprest gritou para os soldados que montavam guarda ao redor do salão, mas nenhum deles se moveu.

Lorde Eighar atravessou as grandes portas para o terraço. Lady Lucylia pôs-se a caminhar em direção a uma escada que daria acesso ao salão abaixo, distante no fundo de um corredor. Era um desvio grande demais. Ruprest não teve dúvidas: tomou impulso e pulou por cima do parapeito do mezanino, caiu vários metros e aterrissou no salão, dando uma cambalhota para diminuir o impacto. Ao se levantar, desvencilhou-se das saias e, ignorando os olhares espantados dos guardas, atravessou em disparada as portas cheias de vitrais.

O sol havia se posto completamente, deixando o terraço iluminado apenas pela chama tênue das tochas místicas que lutavam contra a escuridão de um céu sem estrelas. No terraço praticamente vazio, Lorde Eighar segurava a espada de forma frouxa e indolente, mas suficientemente ameaçadora para o menino caído a seus pés.

— Pare onde está! — Ruprest ordenou.

O duque se manteve na mesma posição e apenas olhou para Ruprest com um sorriso cínico.

— Lady Faustine, que surpresa agradável — disse ele. — Roddriann e eu estávamos... nos entendendo.

O menino tinha a face corada de aflição e o corpo retorcido pelo assoalho, como se tivesse rastejado para trás. Seu chapeuzinho estava caído. Arregalou os olhos para Ruprest com espanto e súplica, e por um momento os dois olharam um para o outro, os olhos vermelhos e tristonhos de Roddriann espelhando-se nos olhos vermelhos e enfurecidos que Ruprest havia roubado de Lady Faustine. Então, o metamorfo retorceu a face em ódio e a ordem que deu para Lorde Eighar ecoou pela noite como um rugido:

— Afaste-se do meu filho!

Lorde Eighar tropeçou para trás. Enquanto o duque retomava o equilíbrio, Roddriann aproveitou para se levantar e correu na direção de Ruprest com os braços abertos. Ao se aproximar, não diminuiu a velocidade. Bateu com o rosto na barriga do metamorfo e agarrou-se à cintura do corpo maternal. Uma vez grudado naquele que tinha a aparência de sua mãe, o menino desatou a chorar.

Ruprest cogitou segredar para o Roddriann quem realmente era. Porém, conteve-se. Em vez disso, aninhou-o e secou suas lágrimas. Então, direcionou a Lorde Eighar um olhar de fera que protege a própria cria.

— Não fiz nada de mais — disse o duque, em defesa e em deboche. — Esse rapazinho é muito impressionável.

— Nunca mais se aproxime dele — Ruprest rosnou.

Lady Lucylia surgiu pela porta decorada, caminhando com a suavidade de uma dama.

— Ora, ora. Hoje mesmo você reclamava da hipocrisia que ronda esta corte, mas parece que decidiu se render a ela — disse Lady Lucylia com um sorriso sarcástico. — Ousa mandar meu irmão se afastar de Roddriann, sendo que na verdade é você quem recebeu tal ordem... do rei em pessoa! Não deveria estar aqui. Ao menos, não sem a escolta de Vorghan Brax. Ou será que está tão resignada a seu destino, que sente já possuir o poder de uma rainha?

Ruprest puxou Roddriann para suas costas, colocando-se entre o menino e os irmãos inimigos.

— Posso não ser rainha ainda... — disse o metamorfo. — Mas serei em breve. Afinal, quem seria em meu lugar? Você? — ele deu uma gargalhada de escárnio, com a voz suave de Lady Faustine. — Nem se conseguisse virar a corte inteira contra mim com suas promessas vazias.

Lady Lucylia arregalou os olhos, ultrajada.

— Finalmente revela suas verdadeiras intenções, priminha. Pois, se recusa minha aliança oferecida de bom grado, sofrerá as consequências de me ter como inimiga!

Dizendo isso, Lady Lucylia arregaçou as mangas do vestido branco de chanceler e ergueu os braços lânguidos em uma dança voltada ao céu noturno. Com palavras místicas e gestos arcanos, sua magia se manifestou como uma luz negra espiralando ao redor do corpo e acumulando-se nos braços, na forma da Coruja-Tempestade que representava a Dinastia Osbourne.

— Lucylia, não! — disse Eighar, mas era tarde demais. A coruja imaterial alçou voo e desapareceu na imensidão da noite. — O que... O que você fez?

— Enviei um aviso, e em breve ele estará aqui — decretou a princesa a seu irmão. Então olhou para Ruprest e concluiu: — Ele virá. A verdadeira Coruja-Tempestade, Ulriss Osbourne, Rei de Utteria. O matador de rainhas.

CAPÍTULO 15

# O REI MATADOR E SUAS RAINHAS

UM RELÂMPAGO COROOU o céu noturno, estendendo-se para todos os lados como se prendesse o castelo em uma redoma de eletricidade.

Em seguida, o trovão rugiu ensurdecedor, trepidando o ar, o peito e a alma.

À distância, uma revoada de pássaros se ergueu em debandada, enquanto o furor do rio açoitava a rocha ao pé do precipício.

Mais relâmpagos se seguiram, iluminando e ofuscando em igual medida. Entre um clarão e outro, espectros surgiram nas orlas do terraço. De início pareciam encobertos por lençóis negros, mas os tecidos logo tomaram a forma de corpos esculturais, masculinos e femininos, desnudos. As silhuetas eram da cor da noite, humanas do pescoço até os joelhos, passando pelos seios, glúteos e genitálias. Suas cabeças, no entanto, eram de coruja, e os pés terminavam em sombras difusas que se espalhavam pelo assoalho. Eram o séquito etéreo, lascivo e lúgubre que prenunciava a chegada do rei de Utteria.

Uma cadência de relâmpagos se seguiu, preenchendo todo o céu, exceto o zênite, pois no ponto mais elevado imperava a figura de uma coruja em pleno voo, seu corpo obscuro contrastando contra a abóbada retalhada por luz. Ela abriu as asas, ostentando sua envergadura, e voltou a fechá-las para um mergulho de rapina. Deu um rasante no terraço, e todos que ali estavam se abaixaram por reflexo, sentindo o vento cortante de seu voo. Ela então os circundou até ficar próxima da torre ritualística e abriu as asas para desacelerar. Seus olhos vermelhos faiscavam como a própria tempestade. Sua cauda negra fumaceava como um manto de sombras. Com um chiado de predador, voejou sobre a ponte de pedra, parecendo maior quanto mais se aproximava. Quando estendeu as garras para findar o pouso, já era grande como um homem. Quando pisou sobre o terraço do castelo, as patas se tornaram pés calçados com sapatos luxuosos. Ao se dissiparem, as asas lufaram uma gravidade opressora, que forçou todos ao redor a caírem de joelhos. Os trovões findaram e o local foi tomado por um profundo silêncio, perturbado apenas pelos solados de madeira ressonando a cada passo no piso de pedra.

Ulriss Osbourne caminhou sem pressa pela ponte até o terraço e colocou-se no centro de seus súditos ajoelhados. De início, Ruprest conseguia ver-lhe apenas os pés, pois sentia, assim como os demais, um instinto de autopreservação que o obrigava a manter a cabeça baixa. Lutando contra esse impulso, ergueu os olhos para o rei tentando ser discreto, mas Ulriss olhava diretamente para o metamorfo. Era um homem alto, cuja estatura era realçada pela coroa negra depositada sobre os cabelos longos e alvos. Ombreiras de metal reforçavam a robustez de seu peito aberto e conferiam-lhe magnificência. Delas, pendia uma capa vermelha que emoldurava sua figura sombria. As feições de seu rosto assemelhavam-se às de Lady Faustine, assim como a cor de sua pele cinzenta. Não possuía chifres, mas uma cicatriz antiga cortava-lhe a face esquerda da testa ao queixo, e era escura, rígida e cheia de nódulos tal qual chifres infernais. Presa à cintura, carregava uma espada longa, com bainha e empunhadura tão decoradas, que era mais instrumento cerimonial do que arma.

Uma vez que seu olhar se cruzou com o do rei, Ruprest não conseguiu evitar abaixar a cabeça novamente. A presença de Ulriss Osbourne tornava o ambiente pesado, e seu mero olhar parecia capaz de perfurar quem quer que fosse seu objeto de interesse. Sua existência era uma ameaça a tudo o que havia de frágil, alegre e bom. O mais espantoso, no entanto, era sua juventude. Pelas contas de Ruprest, o tio mais velho de Lady Faustine precisava ter pelo menos uns sessenta anos. No entanto, a figura severa e autocrática que o rondava não parecia ter mais do que quarenta.

Percebendo-se em postura de submissão, Ruprest abaixou bem a cabeça, de modo a impedir que o rei visse sua pálpebra. Ao menos, foi isso que pensou. Sua atitude era parte racional, parte tentativa involuntária de desaparecer para dentro de si mesmo. Uma atitude que não passou despercebida para o rei, que parou diante dele e falou, com sua voz grave e incisiva que evocava o som do trovão:

— Erga-se, Lady Faustine, herdeira das mais régias linhagens, cuja beleza desperta o rancor até mesmo de súcubos e sirenas, para que eu me deleite com a visão de seu corpo.

Ao dizer isso, o rei tocou o queixo de Ruprest com a ponta dos dedos e o puxou para cima. O toque era inflexível e vigoroso, negando qualquer possibilidade de contestação, e Ruprest primeiro ergueu o queixo, expondo o pescoço macio diante do inimigo. Então, ergueu o corpo inteiro, obediente. Uma vez de pé, o rei contemplou o corpo feminino envolto no vestido vermelho revelador. O decote ombro a ombro fora costurado propositalmente largo, para que caísse mais do que mandariam os bons costumes. Vendo isso, o Rei Ulriss Osbourne se propôs a posicioná-lo no lugar certo, tocando o vestido e o colo da princesa à sua frente sem pedir permissão.

Porém, em vez de puxar um pouco mais para cima, puxou-o ainda mais para baixo, lentamente, aumentando a pele exposta.

Ruprest manteve-se parado, aceitando tudo como uma noiva obediente e pensando em como o rei era um grandissíssimo filho da puta. Ulriss Osbourne inclinou a cabeça para o lado, como se quisesse apreciar a visão de todas as formas possíveis. Então ajeitou mais uma vez o tecido sobre um dos seios, tocou o colo de Lady Faustine com os nós dos dedos e deslizou-os para cima com delicadeza, por seu pescoço, mandíbula e queixo. De repente, estendeu o braço e deu-lhe uma bofetada com o dorso da mão que fez Ruprest voar longe.

Ruprest rodopiou tropeçando nas saias e caiu com mãos e joelhos no chão. Teve o ímpeto de se levantar em um pulo ágil, mas conteve-se. Não queria estragar o disfarce. Manteve-se prostrado enquanto o ardor do tapa se espalhou pela face.

Mais uma vez, o rei caminhou devagar, deixando cada um de seus passos ecoar na pedra enquanto se aproximava.

— Ao que parece, minhas ordens não foram claras, minha doce Faustine — disse ele. — A permissão que concedi para que encontre seu filho hoje apenas se realiza perante a presença de meu campeão.

Ruprest ficou onde estava e murmurou alguma coisa indiscernível, que bem poderia ser um pedido de perdão ou qualquer outra coisa que Ulriss Osbourne desejasse escutar. Separado dele pela distância de uma bofetada, Roddriann arregalava os olhos ora para Ruprest, ora para o rei.

— Levantem-se — disse a Coruja-Tempestade com sua voz de trovão, e todos obedeceram: Ruprest, Roddriann, Lady Lucylia e Lorde Eighar. Até mesmo os espectros, que já estavam em pé, pareceram se empertigar perante a ordem do rei.

Ruprest ergueu os olhos para Ulriss Osbourne e buscou não piscar. Estavam tão próximos, que conseguia sentir o hálito do rei: frio e, mesmo assim, libidinoso. Ulriss não notou a pálpebra do metamorfo, pois estava mais interessado em seu decote. Seus olhos de caçador pareciam imaginar como a sobrinha ficaria sem o vestido vermelho.

Quando falou, sua voz soou baixa, para que apenas ela escutasse:

— Hoje, mais cedo, estive em um de meus haréns. Você deve ter percebido pela juventude em meu semblante.

— S-sim, majestade — respondeu Ruprest, perguntando-se onde aquela conversa iria chegar.

O rei se aproximou ainda mais, segurando o fino maxilar de Lady Faustine com uma das mãos e puxando-a pela cintura com a outra, para que chegasse mais perto. Ruprest tentou desviar, mas foi enlaçado pelo rei que despia a sobrinha com a imaginação. Próximo à barriga, sentiu tocar-lhe um enrijecimento característico do sentimento que os reis da Dinastia Osbourne nutrem pelas mulheres da própria família.

— As concubinas adoram me agradar... — disse o rei — e a gentileza delas me é revigorante. — Ele então deslizou a mão até a nuca de Lady Faustine, enfiou os dedos entre as mechas do penteado, agarrou-lhe as raízes dos cabelos e obrigou-a a virar a cabeça de lado, expondo o pescoço. Ali, beijou-a. — Mas nenhuma delas consegue aplacar minha ânsia. Nenhuma delas é uma Osbourne.

Ao dizer isso, o rei comprimiu o corpo contra o da sobrinha ainda mais e lambeu-lhe da clavícula até a orelha.

Involuntariamente, Ruprest se esticou para longe, enquanto uma sequência de pensamentos invadiu sua mente. Primeiro, pensou que iria vomitar. Em seguida, abominou Lady Faustine por aturar tudo aquilo. Depois, perguntou-se como o rei ainda não havia percebido que a sobrinha que abraçava tinha uma peça a mais entre as pernas. Por fim, vislumbrou os vários espectros que formavam o séquito do rei e concluiu que, talvez, ninguém ali se importasse com isso.

— Você suscitou minha ira — o rei continuou. — Agora, para aplacá-la, terá que se submeter aos desígnios de minha vontade. Beije-me.

Ruprest sentiu a alma sair do corpo e voltar. Se havia algo que o desagradava era a ideia de beijar outro homem. Já havia acontecido no passado, mas era um episódio que preferia esquecer. Desde então, por mais que se valesse de aparências femininas para seduzir e enganar, certificava-se de se manter longe dessa possibilidade. Não se incomodava que homens beijassem uns aos outros, mas era incapaz de fazer o mesmo sem demonstrar seu desgosto. Para ele, seria o mesmo que beijar um sapo, uma fruta podre ou sua irmã, se tivesse uma.

— Mas... aqui? — disse Ruprest, tampando o rosto de forma melindrosa, com a mão de dedos abertos. — Na frente de todo mundo?

O abraço do rei afrouxou um pouco quando ele olhou ao redor buscando entender o que Lady Faustine queria dizer.

— Refere-se ao seu filho? — disse ele. — Oras, apenas um beijo... Nada que o rapazinho já não tenha presenciado.

Ele fez menção de se aproximar novamente, e Ruprest recuou e se encolheu.

— Por que está agindo dessa maneira? — enfureceu-se o rei. Com um movimento rápido, agarrou-a novamente pela cintura. Puxou-a pelos cabelos com a cabeça para trás até que expusesse a garganta. Beijou-a no pescoço e foi descendo para a clavícula e para o colo descoberto. — Em nome da magia que corre em nossas veias, guardarei meu desejo para o Ritual da Primavera, que é quando você receberá minha semente e carregará o herdeiro de minha coroa. Mas, agora, você precisa aplacar a minha sede. Preciso receber algo.

Ruprest considerou aceitar beijá-lo de uma vez por todas, mas havia um problema. O metamorfo já vira Lady Faustine caminhar, falar e gesticular de seu modo único. Por isso, era capaz de imitá-la.

No entanto, nunca experimentara um de seus beijos. Em verdade, só de pensar na possibilidade, sua mente viajou para outro lugar, em outras circunstâncias. De repente, estava de volta à sua jornada ao lado da princesa de Utteria, compartilhando histórias e trocando conhecimentos no caminho até a Catedral do Suplício Eterno. Quando iniciaram a incursão, Ruprest não confiava nela. Por sua vez, Lady Faustine não tinha, além de Ruprest, ninguém mais em quem pudesse confiar. Poderia tê-la beijado naquela ocasião? Não. Primeiro, porque ela ainda não era viúva e não aceitaria o beijo de bom grado. Segundo, porque se ela cedesse apenas para agradá-lo porque precisava dele, isso faria de Ruprest tão desprezível quanto o Rei Ulriss Osbourne de Utteria.

Talvez estivessem fadados ao desencontro.

— Me dê o que eu quero — insistiu o rei.

Ruprest obrigou-se a retornar ao momento atual. Não poderia imitar um beijo de Faustine porque sequer a havia visto beijar alguém. Imaginava que tivesse beijado o marido no leito de morte, mas estava longe demais na ocasião, e ocupado demais com o Carnífice. Mas será que o próprio rei saberia distinguir um beijo da princesa? Uma alternativa seria deixar que Ulriss conduzisse o beijo.

O rei então agarrou um de seus seios e sussurrou em seu ouvido:

— Você sabe que o poder mágico não será o mesmo se eu o tirar à força.

Foi então que Ruprest compreendeu: o apetite do rei não era sexual. O que ele realmente almejava era se fartar da magia que brotava da lascívia na Família Osbourne. Algo que Ruprest era incapaz de oferecer.

Então Lady Lucylia se aproximou delicadamente:

— Ela não tem apetite, meu rei. Mas eu, sim. — Lady Lucylia tocou o ombro do rei. Em resposta, ele largou Ruprest e se virou para a outra sobrinha, que continuou: — Beije-me. Possua-me.

Torne-me sua esposa. Ofereço-lhe toda a magia que emana de meu corpo e minha alma. Meu desejo é seu.

O rei tomou a mão dela, levou até os lábios e depositou ali um beijo afetuoso.

— Minha doce Lucylia, seu entusiasmo é um bálsamo. Bem sei que seu apetite por luxúria rivaliza apenas com seu apetite por poder, e isso a torna ainda mais bela.

Lady Lucylia fez uma mesura em resposta ao elogio. Ninguém quis mencionar, mas fato era que a princesa vestia trajes que aludiam à chanceler Helestra, a qual, na inexistência de uma rainha, era no momento a mulher mais poderosa do reino.

— No entanto... — disse Ulriss Osbourne, levando uma das mãos à nuca de Lady Lucylia e acariciando o couro cabeludo dela. Contudo, em vez de dominá-la pelos cabelos como acabara de fazer com Lady Faustine, o rei apenas a tocou com afeição. — Apenas apetite não é suficiente. É preciso sangue puro.

E soltou-a.

Não dita ficou a alusão aos cabelos. Os de Lady Faustine, assim como os de Ulriss Osbourne e Roddriann, eram brancos como neve, contrastando com a pele cinzenta e os olhos vermelhos da Coruja-Tempestade. Por outro lado, Lady Lucylia, assim como Lorde Eighar, tinha cabelos castanhos emoldurando o rosto de pele clara, além de olhos verdes belíssimos, mas divergiam da natureza demoníaca dos membros da Família Osbourne.

— Mas... não quer ao menos conversar com seus conselheiros? Perguntar o que esperam da nova rainha? — Lady Lucylia insistiu.

O rei manteve-se impassível:

— Se meus conselheiros não lhe fossem favoráveis, você e seu irmão sequer estariam no castelo.

E isso a calou. Abalada, Lady Lucylia deu dois passos para trás.

O rei então prosseguiu:

— Lady Faustine será a rainha ideal. Ela já concebeu o filho de um homem inferior. O próximo passo é ter a chance de gerar uma criança perfeita, agora que eu e ela nos unimos para eliminar aquele marido desagradável.

Ódio irrompeu do peito de Ruprest. Eram tantos insultos, que ele mal sabia qual o incomodava mais. Como ousava dizer que Lady Faustine havia se unido a ele para matar o marido? Como ousava dizer que Roddriann não era uma criança perfeita? E como era possível que um rei que manipulava mulheres usando crianças como reféns se achasse melhor do que um homem que escolheu o suplício eterno para proteger a esposa? Estava tão ofendido, que se condoía até mesmo em nome do duque que morrera. Mas o pior de tudo, o que mais provocava sua cólera era saber que o rei derramava essa sequência de barbaridades diante de quem pensava ser Lady Faustine, sem nem tentar esconder que seu objetivo era feri-la.

E saber que já fizera isso muitas e muitas vezes, quando Ruprest não estava ali para ver.

Ruprest respirou fundo. Sentiu cada centímetro da pele que vestia de Lady Faustine. E sentiu cada ameaça recebida, cada humilhação sofrida, cada fio de cabelo puxado, cada toque não consentido experienciado. Sentiu também seu próprio corpo de metamorfo: cada músculo, osso e tendão capazes de se transfigurar. Sentiu, por fim, a bainha da adaga presa ao redor da perna sob o vestido. Calculou como sacá-la.

Decidiu matar o Rei Ulriss Osbourne. Tomar seu lugar. E extinguir sua linhagem.

— Tem razão — disse Ruprest. — Se é um beijo que vossa majestade deseja, então não me resta escolha a não ser conceder.

No canto do terraço, Roddriann arregalou os olhos.

Ulriss Osbourne olhou para o metamorfo e abriu um largo sorriso.

— Finalmente ouviu a razão. Venha até mim, princesa, e satisfaça-me.

Ruprest não se moveu. Não queria ir até o rei. A distância não era mais do que dois passos, mas muito poderia acontecer nesse curto percurso, como a adaga presa em suas pernas sair de posição ou a odiosa Lady Lucylia perceber a ameaça. Ruprest precisava que o Ulriss se aproximasse, então se permitiria beijar estando o mais longe possível dos demais. Quando o rei estivesse com os olhos fechados, mas antes que percebesse a ausência de emanação da magia Osbourne, Ruprest sacaria a adaga de debaixo do vestido e o surpreenderia com um golpe furtivo na jugular.

Assim, ficou parado, olhando para o rei com sua melhor cara de sonsa.

— Não tenho a noite toda — queixou-se o rei e avançou até Ruprest, tomando-o nos braços. — Você é minha.

Escondida pela ampla capa que pendia das ombreiras do Rei Ulriss Osbourne, a figura esbelta de Lady Faustine ficou fora do raio de visão dos irmãos Osbourne-Vandersnach. As únicas testemunhas do atentado iminente seriam as corujas espectrais, mas Ruprest duvidava que o séquito tivesse função de sentinela. E, mesmo que tivesse, não estava perto o suficiente para vencer Ruprest na agilidade.

O rei segurou Ruprest pela cintura, e Ruprest pousou as mãos sobre os ombros do rei, e então deslizou para os braços. Uma vez que o beijo começasse, deslizaria as mãos para longe, até a cauda do vestido, puxaria a saia para cima, sacaria a adaga e atacaria. Uma sequência de movimentos complexa, mas que Ruprest já executara muitas vezes antes.

— Espere — disse o rei, interrompendo-se no meio do caminho. — O que é isso em seus olhos?

Subitamente, Ulriss Osbourne reconheceu a intenção hostil. Empurrou Ruprest para longe e pronunciou palavras arcanas, fazendo surgir ao seu redor um globo de energia protetora, que reluziu e ficou invisível. Ao mesmo tempo, seu séquito de espectros saiu em revoada, fazendo estardalhaço de coruja e deixando cair várias penas.

— Um sinete estrangeiro... — prosseguiu o rei, estarrecido, buscando na memória qual o significado do símbolo. — Duque Minimus III, do reino de Ghanor. O que isso faz na sua pálpebra? Você... Você não é minha sobrinha.

Como se as palavras do rei fossem um presságio, das portas decoradas com vitrais saiu seu campeão, acompanhado da verdadeira Lady Faustine.

Vorghan Brax interpretou a situação de imediato. Com um brilho mágico, sumiu de onde estava e reapareceu entre Ruprest e o rei. Sua armadura lustrada refletia as tochas místicas do castelo. Diante do inimigo, seu rosto peludo se contorceu em um rosnado de dentes afiados e tortos.

O disfarce de Ruprest estava arruinado.

Vendo a maré virar, o metamorfo atirou-se para trás em uma série de acrobacias rumo ao parapeito do terraço. Nem Ulriss nem Vorghan poderiam impedir sua fuga. Porém, entre um e outro salto, um tentáculo de sombras emergiu do chão e agarrou seu pulso. Ruprest perdeu o equilíbrio e desabou no chão. Ergueu-se nos cotovelos de imediato, mas descobriu que não podia se levantar. Estava enredado em tentáculos que não podiam ser feridos, visto que eram feitos de sombras.

Já vira Lady Faustine usar esse feitiço antes. Sentira o suplício de ser espremido contra os próprios órgãos. Agora, no entanto, não esperava ser atacado justo por ela. Encarou a princesa com incredulidade, mas Lady Faustine não intentou se justificar. Apenas deu alguns passos na direção do filho e dirigiu o olhar para a prima.

Outrora doces, os olhos de Lady Lucylia estavam cravados no metamorfo e repletos de sadismo. Ela gesticulava, entoava palavras arcanas e exalava o ardor de quem realiza o sonho de uma vida. Ruprest soube que os tentáculos de sombras que o prendiam eram dela, e que Lady Lucylia despejava um rancor há muito guardado não contra ele, mas contra Lady Faustine, cuja aparência o metamorfo usava.

Lorde Eighar não tomou uma atitude, mas ficou olhando de Ruprest para Lady Faustine, comparando mentalmente a aparência dos dois.

— São iguais! — o duque exprimiu o espanto que todos os demais sentiam.

— Já ouvi lendas sobre monstros capazes de assumir a fisionomia de pessoas — disse Ulriss Osbourne —, mas é a primeira vez que testemunho a existência de um metamorfo.

À medida que falava, o rei foi caminhando até ficar lado a lado com Lady Faustine, ao passo que Vorghan Brax se deslocou até Ruprest. No dedo grosseiro, o Campeão do Rei usava o anel de metal azulado que estava ali e ao mesmo tempo não estava. Com sua estranha simultaneidade de presença e ausência, era impossível não reconhecer o Anel do Ressurgir.

— Eu deveria ter desconfiado — o rei prosseguiu. — Pois minha adorada Lady Faustine, por mais sedutora que seja, jamais trajaria um vestido da cor da volúpia. — Ele então tocou o queixo da sobrinha, que se permitiu estender ainda mais o pescoço longilíneo, altivo e vulnerável. Vestia-se de preto. Um vestido luxuoso e sensual, que deixava os ombros de fora e expunha as pernas através de uma fenda, mas o fazia de forma elegante e sem exageros. Perto da fineza da verdadeira Faustine, o vestido vermelho que Ruprest roubara de Lucylia parecia exagerado e vulgar: o último recurso de uma mulher ambiciosa.

De repente, os tentáculos que o envolviam se contorceram em um abraço opressor. Ruprest sentiu os músculos sendo espremidos contra os ossos, mas cerrou os dentes e recusou-se a gritar.

O rei então levou a mão com graciosidade até o pescoço de Lady Faustine e o envolveu, mas sem apertar, apenas para mostrar que podia fazer o que quisesse. Faustine não protestou. Continuou onde estava, parada como uma estátua de mármore, estrategicamente posicionada entre Ulriss Osbourne e Roddriann.

— Devo admitir — disse o rei para ela. Sua voz de trovoada era alta, imponente e levava o tempo necessário para demonstrar sua autoridade. — De tudo o que você já aprontou, essa sem dúvidas foi a melhor. O que esperava com isso? Que eu me casasse com um duplo em vez da verdadeira princesa de Utteria? Pensa que sou estúpido?

— Nunca foi minha intenção, Majestade — a verdadeira Lady Faustine falou pela primeira vez. — Sou leal à Coroa e servil a meu soberano. Asseguro-lhe que não tenho qualquer relação com a presença de tal criatura.

Vorghan Brax colocou um dos pés em cima da cabeça de Ruprest e pressionou o rosto copiado da princesa contra o chão de forma humilhante.

Essa coisa deve ser o cúmplice que estava com ela na Catedral do Suplício Eterno — disse o Campeão do Rei.

Ulriss Osbourne apertou de leve o pescoço da verdadeira Lady Faustine.

— É verdade? — perguntou.

— Eu não saberia dizer, Majestade — respondeu a princesa.

O rei deu um sorriso mordaz.

— Então olhe melhor. — Dizendo isso, Ulriss Osbourne afrouxou o pulso no pescoço da princesa e passou a segurá-la levemente pela mandíbula, de forma a direcionar o rosto dela para o metamorfo. Ao mesmo tempo, uma nova onda de constrição espremeu o corpo de Ruprest. Os tentáculos de Lady Lucylia rasgaram-lhe a pele e penetraram-lhe a carne, e o metamorfo não conseguiu mais conter um urro de aflição.

— É seu cúmplice ou não? — insistiu o rei.

— Não sei — Lady Faustine repetiu, observando de forma impassível enquanto sangue brotava dos talhos abertos por todo o corpo de seu duplo.

— Tudo bem — disse o rei. — Observe mais um pouco, e talvez você tenha uma resposta mais precisa.

Então o grito de Ruprest foi sufocado pela compressão de seus pulmões. Escancarando a boca em busca de um ar que não vinha, seu rosto se contorceu e perdeu o formato triangular, ficando mais quadrado. O cabelo chicoteou fora de controle e tornou-se preto. Os olhos se fecharam vermelhos e voltaram a se arregalar azuis. Assim, diante de todos, a imagem roubada de Lady Faustine se desfez, dando lugar a um homem belo, de pele avermelhada e longas madeixas trançadas, mas igualmente constrito. Involuntariamente, Ruprest assumiu a aparência que Lady Faustine dissera ser a sua favorita. Era como se, enquanto os sentidos estavam prestes a abandoná-lo, seu subconsciente conclamasse a necessidade de ser reconhecido.

Diante disto, a princesa mudou sua resposta para o rei:

— Talvez.

— Ora, então estamos entre amigos! — o rei continuou segurando o rosto de Lady Faustine por instantes silenciosos que pareceram uma eternidade, forçando-a, com falsa gentileza, a assistir enquanto Ruprest sufocava. — Infelizmente, não posso aceitar que minha noiva tenha amizade com uma aberração dessas.

— Meu rei engana-se ao pensar que o metamorfo seja meu amigo — ela o corrigiu. — É apenas um mercenário cujas habilidades usei para alcançar meu objetivo. Um plebeu sem importância.

Ouvindo isso, Ulriss deu uma única risada de satisfação e soltou a princesa, que se manteve na mesma posição inabalável.

— Lady Lucylia — disse o rei, e sua outra sobrinha prontamente entendeu o comando não dito, parou de sorrir e afrouxou os tentáculos. Ruprest tossiu por um longo momento até recuperar o fôlego, mas continuou aprisionado. O rei prosseguiu: — Se a presença dessa anomalia da natureza não logrou conspurcar seu bom senso, não há motivos para matá-la de forma cruel. Todos sabem que sou misericordioso. Vorghan Brax, pode decapitá-lo.

O campeão sorriu com seus dentes animalescos e olhos brilhando de avidez. Levou a mão ao cabo da espada que trazia à cintura e deslizou-a para fora da bainha.

— Parem! — gritou Ruprest. — Vocês não têm motivos para me matar!

O rei ouviu os protestos com desinteresse.

— Você se importa? — perguntou ele a Lady Faustine.

Ela demorou um pouco para responder.

— Não — disse, por fim. — Essa criatura me é insignificante.

Vorghan Brax ergueu a espada, com Ruprest na mira, e esperou pela ordem final.

— Mas, mamãe — Roddriann choramingou, não se contendo — é o Ruprest!

Lady Faustine fechou os olhos, enquanto o rei abriu um largo sorriso.

— Ruprest? — caçoou. — O monstro tem nome?

— Sou Ruprest Ruprestson, um dos heróis que derrotou o Devorador de Mundos, e o monstro aqui é você!

O rei sorriu e deu alguns passos despreocupados pelo terraço, os solados de madeira demorando entre um e outro ressoar. Quando parou, contemplava o metamorfo caído ante a seus pés e, pela primeira vez, dirigiu-lhe a palavra:

— Toda criança dos Sete Reinos escutou canções sobre os heróis que derrotaram o Devorador de Mundos. Os irmãos bárbaros Rufus e Royston Cave. O bardo Nilperto. O elfo druida Feldon. Agora, Ruprest Ruprestson... Não faz parte dessa saga.

O metamorfo abriu a boca para retrucar, mas nada lhe ocorreu. Voltou a cerrar os dentes.

— Escute o que diz minha sobrinha. Você é insignificante. Uma ferramenta a ser usada e descartada. Plebeu sem importância, ela disse, mas isso chega a ser um elogio. Você não é nem mesmo um plebeu. Não passa de um verme sem face. Você não é ninguém.

Ulriss Osbourne então ergueu dois dedos para sinalizar a ordem. Quando voltou a abaixá-los rapidamente, Vorghan Brax desceu a espada na mesma velocidade. Um golpe perfeito. Porém, antes que acertasse o pescoço do condenado, o campeão foi atingido no peito por um crânio feito de energia espectral. A magia explodiu contra ele com tamanha violência, que o arremessou para longe. Vorghan colidiu contra o parapeito do terraço e caiu para o vazio do outro lado, perdendo a espada enquanto caía vários andares até o solo duro do jardim.

Todos olharam para Lady Faustine. Ela tinha a mão espalmada na direção de Vorghan Brax, a energia mística residual ainda emanando de seus dedos.

CAPÍTULO 16

# MÉTODOS

ANTES QUE ALGUÉM impedisse, Roddriann saiu correndo e gritando de perto de sua mãe e se atracou contra Lady Lucylia. Os dois rolaram em uma confusão de braços, saias e chapeuzinho triangular, e ela perdeu a concentração na magia. Ruprest sentiu os tentáculos que o prendiam afrouxarem, levantou-se em um pulo, deu uma pirueta para trás e para o alto e parou de pé, equilibrado sobre o parapeito do terraço.

O rei assistiu a tudo parado, em nenhum momento se rebaixando à caça de um fugitivo da ralé. Em vez disso, caminhou até Lady Faustine e, com um movimento rápido e vigoroso, agarrou-a pelo pescoço e a suspendeu no ar.

— Um plebeu sem importância, não é mesmo? — debochou ele.

Lady Faustine esperneou de forma estúpida e agarrou a mão que espremia seu pescoço. Tentou responder, mas sua voz ficou presa.

— Não consigo ouvi-la, minha querida... — disse Ulriss Osbourne ao mesmo tempo em que afrouxou levemente o agarrão.

Com dificuldade, Lady Faustine murmurou alguma coisa. O rei fez silêncio para escutar em meio aos gritos de Roddriann, deliciando-se com sua própria autoridade. Tarde demais, percebeu que eram palavras arcanas. O sorriso sumiu de sua face quando tentáculos de sombras surgiram por todos os lados e chicotearam em busca do opressor. Aproveitando o ensejo, Ruprest ergueu o próprio vestido e, em um único movimento, sacou uma das adagas e a arremessou em Ulriss Osbourne. A arma percorreu uma trajetória veloz, sem girar ou decair, de curso certeiro no coração do rei.

Vendo os ataques surgirem por todos os lados, Ulriss Osbourne não se moveu. Quando a adaga de Ruprest estava prestes a atingi-lo, esbarrou na esfera mágica que o cercava. A energia protetora brilhou por um instante e em seguida voltou a ficar invisível, enquanto a arma caiu trepidando de lado no chão. Em seguida, o rei moveu o braço livre ao redor do corpo como quem varre tudo o que vê com a mão espalmada. Ao fazer isso, cada um dos tentáculos criados por Lady Faustine arrebentou em poeira negra e se dissipou, soprado pela brisa noturna. O rei voltou a sorrir e espremeu ainda mais o pescoço da sobrinha, que fechou os olhos com força ante a falta de ar.

Enquanto tudo isso acontecia, Lady Lucylia conseguiu dominar o menino que a atacara. Sendo adulta, segurou-o por trás de modo a imobilizá-lo e tampou-lhe a boca com a mão para que parasse de berrar.

O rei suspirou.

— Basta. Ser alvo de rebeldia em meu momento de poder é um insulto. Faustine, você se comportou mal. Como castigo, considere revogada minha autorização para visitar seu filho.

Dizendo isso, ficou de frente para o invasor que desafiava sua autoridade e, sem olhar para Lady Faustine, soltou-a. Sem equilíbrio, ela caiu de lado, sobre a coxa e o cotovelo, tossindo enquanto seus longos cabelos imaculados se espalharam pelo assoalho pisado por todos.

O rei manteve os olhos no metamorfo e convocou:

— Quanto ao metamorfo, será aprisionado e morto. Guardas!

Ao seu comando, uma confusão de sons metálicos iniciou do lado de dentro do castelo, com soldados armadurados que montavam guarda no salão principal se pondo em movimento. No instante seguinte, irromperam pelas portas decoradas e tomaram posição pelo terraço e ao redor do soberano. Estendida no chão, Lady Faustine gritou para Ruprest:

— Fuja!

E o Rei Ulriss Osbourne deu a ordem aos soldados:

— Prendam-no.

Tudo aconteceu muito rápido. Os soldados correram na direção de Ruprest com lanças em punho, mas o metamorfo deu mais um salto para trás, dessa vez arremessando-se para longe do terraço. Aterrissou com uma cambalhota perfeita, que dissipou a energia da queda de vários andares, de pé sobre um gramado viçoso, no jardim repleto de arbustos esbranquiçados e flores espinhosas. Ao seu lado, Vorghan se erguia lentamente após sua própria queda, bem menos desenvolta. Ruprest preparou para se defender do homenzarrão. Porém, o campeão arregalou os olhos para pontos indistintos e bradou:

— Quem está aí?

Estava cego, e Ruprest se perguntou por quê. Teria batido a cabeça ao cair de tão alto? Sua dúvida durou pouco, pois percebeu um vestígio de poder mágico que encobria os olhos do Campeão. Soube que a cegueira não duraria muito. Mais preocupante do que isso, Vorghan esticou os braços na direção de Ruprest, e só não o agarrou por um lance de sorte. Sem perder tempo, Ruprest lançou mão de uma habilidade que aprendera ao longo de sua criação junto à caravana cigana: ventriloquismo. Pôs as mãos ao redor da boca formando um cilindro e falou de forma a dar a impressão de que sua voz se originava de outro local:

— Aqui, seu brutamontes estúpido!

Vorghan Brax se virou de imediato e atacou o ponto de onde vinham os insultos. Ruprest se esgueirou por trás dele. Cravou os olhos no Anel do Ressurgir. Esticou a mão para afaná-lo. Porém, no último instante, uma flecha cortou o ar e só não o acertou porque o metamorfo recuou no último instante.

— Brax, atrás de você! — gritou um guarda do alto do terraço.

Imediatamente, o campeão girou com uma cotovelada brutal, que acertou Ruprest em cheio e o arremessou tropeçando para longe. Ele esbarrou em um jarro de argila e caiu para trás de mal jeito, com um pé preso no objeto decorativo.

No terraço, vários guardas se puseram a gesticular para sentinelas que se postavam nas imediações do jardim.

— Intruso! — gritaram os de cima, e os de baixo se puseram em perseguição.

Cercado por vários lados e com Vorghan Brax avançando em sua direção, Ruprest não viu alternativa a não ser fugir. Pôs-se de pé rapidamente, e foi quando sentiu uma fraqueza debilitante no tornozelo que havia ficado preso. Estava ferido e não conseguia firmar o pé. Tentou correr, mas tudo o que conseguiu foi um rápido manquejo. Apesar disso, usou a rapidez aprendida nas ruas para se enfiar atrás da linha de arcobotantes que contornava o castelo e desapareceu em meio aos corredores ao ar livre que se formavam entre as inúmeras torres ao redor. Sabia, no entanto, que era questão de tempo até que os guardas o encontrassem em seu vestido vermelho chamativo.

— Vamos pegá-lo, majestade! — foi a última coisa que ouviu um dos guardas bradar para o rei antes que estivesse longe demais. — Não tem como ele escapar.

Ruprest mancou por entre as construções, sempre atento e desviando dos barulhos que indicavam movimentação de guardas. Buscou os caminhos mais secundários e discretos, costurou uma trajetória não-linear através do labirinto de torres e, contando com as dicas de Beco fixadas na memória, encontrou o caminho até a mesma passagem estreita onde estivera enquanto entrava no castelo. Percorreu-a do início ao fim, e ali encontrou a pequena porta sem adornos que arrombara mais cedo. Tocou a maçaneta e abriu a porta destrancada. Estava de volta aos estábulos reais.

Tudo estava da forma como deixara. Os relinchos tranquilos. O cheiro de estrume fresco. O amplo portão, do outro lado do longo corredor, com o ferrolho destrancado. Ruprest avançou por entre as duas filas de cavalos que esticavam o pescoço para fora das baias e o observavam com mansidão ou desinteresse. Foi em busca dos dois corcéis que havia deixado selados. Antes que chegasse a eles, no entanto, uma figura surgiu no outro extremo do corredor.

— Sabia que viria para cá, Ruprest Ruprestson.

Vestido em sua casaca bordada em ouro, com o cabelo curto penteado para cima e o cavanhaque castanho emoldurando um sorriso galante, o Príncipe Eighar Osbourne-Vandersnach o observava com o deleite de quem venceu uma competição. Sem hesitar, Ruprest sacou e arremessou mais uma de suas adagas. Porém, quando ia acertá-lo, a imagem do duque desvaneceu, revelando que ele estava um pouco mais para o lado. A adaga acertou-o de raspão no ombro e fincou até o cabo na parece que estava às costas dele.

O duque gritou de dor e rilhou os dentes, mas em resposta apenas cravou os olhos em Ruprest.

De repente, o amplo portão de madeira feito para a saída dos cavalos se escancarou ao lado do Príncipe Eighar, e vários soldados se espantaram ao encontrar o príncipe ali.

— Alteza! — disseram eles. — Estamos à caça de um invasor!

Ruprest se escondeu dentro de uma das baias. Por sua vez, Eighar Osbourne-Vandersnach estufou o peito, enquanto virava o ombro ferido para longe dos soldados:

— Ousam me confundir com um criminoso?

— Não, Alteza!

— Então tratem de procurar o invasor longe daqui. Saiam!

Os guardas fizeram uma rápida mesura e voltaram a fechar o portão, deixando o príncipe na companhia do que julgavam ser sua própria privacidade. Com isso, abafou-se o estardalhaço que vinha de fora.

— Já pode sair, Ruprest Ruprestson.

Ruprest surgiu de seu esconderijo: um homem alto, forte, másculo, trajando o vestido vermelho de decote indiscreto.

— Por santos e demônios... — praguejou o príncipe. — Não precisava ser o vestido de minha irmã.

— Posso assumir a forma dela, já que você gosta tanto — Ruprest provocou.

— Não se atreva.

Dizendo isso, Eighar dirigiu-se à parede onde ficavam pendurados vários equipamentos de montaria. Em meio a selas, cordas e esporas, havia também uma mesa pequena e um cesto, onde encontrou itens menores e peças de vestuário separadas para lavar. Escolheu uma camisa de algodão cru, uma calça de montaria e uma capa de viagem e levou-as até Ruprest.

— Roupas mais práticas... e discretas — disse ele, esticando as peças para o metamorfo.

Ruprest se libertou do vestido justo demais para sua estatura atual e aceitou a calça.

— O que ganha me ajudando? — perguntou.

O príncipe pigarreou diante da falta de modos do invasor nu.

— Você não é meu inimigo, Ruprest Ruprestson. Pelo contrário... pode vir a se tornar meu aliado.

— Sua irmã discorda — rebateu o metamorfo, enquanto se vestia.

— Lucylia tem os objetivos dela e eu tenho os meus — começou o príncipe. — Embora ambos se concretizem através do casamento dela com o rei, nossos métodos muitas vezes divergem.

— Sei. — Ruprest pegou a camisa da mão do príncipe e pôs-se a vesti-la. — Ela quer ganhar virar rainha e, para isso, vai fazer qualquer coisa para agradar ao rei. Mas e você?

Eighar sorriu, mostrando os dentes brancos e alinhados.

— Lady Faustine está em nosso caminho, e por isso minha irmã planeja matá-la. E eu concordava com ela. Contudo, a sua chegada abre novas possibilidades.

— Aham. — Ruprest pegou a capa e a amarrou ao redor do pescoço. — Elabore.

— Lady Faustine se permite controlar pelo rei apenas porque ele tem Roddriann como refém. Que mãe abandonaria o próprio filho? Nem mesmo uma Osbourne faria isso. Mas você tem a capacidade de ajudá-la, Ruprest Ruprestson. Extraia o menino do castelo, e Lady Faustine estará livre para agir como quiser.

Ruprest parou um instante, olhando para o príncipe e, pela primeira vez, vendo sua serventia.

— Temos o mesmo objetivo, Ruprest Ruprestson — concluiu Eighar. — Quando Lady Faustine recusar o casamento com o rei, o caminho de minha irmã até a coroa estará desimpedido.

Ruprest quis dar um sorriso de escárnio, mas não conseguiu. Após tudo o que vira, os músculos de seu rosto se recusavam a moldar qualquer expressão que se assemelhasse a alegria.

— O que um homem não faz para colocar seu filho no trono? Até se aliar com um infiltrado — disse ele.

— Pouco me interessa quem será o próximo rei. Esse é o objetivo de minha irmã. Eu só quero que Ulriss encontre o herdeiro que procura e pare de mandar seus parentes homens para a guerra.

Ruprest bateu duas vezes no ombro do príncipe.

— Distraia os guardas do portão para mim.

E foi isso que o duque fez.

Enquando Ruprest montava no cavalo, Lorde Eighar saiu pela pequena porta lateral, percorreu o corredor estreito e chegou a uma área ao ar livre que era pouco refinada e vagamente encardida. A estrada ora tinha paralelepípedos, ora era tomada pela lama, e os caminhos retorcidos ligavam o portão do castelo até os mais diversos galpões. Era um acesso destinado ao transporte de carga, como suprimentos, matérias-primas, animais... e esterco para jardinagem.

— Como assim você foi atacado? — questionou Alvino.

— Como assim você não percebeu? — rebateu Manfredo. Os dois vinham caminhando pela viela irregular. — Estava dormindo no trabalho de novo?

— Não, eu... eu... Lorde Eighar! — Alvino reconheceu o duque e apressou-se a fazer uma mesura.

Então Eighar Osbourne-Vandersnach fez-se parecer o mais alarmado possível.

— Há um intruso no castelo! Rápido, chamem as tropas! Ele foi por ali! — E apontou a direção contrária.

Tão rápido quanto guardas pegos dormindo no turno de vigia, Alvino e Manfredo puseram-se a agir como heróis. Cessaram a conversa fútil, convocaram reforços, rugiram instruções, lideraram os companheiros de armas. Usaram o nome de Lorde Eighar Osbourne-Vandersnach, e assim foram ouvidos por soldados e oficiais. Teriam se tornado motivo de orgulho para sua unidade e para suas famílias, não tivessem guiado as tropas para o lado errado. Mais tarde, sofreriam a maior reprimenda de suas vidas, tanto pelo vexame cometido quanto por envolver um nome da realeza. Ninguém se beneficiaria ao desonrar um Osbourne, mesmo que ele fosse um Vandersnach.

Enquanto grupos de soldados avançavam no sentido errado, o amplo portão do estábulo se escancarou e dele irrompeu Ruprest montado em um alazão real. Os guardas alocados no portão do castelo já trabalhavam em seu fechamento, girando dois pesados sarilhos para desenrolar as correntes que sustentavam as barras de ferro. Contudo, eles estavam desfalcados. Alvino e Manfredo não haviam retornado, e vários outros soldados haviam sido realocados em meio ao tumulto. Alguns dispararam virotes. Outros, continuaram na tarefa de realizar o fechamento. Quando o metamorfo cruzou o portão, os agulhões estavam tão próximos, que precisou se agarrar ao cavalo e tombar o corpo para uma das laterais. Cavalgou dependurado. Cruzou a muralha. Suportou a dor quando um virote o acertou nas costas.

Os guardas tentaram reagir, mas era tarde demais. Ruprest já estava longe. Tentaram interromper o fechamento do portão, mas a inércia tardou a permitir a parada total. Quando o primeiro destacamento veio no encalço do fugitivo, as barras de ferro fincaram seus agulhões no calçamento enlameado, prendendo-os para dentro da fortaleza enquanto Ruprest ganhava as ruelas e becos da capital de Utteria.

Fugiu pelo que pareceu horas em meio à noite que se adensava. Em algum momento abandonou o cavalo, chamativo demais, e prosseguiu a pé. Mesmo depois que já estava longe, escondido e seguro, continuou a fugir. Queria fugir de Utteria, de Ulriss Osbourne, de Lady Faustine e, acima de tudo, de si mesmo. Precisava escapar de tudo o que sentia ou pensava. Precisava escapar do que se lembrava e até do que escapava à memória.

— Que mãe abandonaria o próprio filho? Que mãe abandonaria o próprio filho? — Repetiu de novo e de novo para si mesmo, apesar de querer esquecer. Então jogou-se no canto de um beco qualquer, encolheu-se e continuou a balbuciar: — Que mãe abandonaria o próprio filho? Nem mesmo uma Osbourne cometeria um pecado desses.

Queria esquecer, mas era tarde demais. Havia se lembrado.

— Era um dia qualquer — disse a idosa, mirando o horizonte com olhos de quem enxerga o passado. — Nem quente, nem frio. Nem festivo, nem desolador. Nada havia de especial, a não ser o estranho pressentimento que atormentava os mais sensitivos de nós. Passávamos por essa mesma costa cinzenta por onde estamos passando agora. Dias e mais dias de viagem sem encontrar uma vilazinha sequer de onde pudéssemos tirar nosso sustento, razão que nos levou a coletar o que a natureza tinha para oferecer. Havia um mangue. Daqui a pouco passaremos nas proximidades dele. Mangues são boas fontes de sustento, com seus caranguejos e mexilhões. Pois bem. Naquele dia de aparência tão banal, mas de tênue presságio, encontramos mais do que a próxima refeição. Encontramos você.

O jovem Ruprest olhou para fora da carroça, para a praia completamente comum que era lambida pela espuma das ondas. Procurou pelo mangue, mas não o viu.

— Meu pai me encontrou? — perguntou.

A idosa deu de mão.

— Seu pai não estava no mangue. Ocupava-se de alguma outra tarefa, mas foi chamado porque ninguém sabia o que fazer com você. Um bebezinho feio... e sozinho no mundo. Renegado sabe-se lá por quem, da mesma maneira como é renegado o nosso povo.

Ruprest abaixou a cabeça.

— Minha mãe me abandonou porque eu era feio?

A idosa deu uma risada rouca.

— Você era feio porque é um metamorfo. Se sua mãe o abandonou por isso? Creio que morrerei antes de descobrir.

Ruprest suspirou diante da resposta insuficiente.

Atraída pelo suspiro, a idosa parou de olhar o horizonte e mirou o rapaz sentado a seu lado. Então apontou o dedo trêmulo para alguns baús empilhados em um canto da carroça.

— Alcance-me aquela caixinha. A outra, menor...

Ruprest obedeceu. A anciã abriu a pequena caixa, dentro da qual havia uma coleção de contas, pedrinhas, cordões, sementes e outros cacarecos, e puxou para fora um cordão de onde pendia um pequeno adorno. Era um artesanato banal, feito com uma pedra bege e de pouco valor.

— O que você acha desta peça? — perguntou ela.

Ruprest deu de ombros.

Os cantos da boca da anciã se curvaram para baixo, o que, na idade dela, significava um sorriso.

— Justamente — disse ela. — Nem claro, nem escuro. Nem vivo, nem pálido. Nem elegante, nem grosseiro. É uma bijuteria banal, assim como foi o dia em que o encontramos. Porém, ela estava no seu pescoço. E, embora não haja qualquer sinal na peça, algo me diz que foi feita pelas mãos de sua mãe.

Ruprest observou-a com repentino interesse.

— Dê para mim! — disse, por fim.

Mas a idosa devolveu a peça à caixinha de miçangas.

— Você vai perder. Darei quando estiver mais velho.

Ele se atentou à aparência da caixa, memorizando todos os detalhes para que pudesse reconhecê-la, caso fosse necessário se apoderar da peça sem permissão. Apesar disso, aceitou que fosse guardada.

Os dois voltaram a olhar para a distância à frente, onde surgia a orla de um bosque denso, com árvores de raízes aéreas, perto de onde um rio encontrava o mar. De repente, foram assaltados por uma combinação de aromas complexa e intensa. Envolvia terra úmida e matéria orgânica enluvadas pela brisa marítima, o que resultava em um amargor penetrante, ao mesmo tempo salgado do mar e doce dos mariscos, temperado com certa acidez da matéria em decomposição. Um cheiro verde e marrom, ao mesmo tempo fresco e sufocante, cheio de vida e cheio de morte.

A idosa contraiu o semblante, desgostosa. Por sua vez, Ruprest inspirou fundo, permitindo-se apreciar a experiência olfativa. O cheiro de mangue despertava-lhe um sentimento incompreensível e há muito esquecido: uma espécie de saudade do que nunca conheceu. Era o aroma pungente de seu próprio passado, que trazia à tona a lacuna em sua existência.

Entorpecido, deixou escapar palavras irrefletidas:

— Que mãe abandonaria o próprio filho?

A idosa meneou a cabeça.

— Uma mãe sem alternativas.

Com interesse renovado, Ruprest olhou para a anciã, que prosseguiu:

— Seu pingente é uma relíquia pobre, mas feita a mão. Ao olhar para ele, ouço o lamento de uma mulher que foi obrigada a deixar uma parte de si. Apesar de tudo, ela merece o seu amor.

Ruprest engoliu em seco.

— Eu a amo, mas também a odeio por ter me abandonado.

Encolhido na noite densa de Utteria, Ruprest agarrou o pingente junto ao peito e teve um lampejo de discernimento:

— Eu a amo. Mas a odiarei se abandonar o filho. Não quero odiá-la. Ela nao pode ficar sem alternativas.

Então voltou a se erguer. Havia um plano a traçar.

CAPÍTULO 17

# O PLANO DE INVASÃO

O SOLDADO ESTAVA vagamente bêbado e a Taverna Tradição estava vagamente escura. Talvez por isso não tivesse reparado que havia novos cartazes de procurado no mural no fundo do salão. Cada cartaz exibia um rosto de formato, cor e idade diferentes. No entanto, todos eram um pouco borrados, de modo a não permitir reconhecer com exatidão suas feições, exceto os olhos. Esses eram nítidos, detalhados, inconfundíveis: com uma das pálpebras marcada pelo monograma do Duque Minimus III, um nobre estrangeiro até então pouco conhecido na região, mas que havia se tornado símbolo instantâneo de traição e desgraça.

Para súditos letrados, os cartazes descreviam uma criatura capaz de alterar a própria fisionomia. No entanto, não era preciso saber ler para entender a recompensa exorbitante que era oferecida por sua captura. Além do mais, o assunto circulava nessa e em outras tavernas. Apesar disso, ali estava Ruprest, disfarçado de cortesã e fazendo perguntas suspeitas a quem demonstrasse potencial mais ou menos frutífero. Porém, ter a cabeça a prêmio limitava suas opções. Desde que os cartazes haviam sido espalhados, os alvos de suas artimanhas se tornaram bastante restritos. Não conseguia mais enganar os nobres, nem os guardas do castelo, nem mesmo as camareiras. As possíveis vítimas que lhe restavam se limitavam a plebeus e soldados de pouca instrução.

Era por isso que estava em uma taverna de qualidade duvidosa, incentivando a bebedeira de um guarda que contava histórias tão enfadonhas, que às vezes Ruprest demorava a perceber quando uma delas terminava. Ao se dar conta, ria generosamente. Em meio a um de seus risinhos afetados, aproveitou para piscar com o rosto escondido atrás do leque. Havia passado maquiagem da cor de sua pele e, por cima, maquiagem azul escura, mas a marca em sua pálpebra parecia se destacar não importava o que fizesse. O jeito era não piscar. Nunca. Mesmo que seus olhos queimassem ou começassem a lacrimejar, ele se escondia sempre que precisasse fechá-los.

— E isso tudo foi dentro do castelo? — perguntou.

— Sim! — o soldado assegurou. — Vira e mexe me convocam para missões lá dentro. Sou importante, homem de confiança do próprio general, *Sir* Corovan Doyle.

Ruprest manteve o sorriso congelado no rosto, apesar de suspeitar que o soldado exagerava o próprio prestígio.

— Que interessante... — mentiu. — E, quando estava lá dentro, ouviu detalhes sobre o Festival da Primavera?

O soldado esmurrou a mesa de alegria. — Vai ser uma festança! Começa com o casamento real, seguido de três dias de ninguém é de ninguém, e termina com o ritual da fertilidade. O rei e a rainha ficam por último. Para coroar a festa.

O soldado então se aproximou do ouvido de Ruprest:

— E será um baile a fantasia.

Notícia velha.

— É mesmo? Que maravilhoso! — Ruprest arregalou os olhos, demonstrando espanto e admiração. Então ergueu os olhos sonhadores, mirando o infinito como quem divaga, mas fez a pergunta cuja resposta realmente precisava saber: — Mal posso esperar para ver qual fantasia a noiva usará!

O soldado sorriu. Bebeu mais um gole.

Ruprest sorriu. Abanou-se com o leque.

O soldado admirou o decote de Ruprest e pediu mais uma rodada ao taverneiro.

O silêncio se prolongou.

Sem notar a deixa, o soldado envolveu Ruprest pela cintura e mudou de assunto:

— Enquanto eles se divertem no castelo, o resto de nós vai se divertir aqui fora. Já escolheu sua fantasia? É uma máscara na cabeça e nada mais do pescoço pra baixo.

Ruprest forçou um riso. Sem muito disfarçar, voltou ao assunto anterior:

— Sabe qual fantasia Lady Faustine usará?

O soldado insistiu no ouvido de Ruprest:

— Não me importa o que ela vai vestir, desde que você não vista nada...

A Taverna Tradição possuía decoração peculiar. Na parede oposta ao mural de procurados, havia brasões do exército, medalhas recebidas por bravura, pinturas que retratavam glórias militares, espadas históricas e outros apetrechos marciais. Além disso, do lado de fora tremulava um estandarte, e todas as bebidas servidas eram de produção nacional. Como era de se esperar, a clientela era formada principalmente por soldados, especialmente os de baixa patente, e vários deles estavam sentados nas mesas ao redor.

— Minha deliciosa... o que é isso no seu olho? — o soldado perguntou, percebendo a marca estranha em uma das pálpebras do metamorfo.

Sem aviso, Ruprest se colocou de pé e ao mesmo tempo empurrou o homem do banco, que caiu no chão atrapalhado e ébrio.

— Como se atreve? — berrou para todos ouvirem. — Utteria é nossa pátria! Os Osbourne são nossos soberanos! Como ousa se vender dessa forma para nossos piores inimigos? Como ousa nos trair?

Todos os soldados se viraram para eles. Os mais bem treinados se puseram de pé de imediato.

— O que está havendo? — perguntou um deles.

— Traidor! Traidor da pátria! — insistiu Ruprest.

O soldado acusado ficou sem reação. Tentou se levantar, mas tanto a mente quanto o corpo estavam avagarados pelo álcool.

— Olhem o bolso dele! — ordenou Ruprest. — Encontrarão ordens vindas de Vammira! Este homem se vendeu para um de nossos inimigos históricos!

Um soldado mais desenvolto agarrou o acusado por trás. Outro arrancou-lhe os pertences do bolso. Um terceiro tomou a carta, leu-a e confirmou as acusações:

— Traidor!

Porém, conhecidos do acusado chegaram para defendê-lo:

— Impossível! — berrou um deles, empurrando o da carta para trás.

Ao mesmo tempo, outro esmurrou a cara do que agarrava o suspeito, que rolou para o lado enquanto mais soldados de folga entravam na confusão. Seguiu-se a sequência de socos, chutes e cotoveladas peculiares a um local onde homens bêbados tentavam provar sua virilidade. Enquanto isso, a cortesã que havia incriminado o soldado deslizou até a saída sem que ninguém reparasse.

Deixou a Taverna Tradição pela porta da frente, onde uma carroça a esperava.

A carroça era de madeira, puxada por um cavalo baio, com um cocheiro de cabelo castanho, o conjunto inteiro um tanto sujo de lama. Tudo era tão marrom, que sua presença mal era percebida pelos transeuntes. Ruprest pulou na caçamba, enrolou-se em uma capa (também marrom) e Beco estralou as rédeas, fazendo o cavalo andar.

— E então? — perguntou Beco, com olhos esperançosos.

Ruprest se virou para outro lado e resmungou uma coisa qualquer.

— Não? — insistiu Beco, com os olhos ainda mais brilhantes: — Pois eu, sim!

Ruprest olhou para ele:

— Como assim?

O rapaz deu uma risada e declarou, enquanto tocava o cavalo:

— Descobri a fantasia de Lady Faustine!

— Como? — Ruprest indagou.

— Fiquei aqui parado! Duas tecelãs passaram por mim conversando. Entendi o assunto, então fui atrás delas de fininho. Não me viram, consegui ouvir tudo e voltei aqui.

Ruprest, que estava na caçamba, pulou para a boleia e se sentou ao lado de Beco.

— E qual é a fantasia?!

— Dragoa azul — disse Beco.

— Dragoa azul — repetiu Ruprest.

Parecia-lhe uma fantasia adequada. Dragoas azuis um dia haviam dominado os mares e os céus de Utteria, feito das ondas revoltas seu ninho e das nuvens tempestuosas seu território de caça. Eram criaturas nefastas, concebidas por demônios, mas ainda assim impressionantes e indômitas. Eram férteis e brutais.

Representavam a vida, a morte, mas, acima de tudo, a grandeza. Lembravam Lady Faustine e a rainha que estava prestes a se tornar.

Ruprest assentiu, sabendo que Beco lhe trazia a informação correta:

— Bom trabalho.

Beco conduziu a carroça pelas ruas enlameadas, passando por entre casebres e muros, todos cobertos por cartazes de procurado ressaltando a pálpebra marcada do metamorfo.

— Dessa vez vai ser mais difícil, Ruprest — disse o rapaz. — Estão todos procurando por você.

— Eu sei.

— E, mesmo assim, você vai ir?

Ruprest sorriu com malícia.

— O inimigo agora me conhece minhas forças e fraquezas... mas eu também conheço as dele.

Beco pensou por um momento. — A força dele é a magia, claro. E a fraqueza é a corte cheia de traíra.

Ruprest balançou a cabeça:

— Isso não está errado, mas é irrelevante.

Beco parou de olhar para a rua que percorriam com a carroça e encarou Ruprest.

— Então é o quê?

— Lady Faustine também possui magia. Imagino que o poder dos dois seja equivalente. O real poder dele é ter um refém, o que mantém ela na linha. Quanto à corte, até hoje não conheci uma que prestasse. Todo rei é cercado de gente invejosa e desleal. A real fraqueza de Ulriss Osbourne é a arrogância. Ele não me atacou. Mandou seu capanga. Se acha superior. Melhor pra mim, assim posso atuar das sombras. Vou me concentrar na verdadeira ameaça: Vorghan Brax.

Beco assentiu. Continuou guiando a carroça. Pensou por um longo momento. Então murmurou:

— Ruprest... o baile é uma armadilha.

— Eu sei. Mas tenho um plano. E tenho você.

O rosto de Beco se iluminou.

— Eu vou junto dessa vez?

— O rei já me conhece, então preciso de um elemento surpresa. Pronto para dar o sangue?

Beco assentiu efusivamente.

— Então vamos lá — disse Ruprest. — Semear a discórdia e tocar o terror! Esse castelo nunca mais será o mesmo.

CAPÍTULO 18

# INSTINTOS PRIMAIS

OS DIAS QUE se seguiram foram de crescente ebulição. Taverneiros decoravam seus salões, comerciantes reformavam suas tendas, costureiras confeccionavam fantasias e artesãos faziam decorações na forma da Coruja-Tempestade e máscaras de todos os formatos imagináveis. Carroças chegavam cheias e saíam vazias, suprindo a cidade de bebida, comida e ervas aromáticas para o grande festejo que estava por vir, e a própria população rural se mudou para a cidade, alguns buscando ser agraciados pela dádiva da fertilidade, outros atraídos pela promessa de folia.

Quando o dia chegou, mal se podia caminhar pelas ruas de Crisol, tamanha era a multidão. Os últimos raios de sol coincidiram com os últimos preparativos apressados, mas os foliões não esperaram a noite para começar a festa. Assim, a cidade foi inundada de mascarados. Havia fantasias de animais, como cães, ursos e pássaros, e de seres mágicos, como ninfas, espectros e até demônios, com seus chifres compridos e agourentos. Ruprest viu plebeus fantasiados de nobres, com perucas exageradas e cores berrantes, e nobres fantasiados de plebeus, com vestidos cheios de remendos. As máscaras eram elaboradas e cheias de detalhes, como plumas, pinturas e pedrarias, a maioria cobrindo apenas a região dos olhos e deixando a boca à mostra, mas havia algumas que ocultavam totalmente a face e até o cabelo, de modo a preservar a identidade do usuário. As roupas também variavam em complexidade. Os mais abastados vestiam-se em várias camadas, enquanto os mais humildes improvisavam uma roupa qualquer, às vezes até sem enfeites. Todos sabiam que não ficariam vestidos por muito tempo.

Ruprest observava a multidão através da janelinha de uma carruagem. Trajava preto da cabeça aos pés, incluindo colete, luvas, um chapéu elegante e uma casaca comprida com apliques de couro nos ombros. Não sabia ao certo o tema da fantasia — e não se importava —, mas o verdadeiro dono provavelmente não queria ser identificado, pois a vestimenta não deixava sequer um centímetro de pele à mostra. E o melhor, a máscara possuía uma aplicação de tule nas aberturas para os olhos, permitindo que Ruprest enxergasse os arredores, mas que fosse necessário estar muito perto para que outra pessoa visse a marca em sua pálpebra. O disfarce perfeito.

Para passar pelos portões, foi preciso apenas que o cocheiro apresentasse o convite emitido por Sua Majestade. Nada mais. Logo recebeu autorização para avançar pela parte mais uniforme da rua de paralelepípedos, descrevendo um aclive até a entrada principal do castelo. Lá, a carruagem parou, um criado abriu a portinhola dela e Ruprest desembarcou de frente para uma escadaria imponente, enfeitada com penachos coloridos, arranjos florais e espelhos com molduras douradas. Havia também estátuas em tamanho real e enfeitadas, porém, quando Ruprest se aproximou, foi surpreendido com uma das estátuas se movendo, revelando que, na verdade, era um artista de carne e osso.

A escadaria levou até a entrada do castelo e então ao salão principal. Em nenhum momento tentaram averiguar a identidade de Ruprest, tampouco havia um arauto para anunciar a chegada dos convidados, e o metamorfo soube que o baile era praticamente um convite à sua presença. Uma provocação. Mais do que isso, soube que haveria mortes. Restava saber de quem.

O salão estava diferente. Voais semitransparentes desciam do teto, subdividindo o espaço de forma tênue e criando um ambiente fluido e onírico. Braseiros espalhados por todos os lados aqueciam o ambiente e o inundavam com o perfume de óleos essenciais. Um bardo tocava a um canto, mas ninguém lhe dava atenção. Os convidados que já se espalhavam pelo salão estavam mais interessados na bebida e uns nos outros. Bebericavam de seus cálices e trocavam olhares indecorosos, aguardando pelo início das festividades.

Uma criada vestida de dançarina da Confederação dos Mercadores estendeu a bandeja para Ruprest, e ele aceitou um dos cálices sem perguntar o conteúdo. Para preservar o disfarce de convidado, fingiria beber daquele mesmo copo pela noite inteira. Então caminhou até um dos cantos do salão, onde três pessoas conversavam amenidades, e fingiu interesse enquanto continuava a analisar os arredores.

— Vim de Cestremor para participar do festival — disse um rapaz de pele escura e sorriso fácil, cujos olhos verdes faiscavam de entusiasmo através de uma máscara de leão.

— Meu senhor me liberou do serviço militar quando recebi a carta — contou o outro rapaz, de cabelo loiro. Sua fantasia de guerreiro de Artus incluía um colete de couro que deixava à mostra o peito musculoso.

— Eu abandonei meus deveres políticos de baronesa... e meus deveres conjugais como esposa do barão — contou a mulher que estava entre os dois, vestida em trajes de pele de raposa vermelha que deixavam exposta uma grande extensão de sua própria pele macia.

— Essa vai ser a noite das nossas vidas — arrematou o primeiro rapaz, e os três mascarados fizeram um brinde.

Enquanto conversavam, mais convidados chegavam. Também surgiam alguns que já estavam por ali, mas Ruprest ainda não havia visto, retornando do terraço ou de corredores laterais. Havia águias, gatos, bruxas, bobos da corte, anjos, esqueletos e até mesmo uma pessoa vestida de tecidos alaranjados esvoaçantes, no que Ruprest julgou ser uma fantasia de fogo. Cores chamativas, como vermelho, roxo e dourado, estavam por toda parte. Porém, o que mais lhe chamou a atenção foi quando uma mulher adentrou o salão com o corpo inteiro recoberto de escamas azuis. Estava de costas, mas era possível ver que a máscara de dragão terminava em dois chifres majestosos, de onde pendiam joias.

— Faustine — suspirou Ruprest.

Tentando não levantar suspeitas, afastou-se do grupo e pôs-se a percorrer o salão desviando das aglomerações. Porém, quando quase chegava até ela, viu a mulher cumprimentar um homem vestido de búfalo. Ela o abraçou e voltou a soltá-lo, tocou-o no peito e deu uma risada sonora.

Ruprest parou. Não era Lady Faustine.

Ele olhou ao redor, e viu que mais uma dragoa azul surgia contornando o salão. Esta era o oposto da primeira: tímida, olhava para todos os lados sem conversar com ninguém. Parecia encolher-se perante o mundo. Também não era Faustine.

Viu uma terceira, uma quarta e uma quinta. Uma não tinha chifres. Outra expunha os ombros brancos como o leite. A última era baixinha. No início, era fácil identificar os traços que diferenciavam uma das outras. Porém, tantas mulheres foram surgindo que logo o salão estava inundado de escamas, chifres, asas e caudas azuis. Ruprest avançou pelo salão cada vez mais lotado, girando e girando no ritmo da melodia bárdica, envolvido pelo perfume de sândalo e almíscar e embalado pelas conversas triviais que aos poucos tomavam um rumo lascivo. E várias vezes teve certeza de vislumbrar a dragoa certa, mas estava sempre enganado. Muitas pareciam ser, mas nenhuma era Lady Faustine.

Quando suas andanças por acaso o levaram para perto das grandes portas com vitrais, ele aproveitou e fugiu para o terraço.

Ao pisar lá fora, a brisa noturna soprou sua casaca para trás e o frescor da noite invadiu as frestas da fantasia. O sol havia se posto e as primeiras estrelas despontavam. Como da outra vez, fogo mágico espalhava sua luz verde pelo terraço, mas agora havia também archotes espalhados pelo jardim mais abaixo, iluminando dezenas de tendas que haviam sido instaladas por ali. Eram ocupadas por saltimbancos, desde menestréis e malabaristas até dançarinos e cuspidores de fogo que haviam sido chamados como atrações da festa. Alguns se preparavam para as apresentações, enquanto outros demonstravam suas habilidades para os poucos convidados que já se arriscavam a explorar os arredores.

A torre do ritual também estava iluminada magicamente, assim como a ponte que levava até ela. Em eras idas, era lá que a festa costumava acontecer. Agora, como estava em ruínas, os convidados se deleitavam na torre principal do castelo, enquanto a torre do ritual estava reservada para o rei e a rainha.

Com a noite se adensando e os archotes estando próximos, não se podia ver o rio que corria à distância de uma queda mortal. Era como uma fera que rugia oculta nas trevas.

Logo que Ruprest chegou, um grupo que ali estava decidiu entrar no salão, e o terraço ficou quase vazio. Além do próprio metamorfo, havia apenas uma pessoa. De costas para a festa, apoiada na balaustrada e mirando um ponto na escuridão muito distante dali, estava uma dragoa azul. Suas escamas eram recurvas e estreitas. Suas asas possuíam ferrões nas extremidades. Usava uma máscara que cobria toda a cabeça, como se fosse um elmo com saída para os chifres, e o mais marcante: do topo desse elmo brotava um rabo de cavalo comprido, feito com seu longo cabelo branco que lembrava a luz da lua.

Ruprest reconheceu-a pela postura impecável e pela aura invisível de grandeza. Observou-a por um momento, memorizando os detalhes da fantasia para saber pelo que procurar depois. Então observou-a mais um pouco, porque quis.

Aproximou-se. Ficou lado a lado com ela, ambos tendo o parapeito decorado diante de si. De todo o terraço, estavam justo no local de onde Ruprest havia pulado para fora da outra vez. O lugar onde ela o vira por último.

— Pensei que haveria uma entrada triunfal da noiva.

Ela manteve o olhar no infinito e respondeu:

— Pode apostar como haverá uma entrada triunfal do noivo.

Ruprest se virou de costas para a balaustrada, apoiou o corpo nela e cruzou os braços. Dessa forma, permaneceu ao lado de Faustine, mas inclinado em direção a ela. Podia ver os olhos dela, vermelhos como uma cria do abismo, e vazios. Olhava para a distância obscura como se pudesse ser levada por um abraço sombrio.

— Uma noiva que irradia alegria — disse ele, irônico.

Lady Faustine olhou para ele pela primeira vez. Primeiro, para o colar que eternamente pendia no peito de Ruprest. Depois, para os olhos marcados, algo ocultos pelo tecido, mas que podiam ser percebidos por um observador atento. Apesar de reconhecê-lo, sua expressão se manteve neutra.

— Você já causou problemas demais, Ruprest. Vá embora.

E voltou a encarar o horizonte.

Ruprest manteve-se calado por um tempo, apenas observando a figura impassível. Então perguntou em um sussurro:

— Onde está Roddriann?

— Eu não sei.

Lágrimas brotaram nos olhos de Lady Faustine, indo se esconder no interior da máscara.

Ruprest conteve o impulso de abraçá-la. Vê-la sofrer causava-lhe uma dor que só não era maior do que sua fúria.

— Se eu tirar Roddriann do castelo, você consegue escapar sozinha?

Faustine inflou o peito e voltou a controlar o ritmo da própria respiração. Ela então olhou no fundo dos olhos de Ruprest e respondeu:

— Coloque meu filho em segurança e eu mato Ulriss Osbourne no meu caminho de saída.

A conversa foi interrompida pelo soar de trombetas no salão principal. Relâmpagos iluminaram o céu noturno, apesar de não haver nuvens, e trovões retumbaram com tamanha violência, que estômagos estremeceram e corações aceleraram.

Os espectros que formavam o séquito de Ulriss Osbourne surgiram no terraço, no jardim e por todo o salão principal. Seus corpos esculturais contrastavam com as cabeças de coruja, mas isso já não era estranho, uma vez que os convidados da festa também assumiam formas animalescas. No entanto, era o prenúncio do início das festividades, e Ruprest e Faustine se sentiram compelidos a entrar no salão para não serem vistos conversando sozinhos.

A melodia bárdica assumiu um tom sombrio, com timbres graves e arrastados intercalados com notas agudas que traziam um ar de mistério profundo e magia agourenta. Impelidos por um sentimento de opressão, os convidados recuaram para perto das paredes e, no centro desocupado, surgiu um turbilhão sobrenatural que revolvia em si mesmo como uma esfera de vento carregado de magia. Súbito, o vento se dissipou para todos os lados, cobrindo os convidados com um pó místico que desapareceu em seguida, mas imbuiu a todos em uma sensação de relaxamento etéreo.

E, no lugar onde estivera o turbilhão, surgiu o Rei Ulriss Osbourne. Seus cabelos brancos tremularam com o vento e depois voltaram a assentar na posição certa. Vestes forradas de penas negras pendiam do ombro e do tronco e iam até o chão com caimento perfeito. O peito cinzento estava exposto, com uma espécie de decote que ia dos ombros até o umbigo, e a máscara de coruja cobria apenas a região ao redor dos olhos, deixando a boca e o queixo expostos para que o rei pudesse se dirigir a seus súditos e ser ouvido. Para todos os efeitos, Ulriss Osbourne era um homem lindo. Seus ombros eram largos, a barriga era reta e o rosto, bem-proporcionado. Porém, Ruprest percebeu que a pele estava ressecada, áspera e coberta de rugas.

— Envelheceu aos tombos — sussurrou.

— O rei está guardando seu apetite para o ritual — explicou Faustine. — E a privação da fonte de magia aos poucos revela sua verdadeira idade.

Ulriss Osbourne ergueu as mãos como quem declama poesia, e sua voz possante estrondeou pelo salão:

— Povo de Utteria! Vocês que aqui se reúnem são a encarnação da mais sublime beleza. Foram escolhidos para se esbaldarem em minha hospitalidade, entregarem-se uns aos outros e se deliciarem nos prazeres mais carnais que a vida pode oferecer.

Um clamor rompeu da multidão de convidados, com pessoas gritando, aplaudindo e erguendo os cálices cheios no ar. O rei manteve as mãos no ar e o peito aberto, recebendo o louvor dos súditos. Esperou que voltassem a fazer silêncio, e então fez um sinal quase imperceptível. Ao seu comando, surgiram em meio à multidão Primeva, Percepta e Porvina. A presença repentina das Oráculos sobressaltou os convidados. Foi como se estivessem ali o tempo todo, embora sem serem vistas por ninguém. As três figuras estrigiformes de certa forma se assemelhavam aos convidados fantasiados, mas ao mesmo tempo eram completamente diferentes. havia uma espécie de aura onírica que as envolvia e repelia os humanos comuns. Assim, os convidados deram alguns passos para longe das mulheres-coruja, ao mesmo tempo em que a anciã, a adulta e a menina deram um passo para perto de Ulriss Osbourne, fizeram uma reverência ao rei e voltaram a se erguer em tom solene.

Ulriss Osbourne voltou a se dirigir aos súditos:

— Serão três dias de hedonismo, nos quais prazeres carnais se entrelaçarão com ritos de purificação e fecundidade. Nesses dias consagrados, vocês irão experimentar a libertação plena, ao mesmo tempo em que se entregam à comunhão com as forças naturais da fertilidade e da abundância.

Ele então olhou ao redor, procurando em meio à multidão:

— Onde está minha noiva?

Todas as cabeças se voltaram para um lado e para o outro, procurando por Lady Faustine, que ninguém sabia ao certo como estava vestida, até que o próprio rei apontou para ela:

— Venha, minha doce princesa.

Lady Faustine se sobressaltou, tendo sido descoberta na companhia de Ruprest. Porém, ao olhar para o lado, percebeu que na verdade ele não estava mais ali. Os ombros dela penderam de forma quase imperceptível, mas então ergueu o queixo e caminhou até o rei.

Ulriss Osbourne viu a sobrinha fazer uma mesura e se postar diante dele. Então tomou-a pela cintura e a virou de frente para os convidados, exibindo a mulher que haveria de ser sua.

— No primeiro dia, seremos agraciados com danças e banhos rituais destinadas a purificar a alma e nos entrelaçar com as energias primordiais da Criação. No segundo dia, haverá o rito nupcial, em que minha bela Lady Faustine prestará seus votos para com seu esposo, senhor e rei. O ápice das celebrações ocorrerá no terceiro dia, quando, em majestoso cortejo, nos dirigiremos à torre do ritual para a consumação do casamento perante o olhar vigilante das Oráculos.

As faces dos convidados luziam de antecipação, quando o rei anunciou:

— Agora, vão! Entreguem-se a seus instintos.

Em meio ao alarido de comemoração, uma fila de dançarinas seminuas adentrou o salão acompanhadas de percursionistas também seminus. Munidos de tambores, eles entoaram um ritmo frenético, capaz de acelerar os batimentos cardíacos, enquanto elas se puseram a performar uma dança animalesca. Primeiro, dançaram sozinhas, serpenteando os corpos atléticos. Depois, tocando umas às outras. Por fim, fizeram sinais de chamamento para os convidados da festa, ou até mesmo os puxaram pelas mãos, para que se permitissem contagiar pelo elã da dança.

Em pouco tempo, o salão inteiro convulsionava de ardor perante os olhos do rei.

— Aprecie, princesa — disse ele no ouvido de Lady Faustine, ainda a enlaçando pela cintura. — Primeiro eles, depois nós.

E isso foi a última coisa que Ruprest viu antes de ser puxado por uma das dançarinas.

Estivera observando de um canto, mas agora o metamorfo também fazia parte da turba bestial que se movia como uma massa amorfa, embalada pela melodia hipnótica. O calor no salão já era insuportável. Viu uma mulher abrir os botões da blusa e deixar os seios balançarem livres. Viu um homem tirar a própria camisa e se atracar na mulher, colando o corpo contra o dela enquanto dançavam juntos. Uma dançaria tirou o chapéu de Ruprest e colocou na própria cabeça, então fez com o corpo um movimento serpenteante enquanto abaixava até o chão, e em seguida voltou a se erguer lentamente, sem nunca desviar o olhar, até parar com o rosto muito próximo ao dele.

— Liberte-se — disse ela. — Deixe seu corpo o guiar.

Ela tomou as mãos do metamorfo e as puxou até o próprio quadril, que oscilava de um lado a outro em um balanço cadenciado.

— Nenhum problema o encontrará aqui. Há apenas o prazer.

Ruprest tocou-a. Dançou com ela. Fingiu interesse. No entanto, repetidamente pegava-se desviando o olhar para a imóvel Lady Faustine, que permanecia parada ao lado do rei, observando a festa com apatia e fazendo apenas o que lhe era ordenado. Assim, quando a dançarina acreditou tê-lo inspirado e o entregou à companhia de uma das convidadas, o metamorfo logo deu um jeito de se desvencilhar e deslocar-se pelo salão, ainda fingindo participar da dança, mas à procura de quem detinha a informação de que precisava.

CAPÍTULO 19

# OS SALTIMBANCOS

HAVIA OS QUE dançavam, havia os que flertavam, havia os que se tocavam e começavam a se despir. E havia Ruprest, que se embrenhava entre dançarinos e amantes, avançando com discrição, observando e ouvindo atentamente, perscrutando à caça de um participante em especial.

Encontrou-o próximo aos divãs onde se aglomerava o grupo mais despido. Foi fácil identificá-lo, pois suas roupas não tinham nada de especial: calça marrom e camisa branca. De fato, não estava fantasiado. Usava apenas uma máscara preta, estreita e sem adornos, o mínimo necessário para participar da festa. Emperiquitar-se com brilhos e lantejoulas talvez ferisse sua dignidade e rigor. Participar de uma orgia, não. Logo, bebericava de um cálice enquanto assistia ao grupo de homens e mulheres trajados apenas de máscaras que se misturavam e se envolviam em uma confusão pulsante de braços, pernas e membros.

— Os jovens estão com bastante energia — disse ele à mulher ao seu lado. — Os ritos começaram bem. Apesar de que seria melhor se Lady Lucylia estivesse aqui.

— Certamente — respondeu a mulher, e Ruprest apenas a reconheceu pela voz. Helestra de Theeras usava uma máscara branca e dourada, que nascia do pescoço, subia pelas laterais da cabeça, ocultava os olhos e o cabelo e terminava em uma verdadeira escultura feita de penas de pavão. Ficavam à mostra os lábios pintados de vermelho, assim como os braços, pernas e costas, exibindo a pele branca e cheia de pintas, posto que vestia uma única peça colada ao corpo, que deixava pouco para a imaginação. — Lady Lucylia sabe como deixar tudo ainda mais quente.

Sir Corovan então olhou para Helestra ao seu lado, mas não para os olhos. Olhou para os lábios pintados, para os seios em forma de gota, para uma única tira de tecido que se infiltrava entre as nádegas. Pousou o cálice em uma mesa lateral e, devorando-a com os olhos, disse:

— Não é muito velha para estar aqui?

Helestra olhou de volta, para o queixo reto, para mãos grandes e para o pacote que se avolumava dentro da calça. Empinou o busto e umedeceu os lábios:

— Mulheres nunca ficam velhas demais. São os homens que deixam de funcionar.

E, em uma ânsia despertada fosse pelo estado alterado de consciência, fosse pela mistura de emoções que já nutriam mutuamente, atracaram-se um contra o outro, beijando-se, esfregando-se e ofegando a exemplo dos jovens ao redor, porém com mais confiança e habilidade decorrentes da experiência.

Era útil a Ulriss Osbourne manter em sua corte um estrategista veterano de muitas guerras e uma tesoureira sagaz com visão de longo prazo. Porém, as habilidades de Sir Corovan Doyle e Helestra de Theeras iam muito além disso.

— Vou mostrar quem é que deixa de funcionar!

Aproveitando a distração, Ruprest se aproximou. Porém, antes que colocasse seu plano em prática, uma comoção arrebatou a todos. Vestindo máscara de lobo cinzento, um dos convidados que estava mais perto do rei sacou uma espada longa e decapitou outro convidado.

— *Aaaaaahhhhhhh!* — o assombro se espalhou pelo salão quando os convidados viram o sangue fresco respingar no vestido da futura rainha.

O agressor abaixou a arma e puxou para trás sua máscara lupina. Era Vorghan Brax, o campeão do rei.

— Acalmem-se — disse Ulriss Osbourne para os convidados que tropeçavam em fuga. Não tendo sido atendido, repetiu a ordem, e dessa vez sua voz retumbou como o trovão: — *Mandei se acalmarem!*

Todos pararam e olharam para o rei. E para Vorghan. E para o corpo que jazia fantasiado e separado da cabeça. Vorghan Brax caminhou lentamente ao redor. Com a ponta da espada, afastou a mão do cadáver e tirou dela o que estivera segurando: uma adaga embebida em um líquido verde de aparência tóxica. Era um assassino, enviado para um crime contra a realeza.

Ulriss olhou de esguelha para Lady Faustine, em um questionamento mudo quanto à participação dela no crime. A noiva mal se abalou com a acusação. Apenas meneou a cabeça em negativa. O rei então anunciou:

— Isso é obra de Eighar Vandersnach — suprimiu o outro sobrenome propositalmente. — Tragam-no até mim, e responderei à gentileza.

Guardas surgiram por todos os lados, tendo estado o tempo todo a postos nos corredores laterais. Recolheram a arma envenenada, removeram os restos mortais do assassino. Enquanto trabalhavam, Vorghan limpou o sangue da espada na fantasia do homem morto, voltou a embainhá-la e a esconder o próprio rosto atrás da máscara de lobo.

Os convidados permaneceram paralisados em plena fuga, com olhos arregalados e rosto empalidecido. Sir Corovan Doyle e Helestra de Theeras eram a exceção: já haviam presenciado eventos piores em suas longas vidas, então apenas assistiam ao desenrolar dos fatos de onde estavam, ela abraçada à lateral do corpo dele, ele com uma das mãos puxando-a mais para perto.

Sem se importar com a ameaça, Ulriss Osbourne tomou Lady Faustine pela mão e juntos caminharam até dois tronos posicionados sobre um tablado na porção sul do salão oval, de onde melhor poderiam apreciar as festividades. Antes de se sentar, o rei ordenou:

— Continuem.

A música voltou a tocar como se nada houvesse acontecido. As dançarinas hesitaram, mas logo voltaram a conversar com os convidados. Criados chegaram da cozinha trazendo um grande leitão assado e uma nova rodada de bebida. Aos poucos os convidados se permitiram enlevar mais uma vez, e então o rei se sentou no trono, acompanhado pela noiva ao seu lado.

— Eighar só pode estar desesperado — Sir Corovan comentou com a companheira, enquanto deslizava a mão pelas costas dela. Então depositou um beijo nos lábios vermelhos. — Contratar um assassino me parece um último recurso.

Helestra sorriu. De olhos entreabertos trocaram carícias e, entre um beijo e outro, ela respondeu:

— Não foi ele. O rapaz é um frouxo. Isso é obra da irmã.

Sir Corovan riu e beijou-a no pescoço.

— Tem razão.

Ao redor, homens e mulheres reuniam-se em duplas, trios ou grupos, em todas as configurações imagináveis, tocando-se onde a pele era mais sensível, removendo peças de roupas, explorando os corpos uns dos outros com a boca. Ruprest permitia-se misturar à massa. Foi beijado por desconhecidos e tocado em lugares inesperados, mas manteve o disfarce. Precisava escutar à conversa entre a chanceler e o general. Precisava extrair a informação. Usou suas habilidades de metamorfo para moldar as próprias cordas vocais. Esperou pelo momento certo.

— Lucylia tem atitude — disse Helestra. — Quando for rainha, comeremos na mão dela.

Sir Corovan riu em concordância, e deslizou os lábios pelo pescoço da chanceler, e depois pelo colo.

— Diferente dessa daí — Helestra concluiu referindo-se a Lady Faustine, enquanto oferecia o pescoço para que o general a beijasse, depois o colo, depois os seios.

O general afastou as alças da roupa da chanceler, expondo os seios firmes para a idade, e pôs-se a sorvê-los.

— Onde está Roddriann? — perguntou Helestra, ao que Sir Corovan prontamente respondeu:

— Preso no quarto de Faustine.

Helestra o empurrou para longe.

— Não fui eu que disse isso! — exclamou a mulher.

— O quê? — espantou-se o general.

Helestra olhou ao redor, e, sendo afiada de espírito e ágil de pensamento, prontamente apontou o dedo para Ruprest:

— O metamorfo!

Descoberto em seu disfarce, Ruprest fugiu em disparada. Havia, contudo, encontrado a informação que precisava.

— E nem precisei seduzi-lo! — celebrou o metamorfo enquanto corria por entre gente nua, desviava das criadas com suas jarras, empurrava dançarinas, saltava por sobre casais deitados nos divãs.

Acelerou em direção à escadaria dos empregados, sabendo exatamente o trajeto a percorrer para chegar aonde o menino estava preso. No entanto, em seu caminho surgiu a figura animalesca de Vorghan Brax. O campeão do rei fulminou Ruprest com os olhos selvagens emoldurados pela máscara de lobo, e o metamorfo chegou a cogitar se ele não seria na verdade um licantropo. Porém, não havia tempo a perder. Quando Vorghan tocou o cabo da espada, pronto para sacá-la em mais um golpe devastador, Ruprest saltou para o lado em uma curva acentuada e se lançou através de um dos pequenos terraços que circundavam o salão principal. Arremessou-se para o jardim metros abaixo, enquanto ouvia a voz do campeão do rei a persegui-lo:

— Guardas! *Peguem-no!*

Pela segunda vez em pouco tempo, Ruprest se via correndo pelas sacadas e salões do castelo. Definitivamente não era um ponto alto de sua carreira como infiltrador.

Vorghan saiu para o terraço e olhou para o jardim, mas Ruprest já havia desaparecido na pequena multidão de artistas que se espalhavam por entre as tendas coloridas. Aqui, um titereiro organizava seus bonecos. Ali, uma cartomante terminava de decorar a entrada da tenda onde receberia os convidados ao longo dos três dias de festival. Outros transportavam equipamentos ou simplesmente conversavam entre si, enquanto menestréis tocavam uma música diferente da que se ouvia dentro do castelo.

Os archotes forneciam iluminação fraca e tremeluzente, apenas o suficiente para uma penumbra que mantinha o clima de mistério, então Vorghan perdeu algum tempo esquadrinhando o jardim do alto, sem sucesso, até que apontou o dedo para um dos artistas e rugiu:

— Cuspa fogo! *Agora!*

O homem já tinha a tocha acesa. Sacou uma garrafa, virou-a nos lábios, endireitou o corpo e, com o fôlego de seu peito inflado, cuspiu a substância nas chamas. Com isso, uma labareda gigantesca tomou a noite, espalhando calor e luz. O campeão do rei voltou a procurar com os olhos, enquanto guardas surgiam, em cima e embaixo, para ajudar. Não conseguiu reconhecer o metamorfo em meio a tantos saltimbancos tão diferentes e ao mesmo tempo tão iguais, mas seus olhos de predador identificaram algo que não deveria estar ali. Usando o Anel do Ressurgir, Vorghan Brax sumiu do pequeno terraço e apareceu no jardim lá embaixo. A seus pés, uma máscara preta.

Não perdeu tempo se abaixando para pegá-la. Apenas olhou ao redor, em busca do próximo vestígio da passagem de Ruprest, e encontrou mais adiante uma luva jogada ao chão, depois outra, depois uma camisa. Seguiu a trilha de peças de roupa que serpenteava por entre palcos e quiosques, empurrando quem surgisse em seu caminho. Encontrou os sapatos e as meias, e o rastro terminou na entrada de uma barraca grande, fechada para o público. Escancarou a fenda e entrou. Lá dentro, quatro saltimbancos tomaram um susto que interrompeu seu ensaio. Dois deles caíram um sobre o outro, e espalharam-se pelo chão as clavas de malabarismo que um terceiro estivera segurando. O quarto se aproximou prontamente, com jeito de líder:

— Milorde, como posso ajudá-lo?

Os quatro estavam descalços e sem camisa, vestindo apenas calças pretas, não muito diferentes da de Ruprest, e máscaras temáticas das estações que ocultavam o rosto inteiro, inclusive os olhos. A barraca estava cheia de parafernália circense, como bolas, aros, bastões e adagas de arremesso, armazenados em caixotes empilhados e estantes improvisadas.

— Estão escondendo um criminoso! — bradou Vorghan, enquanto esquadrinhava as bugigangas, derrubava pilhas e procurava possíveis esconderijos.

— Jamais ousaria, milorde — disse o saltimbanco, por trás de sua máscara de inverno. — Somos apenas uma família de artistas.

O campeão olhou para todos eles. Então, agarrou Inverno pelo pescoço e empurrou-o de costas para uma das estantes.

— Eu poderia arrancar suas máscaras! — berrou.

Os outros três vieram correndo e agarraram os braços do campeão do rei. Verão e Outono eram altos e musculosos, enquanto Primavera era baixinho e leve, mas também musculoso. Apesar disso, não conseguiram sobrepujar aquele que Ulriss Osbourne tinha não apenas como seu homem mais confiável, mas também como o mais forte.

Inverno era mais maduro do que seus companheiros e, mesmo dominado, manteve a calma:

— Sabemos disso, milorde. Poderia arrancar nossas máscaras e também nossas cabeças, se quisesse. Porém, isso acabaria com a festa, não é mesmo? Sendo que estamos aqui apenas para servir.

— São artistas? — rugiu Vorghan na cara de Inverno. — Então provem! — e soltou-o com violência.

Os saltimbancos se entreolharam, incertos, mas Inverno logo decretou:

— Vocês ouviram. Vamos lá, mais uma vez!

Verão e Outono puseram-se a dançar no ritmo da música que vinha lá de fora, e logo Inverno e Primavera se uniram à coreografia. Um por vez, deram saltos mortais e exibiram os braços robustos para todos os lados da barraca, saudando uma plateia invisível. Então, Verão e Outono puseram-se lado a lado e um apoiou o braço no ombro do outro. Inverno surgiu entre os dois, com Primavera segurando-o por trás. Um. Dois. Três. Inverno deu um salto impulsionado pelos outros três e foi parar em cima de Verão e Inverno, com um pé apoiado em cada um. Primavera continuou dançando no ritmo da música e, quando teve certeza da estabilidade dos outros três, pôs-se a escalá-los. Passou por Verão e Outono, subiu pelo corpo de Inverno, firmou as mãos nos ombros dele e, para coroar a pirâmide humana, ergueu o próprio corpo até ficar de cabeça para baixo, apoiado apenas nos braços, com as pernas em abertura total.

Uma pessoa normal aplaudiria. Vorghan Brax apenas rugiu de desgosto quando uma brisa entrou na barraca, revelando que a lona possuía uma segunda abertura. Sem dizer qualquer coisa, abandonou os acrobatas e foi embora, retomando sua busca com a fúria de quem perdeu tempo precioso.

Com a saída do campeão do rei, os artistas desfizeram a formação e respiraram aliviados.

— Esses nobres pensam que são donos do mundo — Inverno resmungou, e então se virou para Primavera: — Onde aprendeu tudo isso?

Ruprest tirou a máscara de Primavera e a devolveu nas mãos de Inverno.

— Cresci entre os ciganos. Passei minha infância fazendo isso. Mas são truques úteis para toda a vida.

— E o que vai fazer agora? Se sair dessa barraca, vão pegar você.

Ruprest então sacou do bolso algo que estivera escondendo: um anel feito de metal azul, que estava ali e, ao mesmo tempo, não estava.

— Peguei emprestado de Vorghan na confusão. Isso vai me tirar daqui.

— Boa sorte então. Que o ouro corra do bolso deles para o seu, e não o contrário.

— Igualmente — disse Ruprest, colocando o anel no dedo.

Ao fazer isso, sentiu a magia emanando do objeto e encobrindo todo o seu corpo. Uma sensação de frescor invadiu-o quando sua alma e sua carne oscilaram entre aqui, lá e lugar nenhum. Então, Ruprest se concentrou. Imaginou o quarto de Lady Faustine, cuja porta havia visto da outra vez que viera ao castelo. Na ocasião, guardas o haviam barrado na entrada. Agora, no entanto, nada o barraria. Tinha o Anel do Ressurgir e, com ele, iria até onde bem entendesse. Permitiu-se engolfar pela magia. Os sentidos se turvaram. Ficou inebriado. Por fim, permitiu-se levar pelo objeto de poder.

E, com um brilho mágico, Ruprest desapareceu.

CAPÍTULO 20

# O ANEL DO RESSURGIR

RUPREST SURGIU EM um corredor de castelo, amplo e vazio. À sua frente, uma porta decorada, que reconheceu como a entrada do quarto de Lady Faustine. Não havia guardas desta vez. Provavelmente estariam fazendo a segurança do Festival da Primavera — ou participando dele. Tocou a maçaneta, mas ela não girou. Estava trancada. Então, buscou mais uma vez sentir a magia inerente ao Anel do Ressurgir. Concentrou-se no espaço que havia logo além da porta. Teletransportou-se.

Surgiu no corredor mais uma vez.

Coçou a cabeça. Olhou para o anel. Questionou sua própria habilidade em ativar o poder do objeto.

Concentrou-se então em algo diferente. Distante. Iria levar o poder do anel ao extremo. Desapareceu do corredor.

Surgiu em uma caverna fria e pouco iluminada, formada de pedra sob catacumbas ancestrais. Cercado de águas há muito imperturbadas, estava em uma pequena ilha de pedra ao centro, onde havia também um altar manchado de sangue coagulado e restos de tecido. Ao redor, apodrecendo na umidade e melancolia, estava o gigantesco corpo de um dragão vermelho cuja cabeça havia sido decepada e suprimida. Os restos mortais do lendário Zamir, o último dragão vermelho.

Estava a meio mundo de distância do Castelo do Crisol. O Anel do Ressurgir era, de fato, um poderoso artefato.

Mais uma vez, Ruprest usou a magia do anel e desapareceu da cripta de Zamir. Ao seu redor, a umidade do subterrâneo foi substituída pela aridez extrema de um deserto sem fim. O mar de areia se estendia para todos os lados, fugindo ao alcance da vista à medida que imergia na escuridão noturna. Ruprest estava de pé sobre uma estrutura natural tão grande que poderia ser um acidente geográfico, mas era na verdade um osso de costela de tamanho inimaginável, cravado nas areias do deserto e apontando para o céu. O metamorfo equilibrava-se no topo da formação óssea e, muitos metros abaixo, uma cidade formada por casebres, escadas e passagens estreitas se espalhava como sarna pela carcaça do monstro colossal um dia chamado de Devorador de Mundos.

Solitário no topo do mundo, Ruprest investigou o anel com a certeza de que o usava da forma correta.

Para confirmar suas suspeitas, concentrou-se no quarto do Rei Ulriss Osbourne e, conforme seu desejo, o anel o teletransportou para lá. Viu-se no último andar do Castelo do Crisol, cercado pela decoração profusa em imagens de corujas, com seus cálices, candelabros, tapeçarias e estatuetas. Antes que as Oráculos viessem ter com ele, Ruprest idealizou o quarto de Lady Faustine, apenas um andar abaixo, e o anel o levou... para o corredor, diante da porta.

O anel possuía uma limitação: levaria o usuário apenas a locais onde ele já houvesse estado antes.

O metamorfo suspirou e resmungou:

— Vamos do modo antigo.

Então, num piscar de olhos, estava de volta ao quarto alugado na Taverna Olho de Sapo. O quarto estava uma bagunça, com roupas, mantimentos e armas espalhadas. Revirou uma pilha de objetos e encontrou o que estava procurando: um estojo de gazuas. Precisaria delas, já que havia perdido quase todo o equipamento que levara para o castelo enquanto fugia de Vorghan Brax. Pegou o estojo e teletransportou de volta ao corredor do castelo. Então, escolheu a ferramenta com formato mais adequado, ajoelhou-se e enfiou-a no buraco da fechadura.

Enquanto tateava o interior da trava, escutou vozes subindo a escada. Soube que precisava se apressar, mas respirou fundo para não perder a concentração. Manteve a mão firme, os ouvidos atentos. Usou outra peça de metal para ajudar a girar a primeira. Lentamente. As vozes se tornaram mais claras quando alcançaram o andar imediatamente abaixo. Tinham um tom de autoridade militar, acompanhadas pelos passos enérgicos em marcha. Foi nesse momento que a tranca cedeu com um estalido discreto. Ruprest abriu uma fresta na porta, serpenteou para dentro e fechou-a atrás de si. Logo que a encostou, seus olhos encontraram com os olhos vermelhos e impressionáveis de Roddriann, que o fitavam arregalados.

— Ruprest! — disse ele.

O metamorfo fez sinal de silêncio.

Ruprest estava descalço, sem camisa e sem máscara. Vestia apenas uma calça preta, um anel mágico e seu habitual pingente pendurado no pescoço. Tinha um corpo esguio de acrobata que condizia com sua agilidade inerente, mas não conseguia se lembrar de qual rosto havia escolhido. Lembrava, é claro, da odiosa marca do Duque Minimus III eternamente gravada em sua pálpebra, e por isso não estranhava que fosse reconhecido por Roddriann.

Os aposentos de Lady Faustine eram compostos por vários cômodos luxuosos. Pensando rápido, Ruprest tomou Roddriann pela mão e correu com ele até um local fora da linha de visão de quem entrasse pela porta. Abaixou-se para ficar na mesma altura do menino e olhou para ele de cima a abaixo, certificando-se de que não estivesse ferido.

— Ruprest, você voltou — Roddriann sussurrou. — Pensei que tivesse ido embora que nem a mamãe mandou.

— Não vou abandonar vocês — disse o metamorfo. Então, com medo de ter soado piegas, completou em tom descontraído: — Estava numa taverna. Olho de Sapo, o nome. Uma pocilga. A comida tem uma cara horrível. O tipo de lugar onde alguém como eu planejaria um golpe.

O menino o encarava com admiração:

— É lá que vamos nos esconder?

Ruprest fez que sim.

— Me dê a mão — disse ele.

Ruprest sentiu o menino apertar sua mão com a firmeza de quem depositava confiança genuína. Concentrou-se no muquifo onde andava se hospedando e ativou o poder do anel.

Teletransportou-se como antes. Porém, quando a magia o envolveu com seu brilho azul, sentiu a mão de Roddriann escorregar e perder-se. Em seguida, Ruprest encontrava-se na Olho de Sapo. Sozinho.

Praguejou. Usou o poder do anel e retornou ao quarto de Lady Faustine. Agora conseguia acessar o local, posto que já o havia visitado antes. Encontrou Roddriann no mesmo local onde o havia deixado.

— Onde você foi? — choramingou o menino.

Ruprest não respondeu. Apenas caminhou ao redor, observando os vários cômodos das dependências da princesa, enquanto os passos dos soldados subiam as escadas lá fora.

O metamorfo voltou até o menino e o pegou no colo.

— Segura firme em mim — instruiu, e Roddriann se agarrou nele.

Ruprest teletransportou para o quarto ao lado, e mais uma vez Roddriann ficou para trás. Escutou o menino tombar no chão e dar um berro de dor.

— Mas que merda de anel! — sussurrou Ruprest, tentando não ser ouvido pelos guardas lá fora, enquanto voltava ao local onde Roddriann estava. — Parece limitado ao usuário.

Roddriann lançou a ele um olhar ressentido, mas engoliu o choro. Lá fora, os passos de botas militares ficaram mais e mais audíveis à medida que se aproximavam. Por fim, estacaram diante da porta do quarto.

— Prendam-na aí dentro — disse a voz autoritária de Sir Corovan Doyle.

Certo de que abririam a porta, Ruprest se escondeu atrás de uma cortina esvoaçante e fez sinal para que Roddriann guardasse segredo sobre sua presença.

— Mas, senhor... — lá fora, um dos soldados hesitou diante da ordem. — O filho dela está aí dentro.

O general falou com voz mais grave:

— Desafia minha autoridade, soldado?

— N-não, senhor — respondeu o soldado.

A porta se abriu.

Lá fora, Sir Corovan Doyle vestia apenas calça e botas, estando nu da cintura para cima. Olhava para as escadas como quem ansiasse retornar logo para a festa. Estava acompanhado por dois soldados mais jovens e completamente vestidos, que abriram a porta e deram passagem a uma mulher fantasiada de dragoa azul.

As escamas eram recurvas e estritas. As asas, dotadas de ferrões nas extremidades. A máscara cobria toda a cabeça, como se fosse um elmo com dois chifres, e o mais espantoso: do topo desse elmo brotava um rabo de cavalo comprido, branco como a luz da lua. De todas as dragoas azuis que inundavam o Festival da Primavera, aquela era a fantasia de Lady Faustine.

Roddriann talvez tivesse visto sua mãe antes do baile, ou ao menos escutado como seria sua fantasia, pois não teve dúvidas: logo que os soldados fecharam a porta atrás da mulher, trancando-a no quarto, o menino correu até ela de braços abertos.

— Mamãe!

Teria se agarrado às saias dela, mergulhado em seu abraço, pranteado em seu colo. Com ela ali, os problemas estavam resolvidos. O filho sabia que a mãe o protegeria. E os dois tinham a Ruprest para ajudá-los. Juntos, os três eram fortes.

Porém, no último instante, Ruprest abandonou o esconderijo onde estava e assomou sobre Roddriann. Empurrou-o para longe com tamanha violência que derrubou o menino e o fez rolar pelo chão. Aturdido, Roddriann olhou para Ruprest a tempo de ver sangue verter da barriga do metamorfo. Escorreu em abundância por uma lâmina espectral e começou a pingar no chão, enodoando o carpete.

A dragoa azul soltou a arma, e Ruprest deu dois passos trôpegos para longe dela. Pois a mulher podia até ter movimentos elegantes e um corpo escultural, mas algo lhe faltava. Não tinha o ar transcendental que fazia Ruprest estremecer, nem o magnetismo capaz de atraí-lo pelo âmago. Faltava-lhe a sublimidade que não era necessariamente inerente de Lady Faustine, mas sim do objeto do benquerer de cada um. Aquela simplesmente não era a pessoa por quem Ruprest estava se arriscando.

A dragoa tirou a máscara, e junto se foram os chifres e o rabo de cavalo branco. O movimento liberou o cabelo castanho, que estava preso dentro do elmo, e agora se espalhava por sobre os ombros, emoldurando o rosto delicado e o belo par de olhos verdes de Lady Lucylia Osbourne-Vandersnach.

— Errei — disse ela, vendo a adaga mágica trespassada no abdome de Ruprest. Seu alvo era Roddriann, mas o metamorfo havia empurrado o menino e recebido o golpe em seu lugar. Lucylia olhou com ódio para Ruprest, e a adaga se dissipou, fazendo jorrar ainda mais sangue na tapeçaria já emporcalhada. — Não vou errar de novo.

Com palavras arcanas, uma nova adaga mística surgiu na palma da mão da princesa, mas Ruprest não ficou para ver o que aconteceria. Correu mancando pelo quarto, com uma das mãos tentando conter a hemorragia no tórax, enquanto o sangue continuava a escorrer pelas costas. Com a outra mão, agarrou Roddriann pela roupa e o arrastou pelo quarto. Sem muitas opções, abriu a porta de um enorme armário de roupas e se fechou lá dentro com o menino.

— Escondam-se o quanto quiserem. Não há para onde fugir! — Lucylia riu lá fora.

No escuro, Ruprest tateou o peito perfurado. Roddriann murmurou palavras incompreensíveis e fez surgir um ponto luminoso flutuante, e assim Ruprest confirmou duas suspeitas: que o menino era usuário de magia e que, se não recebesse cuidados, o ferimento seria mortal.

Tão logo percebeu isso, uma lança mágica atravessou a porta de madeira, perfurou o espaço entre Ruprest e Roddriann, arruinou vários vestidos pendurados e cravou-se no fundo do armário. Com o susto, a luz mágica de Roddriann se extinguiu.

— Pare! — Ruprest gritou com a energia que lhe restava. — Por que está fazendo isso?

A princesa interrompeu-se por um momento. A lança se dissipou, deixando um furo na porta de onde brotavam várias rachaduras. Então ela respondeu:

— Não é óbvio? Esse menino é um estorvo! Depois que ele morrer, Faustine sairá do meu caminho até o trono!

— Não precisa matá-lo! — Ruprest insistiu. — Existem outras alternativas!

Mas a princesa não queria ouvi-lo:

— Vou destruir esse guarda-roupa com tudo o que há dentro!

E outra lança atravessou a porta, criando novas rachaduras e quebrando parte da madeira. Roddriann se abaixou e cobriu a cabeça com os braços, mas isso não seria suficiente para protegê-lo de uma lança certeira. Ruprest tentou endireitar a postura para entrar em posição de combate, mas a dor do abdome perfurado irradiou pelo corpo inteiro e o impeliu a se encolher.

Olhou para o Anel do Ressurgir, que estava ali e ao mesmo tempo não estava. Sua rota de fuga estava desimpedida. Bastava desejar, e o anel o levaria a um local seguro.

Olhou para Roddriann, que falhava em conter as lágrimas. Com as sobrancelhas carregadas de pavor, o menino olhou de volta para o metamorfo e perguntou:

— E agora, Ruprest? O que vamos fazer?

O metamorfo olhou para o Anel do Ressurgir e para o menino. Mas viu apenas seu próprio passado.

Ruprest estava enfiado em uma banheira de madeira, tomando banho ao ar livre, nos fundos de uma hospedaria. A água estava fria, o que era uma delícia, pois estavam na orla do Deserto Meridional, onde o ar era quente e árido. Ao redor, seus amigos preparavam equipamentos, coletavam informações com outros viajantes ou apenas desfrutavam de uma cerveja sentados à uma mesa. Estavam lá os grandes heróis que haviam salvado o mundo: os irmãos bárbaros Royston e Rufus Cave, o bardo Nilperto, o druida Feldon e até o paladino Ártimus. O sangue do Devorador de Mundos ainda estava fresco nas roupas e pele de alguns deles, já que haviam acabado de derrotá-lo, e é por isso que Ruprest se lavava.

— Não quero alarmá-los — disse Nilperto, aproximando-se —, mas parece que aqueles seguidores do Jaffba ainda estão no nosso encalço. E eles têm uma descrição muito precisa do nosso grupo.

— Quem te disse isso? — perguntou Ruprest, enquanto esfregava as costas com uma escova de cabo comprido.

— Uma trovadora que está acompanhando aquela caravana — Nilperto apontou para uma clareira do outro lado da estrada, onde vários mercadores preparavam seus cavalos e carregavam suas carroças para seguirem viagem rumo ao próximo ponto comercial.

— Bobagem! — disse Ruprest. — É só o paladino ir na frente, que ninguém desconfia da gente.

— Pra você é fácil falar! Pode virar qualquer um e sumir na multidão — retrucou Nilperto. — Mas dificilmente passam despercebidos dois bárbaros enormes, acompanhados de um elfo druida e de um bardo de tão extraordinária beleza.

A hospedaria ficava em uma encruzilhada de várias estradas. Uma delas margeava o deserto rumo ao norte, outra margeava o deserto rumo ao sul, uma única rota mergulhava no oceano de dunas a leste, enquanto quatro estradas distintas penetravam a cordilheira a oeste para acessar suas trilhas tortuosas. As estradas eram cheias de monstros e ladrões, e não era sábio viajar sozinho.

— Acho que você quis dizer "bárbaro" de extraordinária beleza — Rufus Cave corrigiu Nilperto. — Afinal, é a mim que elas não resistem.

Nilperto encarou-o com seus olhos brilhantes e os louros cabelos que emolduravam o rosto perfeito, e Rufus respondeu com um amplo sorriso de seus dentes perfeitos.

Royston Cave meneou a cabeça e pousou na mesa o machado cuja lâmina estivera afiando. Colocou-o ao lado de seu martelo mágico, outrora pertencente a um grande herói do passado, e que nunca precisava de manutenção.

— Você é uma vergonha para a família — disse ele ao irmão. — Está na hora de deixar de lado essa vida desregrada, cheia de mulheres e bebida, e assumir alguma responsabilidade.

— Já tentei, irmãozinho — Rufus respondeu com um olhar de falsa inocência de conquistar corações —, mas elas não me deixam.

Royston respirou fundo e se levantou, sério e digno.

— Bom, então parece que cabe a mim esta função.

— Qual? — perguntou Rufus.

— De patriarca da família. — Royston prendeu ao cinto o machado e o martelo, um de cada lado, e apanhou a bolsa de mantimentos. — É hora de voltar para casa, liderar a família, servir ao nosso reino. Que os deuses me deem sabedoria.

— Muito bem! — Rufus bateu nas costas do irmão com sua força bárbara. — Mande meus cumprimentos para nosso clã em Artus, que eu estarei ocupado cuidando das donzelas da capital de Ghanor.

Dizendo isso, Rufus apanhou seus próprios pertences.

— Acho que isso é um adeus — disse Nilperto.

— O quê? — disse Ruprest, pelado na banheira. — Por quê? Agora que deu tudo certo, vamos ficar por aqui.

— Na verdade, eu também já me vou. Vocês me deem licença, que a trovadora está me esperando! — Nilperto sorriu para a moça vestida em losangos coloridos que acenava para ele da caravana de mercadores.

— Vai lá, campeão. Aproveita! — Rufus comemorou acenando ao amigo que partia.

— Não! Péra! — Ruprest se esticou da banheira, todo ensaboado, mas Nilperto já estava longe.

— Deixa ele! — disse Rufus. — Está sendo guiado pela paixão — e cruzou os braços robustos, observando os caravaneiros partirem com as carroças e Nilperto correr atrás e pular para dentro de uma delas já em movimento.

— Vamos também — disse Royston ao irmão. — Ghanor fica no caminho até Artus. Eu te levo até lá.

— Me leva? — Rufus repetiu com sarcasmo. — Não preciso que me leve! Eu chego lá antes de você! — e saiu correndo na frente.

— Royston! — Ruprest gritou, chamando atenção do bárbaro antes que fosse tarde. — Você não vai sair correndo atrás dele, né? — perguntou, puxando uma toalha e enrolando na cintura enquanto levantava da banheira.

— Claro que não — respondeu Royston. — Ele pode ser rápido e barulhento, mas vai se cansar antes de mim. Preciso apenas segui-lo em uma marcha constante.

— Tá, mas e o Feldon? E o Ártimus? — o metamorfo indicou o druida e o paladino que estavam ao redor. Abraçado a seu escudo sagrado, Ártimus observava a tudo com olhar taciturno. Já Feldon estava agachado a um canto, de costas.

— Eles vão ficar bem — disse Royston, confiante. — Eles têm a você.

Dizendo isso, saiu andando a passos largos no encalço do irmão. Os dois tomaram a estrada que penetrava nas montanhas rumo a noroeste, enquanto a caravana de Nilperto rumava para o sudoeste.

— Mas será possível? — resmungou Ruprest. — Feldon! Fel-dôn!

— Shhhhh! — o elfo pediu silêncio sem olhar para os demais. Só então Ruprest percebeu que Feldon estava abaixado conversando com uma ave de pernas compridas e crista pintalgada que estava pousada no solo arenoso.

— O que está fazendo?

Feldon fez sinal para pedir mais um instante de silêncio, em que assentiu várias vezes para a ave e respondeu com um crocitar esquisito. Por fim, levantou-se e falou para Ruprest:

— Meu amigo, papa-léguas, está me chamando para uma festa iradíssima.

— Eu não acredito que você vai pra farra a uma hora dessas! — disse Ruprest. — Nossos amigos estão indo embora!

— Ih, eles já foram — respondeu Feldon.

— Exatamente! — insistiu Ruprest, secando-se com a toalha e vestindo uma calça. — O que vamos fazer?

— Bom... — Feldon coçou o queixo. — Você eu não sei, mas eu vou para a festa do papa-léguas.

— Mas que festa? Não tem festa nenhuma! A festa de um... passarinho!

— Não precisa falar assim também, né? — Feldon gesticulou para Ruprest em tom apaziguador e então se virou para o papa-léguas: — Ele não quis ofender.

— Mas o que você faz numa festa do papa-léguas? — perguntou Ruprest.

— Ah, a gente aposta umas corridas, come uns escorpiões, abana o rabo para algumas papa-léguas... você jamais entenderia.

— Parece chatíssimo!

— Que nada! Os papa-léguas são grandes apreciadores do meu chá especial.

— Mas você vai... — antes que Ruprest terminasse de falar, Feldon diminuiu de tamanho, ganhou asas pequenas e um bico comprido.

— Cré, cré, cré! — disse Feldon, na forma de papa-léguas. Então, sem aviso, ele e o pássaro saíram em disparada, correndo em direção ao deserto em velocidade alucinante.

— Vai voltar pro deserto? — Ruprest protestou. — Mas a gente acaba de vir de lá! — Então, gritou: — Os seguidores do Jaffba estão chegando!

Mas Feldon continuou correndo lado a lado com seu novo amigo, talvez sem ter escutado o aviso de Ruprest, em direção a uma farra muito louca.

Ruprest olhou para todos os lados. Já muito distantes, seus amigos se afastavam em direções opostas.

Mal-humorado, pendurou a toalha numa cadeira com violência, batendo com o tecido como se fosse um chicote.

— Dá pra acreditar, Ártimus? Todos eles foram embora assim, do nada! Depois de tudo que passamos juntos! Sobramos só nós dois.

O metamorfo se largou na cadeira ao lado do paladino, ainda virando a cabeça para os três lados, mas já não enxergando mais os amigos à distância. Então, com as sobrancelhas carregadas de pesar, olhou para o homem santo e perguntou:

— O que vamos fazer agora, Ártimus?

E o paladino, do alto de sua virtude, lançou ao metamorfo um olhar de profunda aversão.

— Parece que você é procurado — disse ele.

Ruprest se encolheu.

— Sim, pelos capangas do Jaffba. Monstro horrível, ainda bem que morreu.

Ártimus manteve-se impassível. Nem um músculo sequer traiu a ausência de empatia em seu rosto.

— Você se envolve com seres malignos, metamorfo. É essa a diferença entre nós.

O paladino então se levantou:

— Agradeça-me por não matá-lo aqui mesmo pelos crimes que talvez tenha cometido, posto que sinto a mácula em seu cerne.

— Quê? — disse Ruprest.

— Meu destino é santo, então não mais me associarei com criaturas da sua laia.

— QUÊ??? — berrou Ruprest.

Um cochicho se fez ouvir na esquina da humilde estalagem, quando o proprietário apontou o dedo para Ruprest, respondendo à pergunta feita por dois recém-chegados vestidos em roupas típicas do deserto.

— Aquele ali é um deles — disse o estalajadeiro, com as mãos cheias de ouro.

O rosto de Ártimus era uma estátua de mármore e desprezo, e Ruprest soube que o paladino não o protegeria. Então, saiu correndo em disparada rumo à vegetação mirrada que contornava o sopé da cadeia montanhosa. Os homens de Jaffba montaram em cavalos e o perseguiram a galope, em uma busca que invariavelmente resultaria em captura e brutalidade por dias a fio, até que por milagre conseguisse escapar.

Ruprest sofreu sem que ninguém soubesse ou se importasse.

Teve certeza de que morreria.

Abandonado.

— Ruprest... — soluçou Roddrian, apavorado. — O que vamos fazer?

Quando mais uma lança mística de Lady Lucylia trespassou a porta, fazendo chover estilhaços de madeira, Ruprest olhou para o menino encolhido e soube a resposta.

— O castelo onde você cresceu — disse o metamorfo — ainda pertence à sua mãe?

— S-sim... — o menino respondeu.

— É um lugar seguro?

Roddriann ficou calado, tentando entender o motivo das perguntas.

— *É um lugar seguro?!* — Ruprest balançou-o pelos ombros.

— É, sim. É.

— Pense nele. Como ele é?

— Ele é grande, as paredes são...

— Não fale! Só pense. Visualize como ele é.

Tão logo Ruprest disse isso, duas coisas aconteceram: a porta do guarda-roupa despedaçou, espalhando lascas de madeira ante mais um golpe de lança, e Roddriann desapareceu em um brilho mágico azul.

O brilho do Anel do Ressurgir, que o metamorfo tirara de si mesmo, e colocara em um dos dedos do filho de Lady Faustine.

CAPÍTULO 21

# LIVRE

OS ESTILHAÇOS DESABARAM sobre Ruprest, soterrando-o de madeira quebrada. Ele tossiu com os ciscos que invadiram seus pulmões, e sangue tímido brotou de vários arranhões nos ombros, braços e costas, mas nada que se assemelhasse ao ferimento mágico de onde vertia sangue em abundância.

— A próxima será fatal — Lady Lucylia falou à pilha de escombros aos seus pés.

Porém, antes que executasse o ataque, a porta do quarto se escancarou e por ela entrou o Rei Ulriss Osbourne:

— O que está acontecendo aqui?

Duas pessoas surgiram por trás do rei, passaram ao largo dele e se precipitaram sobre a cena. A primeira foi Lady Faustine em sua fantasia, mas sem a máscara. Atravessou o quarto em disparada e atirou-se sobre Lady Lucylia. As duas dragoas rolaram pelo chão. Lady Faustine agarrou a outra pelo pescoço e pôs-se a esganá-la soltando gritos ininteligíveis. Lady Lucylia respondeu com socos e arranhões. Bateram-se e chutaram-se em um misto de saias, cabelos e escamas. Faustine bateu com a cabeça da prima no chão.

A outra pessoa a passar pelo rei foi Vorghan Brax. Com seus passos determinados, foi até as ruínas do armário e revirou a pilha desordenada de madeira. Encontrou Ruprest. Arrastou-o para fora dos escombros. Severamente ferido, o metamorfo não ofereceu resistência. Foi puxado pelos sovacos, com a barriga esfregando no chão e as pernas deixando dois rastros de sangue. Vorghan o largou no chão, diante do rei.

Em seguida, uma quantidade inumerável de soldados tomou o quarto, e, por último, chegaram Sir Corovan Doyle e Helestra de Theeras, ambos seminus.

— Um invasor! — disse Sir Corovan e se adiantou à frente dos soldados.

Mas o rei fez sinal para que o general não interviesse.

— Separem as mulheres — disse Ulriss aos soldados, que prontamente cercaram Faustine e Lucylia, agarraram-nas pelos braços e puxaram uma para cada lado.

Sob o comando do rei, Lady Faustine permitiu-se soltar o pescoço da prima, mas manteve o olhar cravado nela em ameaça. Lady Lucylia estava desorientada. Apoiou-se nos soldados para não perder o equilíbrio. Tateou a cabeça e descobriu que sangrava.

— Onde está meu filho? — gritou Lady Faustine. — *Onde está meu filho?!* — berrou mais alto, olhando ao redor como quem acusa a todos os presentes.

Todos olharam para Lady Lucylia. Ela piscou algumas vezes, tentando se orientar, e respondeu com voz fraca:

— Não sei... Ele estava bem ali... — indicou o guarda-roupa.

Vorghan Brax abaixou-se ao lado de Ruprest, agarrou-o pelos cabelos e o obrigou a erguer a cabeça e expor a pálpebra marcada.

— Veja só se não é o metamorfo! — disse o campeão do rei com perversidade, e soltou a cabeça dele, de modo que Ruprest bateu com o nariz no chão. Então, Vorghan ergueu-se como o grande guerreiro que era e sacou a espada. — Posso colocar um fim nisso agora mesmo.

— Não — disse o Rei.

Vorghan Brax deteve-se, mas permaneceu de prontidão caso o rei mudasse de ideia. Lady Lucylia apontou o dedo para o guarda--roupa mais uma vez e insistiu:

— O menino estava ali dentro!

— Não há mais ninguém ali, só uma montanha de lixo — disse Vorghan Brax. Para provar, enfiou a espada por sobre o entulho e a ergueu como se fosse uma pá, de modo a espalhar pelo quarto madeira quebrada, tecido retalhado e poeira, e fazendo rolar para longe a lança mágica de Lucylia, ainda não dissipada.

Todos olharam ao redor procurando pelo menino. Então, uma risada baixa surgiu pelo quarto. Primeiro, pensaram que poderia ser Roddriann escondido. Depois, perceberam vir de Ruprest. O metamorfo estava tombado de cara no chão, descalço, sem camisa e sangrando. Não podiam ver seu rosto, mas viam seus ombros balançando e as bochechas infladas. Escutavam sua voz esganiçada pelo sarcasmo.

— Ha, ha, ha, ha.

Vorghan Brax rosnou:

— Perdeu a razão diante da morte.

Mas Ruprest continuou:

— Ha, ha, ha, HAHAHA!

— Já posso matá-lo? — perguntou Vorghan ao rei.

Contudo, Ulriss Osbourne manteve-se compenetrado, absorvendo a situação. Todos que ali estavam retomaram a compostura, inclusive Lady Faustine, e observaram o metamorfo que ria. Quando se fartou de rir sozinho, Ruprest revelou:

— Roddriann está em um local seguro. Fugiu daqui com o Anel do Ressurgir.

— *O quê?* — Vorghan esbravejou e ao mesmo tempo deu um chute no metamorfo caído que o fez se contorcer de dor.

Uma exclamação de surpresa se alastrou pelo quarto, com todos compreendendo o peso da situação ao mesmo tempo em que o campeão do rei desferia um segundo chute.

— Eu deveria ter feito isso há muito tempo, mas agora você vai morrer! — disse Vorghan e chutou de novo um Ruprest quase morto.

O Rei Ulriss Osbourne suspirou profundamente e decretou:

— Basta.

Vorghan parou. Ofegava, não pelo esforço, mas de ódio.

Com imenso esforço, Ruprest ergueu a cabeça e encarou cada um deles: Vorghan, Lucylia, os soldados, o general, a chanceler. O rei. Olhou em seus olhos com a alegria do vencedor. Tripudiou:

— Roubei o anel. Coloquei no dedo do menino. Mandei-o pra bem longe. Fiz isso embaixo dos narizes de todos vocês. E agora, vão me matar? Pois me matem! Minha vida inútil não serve pra nada, mesmo. Pelo menos consegui libertar o refém. — Então, Ruprest olhou diretamente para o rei, que o encarava de volta, e o tratou com cortesia sarcástica: — Agora, *vossa majestade* não tem mais controle sobre Faustine. Ela está livre.

O rei manteve sua postura inabalável. Encarou-o por um momento. Respirou fundo. Então, pôs-se a caminhar pela sala sem pressa. Passou por Sir Corovan, Helestra de Theeras, Vorghan Brax, Lady Lucylia e todos os soldados. Foi até Lady Faustine, que o aguardava com o queixo erguido e seu costumeiro olhar sereno e cheio de dignidade. O rei olhou no rosto dela e falou para todos:

— Não sei do que o metamorfo fala. Lady Faustine já é livre. Sempre foi. Ela está aqui porque assim deseja.

Ulriss estendeu a mão para Faustine. Ela pousou a própria mão sobre a dele. Juntos, formavam o casal real perfeito. Seus cabelos brancos escorriam pelas laterais do rosto cinzento. Seus olhos vermelhos contemplavam aos demais com desdém. A cicatriz enedoada que cortava o rosto dele de cima a baixo casava com os chifres demoníacos que adornavam a cabeça dela com a magnificência do abismo.

— Sou a noiva do Rei de Utteria — disse Lady Faustine. — Não há privilégio maior.

Ruprest parou de rir. Olhou para ela com incredulidade.

— Como assim? Você estava sendo coagida!

Mas Faustine não respondeu.

— Está livre agora! Vá!

Mas Faustine fechou os olhos para não vê-lo. Quando voltou a abri-los, encarava o infinito distante.

Vorghan Brax começou a rir.

Ulriss Osbourne deu as costas para Ruprest e falou com a prometida, cuja mão ainda segurava:

— Vamos, minha noiva.

Faustine anuiu e permitiu-se conduzir pelo quarto arruinado, em direção à porta.

Mas Ruprest não se deu por satisfeito. Tirando forças de onde não mais havia, ergueu o peito do chão e gritou para Faustine:

— *Nada mais te prende aqui!*

E, antes que os noivos sumissem para o corredor, Lady Faustine olhou para trás. Olhou para Ruprest. Seu olhar misturava gratidão e mágoa. Alívio e dor. Um olhar cheio de carinho, mas com a sombra de quem carrega o peso do mundo. Então, deu as costas uma última vez e, de queixo erguido, se foi.

Com a partida do rei e sua noiva, o único som que preenchia o quarto era a risada provocativa de Vorghan Brax. O campeão do rei guardou a espada na bainha e deu uma ordem aos soldados:

— Quem liga para o fedelho que fugiu? O rei tem um novo refém. Levem o metamorfo para a masmorra!

CAPÍTULO 22

# CASAMENTO REAL

SOLDADOS AGARRARAM RUPREST e o levaram dali. Porém, não o levaram direto para a masmorra. Antes disso, conduziram-no a uma torre secundária, que era estreita e comprida. Empurrado escada acima, sentiu uma mistura de aromas ora ácida, ora adocicada, ora difícil de identificar. O cheiro ficou mais forte quando abriram uma porta de madeira e o lançaram para dentro da alcova, colocando-o sobre uma espécie de leito rígido. Os soldados o prenderam deitado e se afastaram. No lugar deles, surgiram duas moças e dois rapazes, todos com cabelos presos para trás, olhos curiosos e trejeitos hesitantes.

— Não tenha medo — disse um deles. — Somos alquimistas e vamos cuidar dos seus ferimentos.

Dizendo isso, fez sinal para uma outra, que se ausentou por alguns instantes e voltou trazendo uma haste comprida, cuja extremidade de ferro ardia, incandescente.

— Vou cauterizar sua carne para estancar o sangramento.

— Nã... — Antes que Ruprest conseguisse protestar, a alquimista pressionou o ferro ardente contra o abdome dele: — *Aaaaaaaahhhhhh!*

— Agora nas costas — disse a alquimista aos soldados.

— Não! Não! — Ruprest gritou, mas ninguém lhe deu ouvidos. Os soldados o viraram e prenderam em outra posição, a alquimista continuou com o tratamento: — *Aaaaaaaahhhhhh!*

Enquanto o processo decorria, outro rapaz trabalhava em um preparado alquímico, que depois aplicou nas escoriações e as enfaixou. Dessa forma, Ruprest teve seus ferimentos tratados contra sua vontade.

— Muito bem. Ele não tem serventia morto — disse um dos soltados a um dos alquimistas.

Quando tudo terminou, os soldados o carregaram escada abaixo. Exausto, Ruprest não teve escolha a não ser deixar-se levar, seus pés descalços caindo um degrau por vez.

A masmorra ficava em uma torre secundária, enfiada num andar subterrâneo. Ruprest foi levado por um corredor de pedra úmida e arremessado para dentro de uma cela cheia de musgo, onde uma única fresta no teto permitia entrar alguma nesga de luz. Mas era apenas isso, uma fresta, pequena demais para servir de rota de fuga, mesmo para um metamorfo.

Depois que o trancafiaram, Ruprest permaneceu na mesma posição que o deixaram: deitado de barriga no chão, com o rosto de lado no piso frio e sujo. Não olhou, apenas ouviu os muitos passos de botas se afastando, esvaziando o corredor da masmorra. Foi deixado sozinho, e o silêncio que se seguiu foi sepulcral.

Ruprest não tentou se levantar. Em vez disso, buscou respirar profundamente, mas se arrependeu em seguida, quando uma nova dor irradiou pelo corpo. Concluiu que era melhor permanecer onde estava por algum tempo. Permitiu que os músculos relaxassem. Pensou que seria esquecido ali para sempre, que enlouqueceria perante o silêncio e o isolamento.

No entanto, contrário às expectativas, pouco depois os soldados retornaram. Vieram com estardalhaço, em meio a gritos, xingamentos, golpes e empurrões. Traziam outros dois prisioneiros, e estes tinham mais saúde e energia do que Ruprest, de modo que lutavam contra o cativeiro.

— *Você sabe quem eu sou?!* — berrou uma voz feminina. — Sou Lady Lucylia Osbourne-Vandersnach! Sou uma princesa de Utteria! Um plebeu como você não faz ideia do que está fazendo!

— Apenas acato ordens, milady — respondeu o soldado.

Lady Lucylia esperneou, afastou os soldados, mas eles voltaram a agarrá-la.

— Quando tudo isso acabar, eu ainda vou lembrar do seu rosto! — ela berrou ao jovem soldado — Você vai se ver comigo! Todos vocês!

— Por aqui — disse um sargento aos quatro soldados que a conduziam, e eles o seguiram até a cela ao lado da de Ruprest. — Amarrem as mãos dela, para que não faça nenhuma bruxaria. O irmão também. E coloquem-no em uma cela separada.

Mais soldados vinham atrás com o segundo prisioneiro, Sir Eighar Osbourne-Vandersnach, que encarava o cárcere com resignação. Apesar disso, rosnou para a irmã:

— Por que você tinha que tentar matar o moleque? Como se não fosse suficiente tentar matar o rei! Veja onde nos levou.

— Porque você é um covarde! — Lucylia esbravejou de volta. — Tive que tomar uma atitude por conta própria!

Os soldados colocaram Lady Lucylia na cela à esquerda de Ruprest e Lorde Eighar na cela à direita. Eram separadas por paredes de pedra, de modo que os dois não conseguiam se enxergar, mas continuaram berrando um para o outro através do corredor, com Ruprest no meio:

— Covarde, eu? Sou sagaz! Faço as alianças certas. Espero para agir no momento ideal.

— Não existe momento ideal! O mundo vai desmoronar e você vai continuar esperando. É um paspalho!

— Você que é afobada demais!

Ruprest reuniu energias e se ergueu. Foi até as grades da cela e encontrou o olhar do sargento:

— Amarrar as mãos não é suficiente! Se puderem falar, os dois ainda poderão lançar feitiços.

O sargento arregalou os olhos e instruiu os soldados a amordaçarem os dois irmãos. Houve protestos e esperneamentos, mas, no final, os soldados obtiveram sucesso. Quando eles se retiraram, a masmorra voltou a ficar silenciosa. Se os irmãos realmente poderiam lançar feitiços de mãos atadas, Ruprest não sabia. Mas, se era para ficar preso ali, preferia ter pelo menos um pouco de paz. Quis respirar fundo, mas mais uma vez a dor impediu, então simplesmente se sentou no piso úmido, apreciando a quietude, e espiou pela janelinha no teto por onde entrava apenas uma nesga de luz.

Horas se passaram. Soldados trouxeram alimento para os irmãos Osbourne-Vandersnach e tiraram as mordaças deles, mas as repuseram assim que os dois terminaram sua refeição. Ruprest também recebeu comida, se é que aquele mingau insosso poderia ser chamado assim.

Em algum momento, a exaustão tomou conta do metamorfo, que adormeceu no piso duro e desconfortável da cela. A noite transcorreu em silêncio. Quando o dia raiou, no entanto, uma música alegre invadiu a masmorra através da fresta no teto. Tinham início as festividades diurnas, com espetáculos de dança, malabares, luta e curiosidades. Risadas chegavam até Ruprest, embaladas pelas atrações, assim como os gemidos de casais que escolhiam locais inusitados para copular durante o dia.

Em sua segunda refeição, encontrou um pedaço de osso em meio à gororoba, e passou a usá-lo para fazer riscos no musgo da parede. Os soldados não se importaram com isso, visto que anotar a passagem dos dias é o mínimo que se permite a qualquer prisioneiro.

Na segunda noite, a quietude voltou a imperar, à medida que os convidados retornavam para a festa no interior do castelo.

No dia seguinte, o tom musical era diferente. Menos alegre, mais solene. Era o terceiro dia do festival. O dia do casamento. Ruprest olhou para o feixe de luz, e podia apenas imaginar o que acontecia lá fora. Perguntar-se se a interferência de um metamorfo ferido havia provocado alguma mudança na festa que se desenrolava.

A resposta era não. Tudo transcorria conforme o planejado pelo rei. Os convidados bebiam muito, comiam pouco, dormiam estirados pelos divãs ou até mesmo no chão, fazendo de lençóis peças de roupas que não eram suas. Acordavam nus e, ainda sonolentos, voltaram a se unir às festividades e a aproveitar os deleites da carne. Sequer sabiam da existência de um metamorfo confinado na masmorra do castelo. E, se soubessem, não se importariam.

Na manhã do dia do casamento, criados passaram pelo terraço removendo as pessoas inconscientes, limparam com esfregões os restos de comida e fluidos, espalharam arranjos de flores pelas balaustradas e um longo tapete vermelho que ia das portas envidraçadas até um altar e, dali, seguia pela ponte de pedra até a torre do ritual.

Os homens vestiram suas calças. As mulheres taparam os seios. Desceram todos para o jardim, de onde assistiriam ao que seria uma breve interrupção na festa que ainda duraria mais uma noite inteira. No terraço, permaneceram apenas os conselheiros mais próximos ao rei e os musicistas mais talentosos do reino. O sol se punha ao longe, estendendo longas sombras, quando um harpista deu início a uma melodia cerimonial.

Primeiro vieram as Oráculos. Primeva, Percepta e Porvina chegaram uma por vez. Cada qual desceu dos céus planando com suas asas de coruja, tocou o piso com os pés cheios de garras, caminhou pelo tapete vermelho girando a cabeça para todos os lados e tomou posição junto ao altar. Primeva à esquerda, Porvina à direita e Percepta, que via o presente, no centro. As três ergueram as asas em direção aos convidados que assistiam do jardim abaixo, e se dirigiram a eles:

— Súditos de Utteria, testemunhem! — disse Porvina. — Hoje ocorre o casamento real.

Primera seguiu:

— Desde tempos imemoriais, a magia primitiva corre nas veias da Família Osbourne.

Porvina completou:

— E, depois de hoje, tal herança ganhará novo fôlego com a união que resultará em seu futuro herdeiro.

O harpista entoou uma longa nota aguda que preencheu a atmosfera do jardim e se estendeu até o espaço vazio que havia adiante, sobre o abismo que cercava a torre do ritual, criando uma atmosfera de alerta e importância.

Breve silêncio.

Então, dedilhou uma sequência de notas rápidas que terminou com batidas de tambores posicionados no jardim. Depois, mais uma sequência e mais outra, formando uma marcha de cadência firme, que subia em progressão para criar um efeito de expectativa e magnificência. Ao som dos instrumentos, o Rei Ulriss Osbourne surgiu de uma das portas envidraçadas e caminhou em direção ao altar, trazendo pela mão sua noiva, Lady Faustine.

Quando se aproximaram da balaustrada, os súditos mais abaixo puderam vê-los, e uma efervescência se espalhou pelo jardim. Os noivos não trajavam mais as fantasias de dias antes, tampouco exibiam trajes bordados, rendados ou cheios de camadas. Suas vestimentas eram de uma simplicidade incomum. Ulriss Osbourne vestia calça preta e uma camisa branca larga nos braços e tronco, mas ajustada nos punhos. Lady Faustine usava uma única peça sobre os ombros, que lhe descia ao redor do corpo e tinha uma abertura frontal. Uma faixa na cintura o mantinha fechado. Como era comprido, as duas laterais se separavam na altura das pernas e formavam uma cauda que ia sendo arrastada pelo chão às suas costas à medida que caminhava. O tecido era fino e branco, quase transparente. Delineava o corpo da princesa em demasia, deixando-se notar que não usava roupas íntimas por baixo. Apesar da exposição, Lady Faustine não se permitiu constranger. Caminhou lado a lado com o rei com postura altiva e olhar sereno. Descalça, mas repleta de joias.

Uma vez que ambos pararam diante de Percepta, o harpista entoou uma série de notas ascendentes e concluiu com uma entonação aguda e prolongada que reforçou o clima de grandeza.

Novo silêncio.

O rei esperou que a quietude se assentasse e o som dos tambores fosse apenas um eco na mente, e então se dirigiu a seus súditos:

— Povo de Utteria, a noite que ora se inicia há de transformar para sempre os destinos deste reino.

Um clamor se espalhou pela multidão com os convidados, intoxicados pela bebida e outras substâncias, gritando e erguendo os punhos em celebração. Quando foi possível ser ouvido, Ulriss prosseguiu:

— Perante vocês, a virtuosa Lady Faustine, princesa de Utteria e incontestável descendente direta da linhagem Osbourne, apresenta-se como postulante ao título de consorte real e legítima monarca do reino. — Ele estendeu o braço na direção da noiva de forma digna e teatral, como se a revelasse aos súditos pela primeira vez. Então, dirigiu-se a ela: — Lady Faustine, estamos prontos para ouvi-la proferir os votos que selarão, de maneira perpétua, o seu régio destino.

Lady Faustine deu um passo à frente, olhou nos olhos de Ulriss Osbourne e falou para ele, mas projetando a voz, de modo que todos escutassem:

— Apresento-me perante todos, para que testemunhem meu eterno e inquebrantável juramento a meu noivo e à coroa. Eu, Lady Faustine Nixdan, nascida Faustine Osbourne e legítima descendente da casa real de Utteria, entrego-me de corpo e alma a Vossa Majestade, Ulriss Osbourne, como esposa e rainha. Prometo amá-lo, respeitá-lo, obedecê-lo e multiplicá-lo, seja na paz ou na guerra, de hoje até o fim de meus dias.

Ao que Ulriss respondeu:

— Eu, Ulriss Osbourne, Rei de Utteria, a excelsa Coruja-Tempestade, descendente direto do poder ancestral que distingue nossa casa real e legítimo soberano de Utteria, recebo-a, Lady Faustine Nixdan, como minha esposa e rainha. Prometo apreciá-la, guiá-la, discipliná-la e frutificá-la, seja na paz ou na guerra, de hoje até o fim de seus dias.

O rei então se aproximou de Lady Faustine, tomou-lhe o queixo entre os dedos e se aproximou como se fosse beijá-la. Porém, antes que seus lábios a tocassem, pousou o dedo indicador sobre os lábios dela. Então fitou-a nos olhos e sussurrou:

— Tão longa foi a espera por este momento, que sinto que irei explodir. Contudo, esperarei um pouco mais, para beijá-la em nosso leito conjugal. A torre do ritual nos aguarda para que consumemos esta união com o mais intenso fervor.

Ele voltou a se afastar como se a tivesse beijado, e os súditos abaixo vibraram em celebração.

— Apreciem, meus súditos! — disse o rei. — É chegado o ponto culminante das festividades!

Ao seu sinal, imensas piras ao longo do jardim irromperam em chamas, ao mesmo tempo que incontáveis bardos iniciaram suas canções. Mesmo ao ar livre, a atmosfera se tornou abafada. Os alquimistas de Helestra então derramaram no fogo substâncias que, uma vez vaporizadas e inaladas, tinham efeito estimulante, renovando a energia dos convidados e induzindo-os ao ápice da extroversão, ao mesmo tempo que o os melhores vinhos voltavam a fluir. A parte cerimonial do casamento teve fim, tornando-se não mais do que um intervalo entre os primeiros dias de diversão sexual e a última noite de completa derrocada de qualquer pudor que ainda pudesse ter resistido. Homens e mulheres abusaram-se mutuamente, tocando, lambendo e estocando de forma irrefletida, sem sequer identificar uns aos outros, buscando apenas pele, qualquer que fosse, e a relação carnal desenfreada.

Gargalhadas histéricas cortavam a noite que caía, quando Primeva, Percepta e Porvina atravessaram a torre de pedra sobre a orgia, rumo à torre do ritual. Pronto para segui-las, Ulriss Osbourne estendeu a mão a Lady Faustine:

— É chegada a sua vez, minha rainha.

Faustine olhou para a mão do rei e, em um raro momento de demonstração de fraqueza, hesitou.

Ao mesmo tempo, Ulriss desviou o olhar dela, pois alguém próximo às portas de vitrais buscava chamar sua atenção. Eram Sir Corovan Doyle e Helestra de Theeras. Vestidos, olhavam para o rei com seriedade e se aproximaram dele com discrição.

— Majestade, precisamos tratar de um assunto com máxima urgência — disse Sir Corovan.

O rei estreitou os olhos e respondeu com um esgar de nojo:

— Não me digam que tem algo a ver com o maldito metamorfo.

Sir Corovan olhou para Helestra, e ela aconselhou o rei:

— Melhor conversarmos em reservado.

Ulriss Osbourne afastou-se de Faustine e instruiu Vorghan Brax:

— Leve-a na frente.

Com isso, o rei retornou através dos vitrais, sendo seguido por Sir Corovan e Helestra para o salão principal e dali para corredores internos do castelo. Sem o rei e as Oráculos, Lady Faustine ficou sozinha no altar, cercada apenas por menestréis e conselheiros de menor importância. E pelo Campeão do Rei, que se aproximou e disse:

— Você ouviu. Hora de ir para o matadouro.

Ele estendeu a mão para Lady Faustine a exemplo do que o rei fizera antes, mas ela fingiu não ver. Continuou observando enquanto Ulriss saía de seu campo de visão.

— Esperança... ou apenas curiosidade? — perguntou Vorghan. — Não importa, nenhum dos dois é adequado a uma rainha. Logo o rei voltará para consumar o casamento e colocá-la em seu devido lugar. Vamos. Não me faça arrastá-la pelos cabelos.

Lady Faustine olhou para a mão dele estendida como se fosse um insulto.

— Que audácia um homem sem títulos estender a mão para a noiva do rei. Vou na frente. Siga alguns passos atrás.

Ignorando a mão estendida, pôs-se a cruzar a ponte sobre os libertinos, percorrendo o mesmo trajeto das Oráculos rumo à torre do ritual, com a cauda do robe branco arrastando atrás de seus passos. Curiosidade ou esperança? Talvez os dois. No entanto, não se permitiria intimidar. E, acima de tudo, não se permitiria iludir.

CAPÍTULO 23

# O COROAR DO RITUAL

LADY FAUSTINE PERCORREU o longo trajeto rumo à torre do ritual e Vorghan Brax a seguiu. O início da travessia foi sobre o jardim, onde havia largos pilares que garantiam a estabilidade da ponte. A partir da metade, no entanto, a ponte cruzava por sobre o abismo. Muito abaixo, as águas do rio estouravam nas rochas pontiagudas, em uma ameaça a qualquer mortal que caísse dali. No entanto, a cabeça da futura rainha estava erguida, seu olhar buscando o horizonte. Jamais cairia na indignidade de curvar a postura e demonstrar o medo e a fúria que sentia.

Outrora esplêndida, um século antes a torre do ritual fora acometida por um terremoto que afetara o mundo inteiro. Tido como castigo divino, o evento quebrou a torre em duas. Grandes fragmentos caíram no rio mais abaixo, e sobre o promontório restou apenas uma pilha de escombros. Ainda se distinguia parte do arco de pedra da grandiosa entrada principal, mas não era possível passar por ela. Ao chegar à torre, a ponte desviava para os dois lados, dando acesso a uma passarela que costumava dar a volta completa na construção. Lady Faustine seguiu por um dos lados e, antes de chegar ao ponto onde a passarela jazia inutilizada, encontrou uma rachadura em uma parte da parede que ainda estava de pé. Abaixou a cabeça e passou pelo vão.

A rachadura era utilizada como entrada alternativa para a torre em ruínas. Sob os destroços, o piso que separava o primeiro pavimento do segundo ainda estava inteiro, embora caído em posição diagonal. Até certo ponto, ainda cumpria seu papel, permitindo que parte do térreo continuasse sendo utilizado.

No passado, ali era um mero salão de entrada, utilizado para recepcionar os convidados antes que fossem conduzidos aos pisos superiores, onde aconteciam as festas carnais. Agora, no entanto, o meio salão onde Lady Faustine entrava era o único cômodo de pé, protegido dos pedregulhos acima pelo resto do piso superior desmoronado. Como os antigos aposentos reais ficavam no topo da torre e haviam sido completamente esfacelados, o térreo fora modificado para acomodar o casal real em seu coito ritualístico.

Tapeçarias forravam o chão, seu luxo contrastando com os destroços ao redor. Velas estavam por toda parte, criando uma atmosfera onírica e cálida. Símbolos arcanos cobriam todas as superfícies, imbuindo o aposento de poder. Ao centro, uma cama de pedra forrada de peles estava preparada para rei e a rainha e, a um canto, estava a ponta de uma corda que passava por uma fresta na parede e se ligava a um grande sino no lado de fora da torre. Serviria para anunciar aos súditos o momento em que o casamento real fosse consumado: o coroar do ritual.

Quando Lady Faustine adentrou a câmara, as Oráculos já estavam lá. Cada qual estava em um lado do salão, posicionadas de maneira equidistante, e saudaram a princesa quando entrou:

— Fez-se presente, Lady Faustine — disse Primeva. — Herdeira da imemorial linhagem de Utteria.

— Seja bem-vinda, Lady Faustine — disse Percepta. — A câmara ritualística está pronta para recebê-la.

— Jubile-se, Lady Faustine — disse Porvina. — Pois em breve será, logo após o rei, a segunda criatura mais poderosa de Utteria.

A princesa respirou fundo, e o ar da câmara tinha cheiro de fogo e incenso.

— Se é para ser, que assim seja.

Ela caminhou até a cama de pedra e tocou as peles de animais que o cobriam, macias e ostensivas. O local onde se entregaria a Ulriss Osbourne. Ao lado, sobre um aparador, havia duas taças e diversas garrafas, cujos conteúdos iam desde o mais suave licor até preparados alquímicos tão extremas que muitos reinos as proibiam. Algumas opções de bebida serviam para inflamar o prazer de uma noiva bem-disposta. Outras, poderiam entorpecer seus sentidos, fazendo com que lembranças da noite de núpcias desvanecessem rapidamente. Contudo, Lady Faustine se afastou de todas elas. Cansada de contemplar seu destino iminente, foi até o canto do aposento, onde uma das muitas frestas em meio às ruínas dava vista para a escuridão no horizonte. Lá permaneceu por um longo tempo, olhando para o infinito, nada tendo a dizer.

Vorghan Brax adentrou a câmara em seguida.

— De origem selvagem e criação nobre, perseguiu a princesa até nós, o homem que aprendeu a reunir a grosseria dos dois mundos — disse Primeva.

— Eis o campeão do rei — disse Percepta.

— Aquele que será leal até o fim — disse Porvina.

Vorghan Brax desprezou os presságios e pôs-se a andar pela câmara.

Passeou despreocupado, observando os símbolos mágicos, as pedras quebradas, as velas acesas e as Oráculos inertes. Postou-se ao lado da corda do sino. Observou mais. Então, cansado do silêncio, resolveu implicar com Lady Faustine:

— Vai ficar aí no canto? Seu lugar é ali no meio.

Ele falou alto e claro, mas ela fingiu não ouvir. Como uma estátua, continuou observando a escuridão que se adensava lá fora.

Ele sorriu com escárnio e prosseguiu, falando mais devagar:

— Vai ficar vestida com esse robe? É esperado que a rainha espere pelo rei completamente... nua.

Ela estremeceu, mas buscou disfarçar. Ele sorriu ainda mais, divertindo-se com a situação. Passou a língua nos cantos da boca, preparando a próxima ofensa. Deu de ombros e falou ainda mais devagar:

— Agarre-se a esse pedaço de pano enquanto pode. Quando o rei chegar, a primeira coisa que ele vai fazer é deitar você naquele altar e expor sua pele. E eu sou o responsável por soar o sino no coroar do ritual, para que todos saibam. O que significa que sou obrigado a assistir tudo...

Lady Faustine enfim se virou para o campeão:

— Como ousa falar essas coisas à sua rainha?

Ele deu uma única gargalhada.

— Futura rainha — corrigiu ele, segurando a corda do sino. — Só depois do badalar.

Vorghan Brax teve a palavra final, pois a chegada de Ulriss Osbourne colocou fim à conversa. O rei surgiu emoldurado pela rachadura de entrada, trazendo a vivacidade de quem chega por último a um evento muito esperado.

— É chegado o par de Lady Faustine — disse Percepta.

— Muitas ele testou antes de escolher a futura rainha — disse Primeva.

— Dela, nascerá o rebento que herdará sua extraordinária essência — disse Porvina.

Parado na entrada, o rei perscrutou o salão com seus olhos vermelhos e meticulosos. Apenas quando concluiu que tudo estava em seu devido lugar foi que deu o primeiro passo para dentro. Caminhou até próximo ao leito e, não estando Lady Faustine deitada, inquiriu:

— Onde está minha doce rainha?

A pergunta era retórica, posto que ele a via no canto do salão. Contudo, Ulriss tinha um elevado nível de exigência em seus protocolos e tudo o que dizia respeito a indulgenciá-lo. Resignada, Lady Faustine foi até o centro do salão, posicionou-se no pequeno espaço que havia entre o rei e extremidade da cama e apresentou-se:

— Aqui estou. Vamos terminar logo com isso.

Ele olhou-a de cima a baixo. O tecido fino que descia a partir dos ombros e delineava os seios. A abertura frontal que expunha os joelhos e início das coxas. Os pés delicados, descalços sobre o tapete. A cauda que se varria o trajeto percorrido como se ninguém fosse digno de pisar o mesmo chão. Voltou a olhar a princesa nos olhos. Vermelhos. Resolutos. Desafiantes.

— Percebo que, ao contrário dos demais, minha rainha se recusa a desfrutar plenamente da hospitalidade oferecida pelo Castelo do Crisol — disse o rei, com um rápido olhar para as taças intocadas no aparador cheio de opções de bebida.

— Não há lei que demande que a rainha se intoxique em sua noite de núpcias — respondeu Faustine.

Os dois se encararam. Dois pares de olhos vermelhos sustentando o olhar como que em uma disputa de tenacidade. Até que o rei fechou os olhos e inspirou profundamente, como quem busca manter a paciência. Quando voltou a abri-los, parecia satisfeito:

— Certamente, é preferível que se encontre na plenitude de suas faculdades.

O rei então levou as mãos até a rainha. Com a direita, enlaçou-a pela cintura e a trouxe mais para perto, de forma que ela sentiu o volume que se enrijecia sob as roupas dele. Com a esquerda, enfiou-lhe os dedos por entre o cabelo, agarrou-lhe pelo couro cabeludo e puxou-lhe a cabeça lentamente para trás. Lady Faustine ficou entregue a seus desígnios, com pescoço, colo e seios à disposição. No pescoço exposto, o rei depositou um beijo demorado.

— Posso começar? — perguntou em um sussurro.

O rosto da princesa se contorceu de ódio e repulsa.

— Você irá honrar sua palavra? Depois que tudo terminar, libertará Ruprest?

O rei deu risada.

— Não se preocupe com o metamorfo. Cumprirei minha palavra.

Lady Faustine tentou respirar fundo, mas a respiração veio entrecortada. Ela então pousou as mãos no peito do rei e o empurrou para trás com leveza. Ele a soltou e observou a rainha se sentar na cama de peles, recuar até que suas pernas e pés estivessem sobre a cama e, por fim, deitar-se para trás. Então, abriu os braços e recitou conforme o protocolo:

— Eu o recebo, esposo-tio, assim como receberei seu herdeiro em meu útero.

Uma canção ritualística preencheu o santuário subitamente, entoada pelas três Oráculos. No canto da sala, Vorghan Brax deslizou a mão para a calça em antecipação pela cena que estava prestes a assistir. Lady Faustine fingiu não ver. Manteve-se em posição enquanto o rei subiu na cama pela extremidade onde estavam seus pés e engatinhou sobre ela, terminando cara a cara, com o corpo suspenso acima do da rainha, prestes a depositar seu peso sobre ela.

Lady Faustine esperou que Ulriss lhe arrancasse o robe. Que expusesse para Vorghan Brax o pouco que restava de sua intimidade. Que lhe agarrasse os seios, esfregasse nela sua ereção, que a possuísse e a obrigasse a ser sua. Entretanto, não fez nada disso. Em vez de aumentar ainda mais a humilhação pela qual a futura rainha já se sujeitava, ele manteve distância. Tocou-a nos ombros, com estranho respeito. Levou os dedos à camisa branca que ele mesmo trajava e pôs-se a desabotoá-la. E, ao abri-la, surgiu de dentro dela um cordão de onde pendia um pequeno adorno banal e de pouco valor, mas que Faustine conhecia muito bem. O pingente que Ruprest sempre trazia consigo para ser reconhecido por seus aliados.

Lady Faustine arregalou os olhos, incapaz de conter o estarrecimento, mas manteve-se calada. Olhou do pingente para as pálpebras do homem que a cobria, e nelas não havia qualquer sinal do monograma do Duque Minimus III. Cogitou que o rei tivesse se apoderado do acessório, mas não conseguiu conceber a imagem do verdadeiro Ulriss Osbourne usando um pingente tão rústico apenas para ultrajá-la. Só havia uma hipótese que justificasse o que se apresentava diante de seus olhos: aquele homem que a desejava ardentemente, mas que se continha para não a degradar ainda mais com as exigências do ritual, era Ruprest.

Mas como?

Antes.

O soldado empurrou uma vasilha carcomida para dentro da cela de Ruprest, derrubando um pouco da sopa rala que lembrava água suja, e foi embora. Sentindo ainda latejar o ferimento que Lady Lucylia lhe causara, o metamorfo rastejou até o alimento e arriscou cheirá-lo. Parecia comestível. Sentou encostado na parede fria e, desprovido de talheres, levou o vasilhame até os lábios e entornou-o como se fosse um copo.

A sopa era uma mistura de restos e tinha sabor indecifrável. Em seu líquido escuro, boiavam pedaços de consistência pastosa ou gelatinosa. Sabendo que precisavam dele vivo, Ruprest não teve medo de ser envenenado. Tinha fome, então sorveu a substância desagradável sem rodeios. Contudo, quando estava quase terminando, sentiu a pontada de uma coisa dura machucar o céu da boca. Cuspiu a última bocada no chão sujo e viu que era um osso de galinha quebrado.

— Calado aí! — ralhou o soldado no fundo do corredor, tendo escutado de Ruprest sons semelhantes a um engasgo.

Ruprest não respondeu, apenas recolheu o fragmento de osso.

As paredes da masmorra eram cobertas por várias camadas de fuligem compactadas pela umidade e pelo tempo e, por sua vez, recobertas de musgo. Ruprest pressionou a ponta afiada do osso contra a sujeira e, ao deslizá-la, traçou um risco bem visível. Seus ombros relaxaram ao perceber que funcionava. Poderia fazer com a unha, mas o osso tornava a tarefa muito mais fácil. Assim, pôs-se a riscar a parede. Soldados pensaram que o prisioneiro apenas anotava a passagem dos dias, mas Ruprest trabalhava em um verdadeiro plano de fuga. Trabalhou devagar, para não chamar atenção. E, quando terminou, na parede da masmorra lia-se com clareza: “Lashienne”. O nome da diabrete que há tanto tempo tentava se apoderar de sua alma.

Como toque final do pequeno ritual demoníaco que estava prestes a realizar, Ruprest fincou a ponta do osso na própria mão e voltou a arrancá-la com força, respingando gotas de seu próprio sangue sobre o nome maldito.

— Apareça, Lashienne. Rasteje para fora do abismo imundo que você chama de lar e venha ouvir minhas exigências.

As gotas de sangue escorreram lentamente, tingindo com listras vermelhas o nome da diabrete que tantas vezes tentara se apropriar da alma do metamorfo. Até que o sangue parou de escorrer. Ficou congelado no tempo, assim como interrompeu-se o caminhar do guarda que fazia ronda no corredor e emudeceu-se o soar das músicas bárdicas que embalavam os festejos lá fora. Tudo ficou estático e silencioso, e uma aura arroxeada tomou a prisão.

— Veja só quem parece ter mudado de ideia... — debochou uma vozinha ofídica. — Rupressst.

De repente, o metamorfo não estava mais sozinho. Em sua cela, flutuava uma criatura pequena e feia. Seus olhos eram completamente negros. Sua boca, arreganhada em um sorriso de dentes pontiagudos. O corpo feminino era coberto por trapos, exceto as asas raquíticas e, por cima da feiura e deformidade, ostentava joias de ouro e prata.

— Quão profundo é seu desalento para que recorra a mim? — Lashienne deu uma risada fina e repetitiva, sem qualquer receio de exteriorizar seu sadismo.

— Moderado — respondeu Ruprest, sem dar o braço a torcer. — Preciso apenas de uma mãozinha na reta final de um trabalho que está quase concluído.

Lashienne riu abertamente.

— Uma mãozinha? Não me venha com essa, metamorfo. Você está desesperado! Finalmente conheceu alguém que dá sentido a sua existência miserável, e está apavorado com a ideia de perdê-la para sempre! Mais do que zelo, mais do que paixão, você sente uma verdadeira obsessão por essa mulher, além de puro ódio do homem que está prestes a feri-la! — Lashienne estreitou os olhos como se enxergasse além do corpo físico de Ruprest, para dentro de sua alma. E apreciou o que viu: — Mais do que isso, sente ódio de si mesmo. Remorso. Tormento. Se ela está se sacrificando, é por culpa sua. E sabe disso.

Ruprest manteve-se calado diante das acusações. Apenas esperou enquanto a criatura tripudiava até cansar. Por fim, sugeriu:

— Vamos apenas mudar um pequeno termo no contrato...

— Não! — respondeu Lashienne. — Já disse minhas condições e repito: traga-me uma lágrima de amor do Rei de Utteria antes que se conclua o Festival da Primavera, ou levarei sua alma.

— Minha alma. Um custo pequeno — disse Ruprest.

— Você nem sentirá falta...

— Em troca de restaurar minhas plenas habilidades de metamorfose.

— Especificamente, a sua pálpebra.

— Só isso? — espantou-se Ruprest. — De nada a pálpebra me adianta, se eu estiver com o tronco trespassado. Será que seu poder não é suficiente para curar um ferimento mágico? Será que você é... incapaz?

Lashienne estreitou os olhos e analisou a situação:

— Está insinuando que sou fraca. Isso deveria ser um insulto? Talvez funcione entre os mortais, com seus melindres e fragilidades. De onde eu venho, insulto é a forma básica de comunicação. Se quiser me atingir, vai precisar fazer melhor do que isso.

Ruprest ponderou, e então falou de forma mais direta:

— Se eu firmar o pacto, além de restaurar minha pálpebra, pode curar meu ferimento?

Lashienne desfigurou a boca em um sorriso demoníaco:

— Sim. Farei isso em sinal de boa vontade. E porque você pediu com jeitinho.

Lashienne estendeu a mão de dedos compridos e descarnados.

— Quando termina o Festival da Primavera? — perguntou Ruprest.

— Nos primeiros raios de sol após o coroar do ritual. É melhor se apressar.

Ruprest apertou a mão do ser das profundezas. E, tão subitamente quanto havia aparecido, Lashienne se foi. Com isso, a atmosfera arroxeada se dissipou, o guarda voltou a marchar e o sangue, a escorrer pala parede. Lá fora, cantigas de vários bardos se erguiam umas sobre as outras, entremeados de gemidos e gargalhadas.

Ruprest não sentia mais dor. E, de alguma forma, sabia que a marca havia desaparecido.

No dia do casamento do Rei Ulriss Osbourne com Lady Faustine, os guardas da masmorra foram surpreendidos pela descoberta de que o metamorfo havia fugido, deixando Sir Corovan Doyle preso em seu lugar.

— Óbvio que sou o general! Veja minhas pálpebras! E me liberte de uma vez por todas, ou vou me lembrar de vocês quando for escolher os próximos soldados a irem para o front!

Enganar soldados incautos há muito não era mais um desafio para Ruprest.

No entanto, Ruprest não havia passado apenas pelos soldados da masmorra. Ao surgir no terraço, enganara os conselheiros que ali estavam. Ao atravessar a ponte, enganara as centenas de libertinos que o aclamavam em meio ao desfrute da festa. E, uma vez na torre do ritual, enganava o campeão do rei, que o assistia sem se distrair, ansiando pelo momento em que o rei dominaria por completo sua rainha.

Ele estava ali. Era um milagre, apenas tornado possível pelo auxílio demoníaco.

Ruprest olhou para Faustine e soube que ela agora o reconhecia. Viu dissipar nela o ódio e o medo, e a princesa quedou desarmada, sua mente e seu corpo buscando reinterpretar os acontecimentos. Casara-se com o rei, sabia disso. Porém, na torre, Ruprest assumira seu lugar. A partir dali, o que Faustine interpretara como injúria era, na verdade, alegria. E o que interpretara como reprovação era apenas o metamorfo conjecturando se teriam capacidade de abrir caminho até a saída.

Em seguida, tudo o que emanava dela mudou. O que antes era desafio, virou espanto e então cumplicidade. O que antes era repulsa, virou alívio. E, então, virou ardor. Ruprest soltou mais um botão da camisa, revelando que trazia sua cinta de adagas escondida sob a roupa, mas Lady Faustine segurou a mão dele, impedindo-o de sacar uma arma. E ela moveu os lábios sem emitir som, como um segredo entre os dois:

— Ruprest.

E ele respondeu:

— Faustine.

Por um momento, olharam-se em perfeita sintonia. Desejaram estar em outro lugar, onde não fossem prisioneiros do castelo mantidos sob constante ameaça. Desejaram viver outras circunstâncias, sendo livres para falar e sentir o que bem quisessem, sem precisar se esconder para isso, sem precisar de segredos. Desejaram que Ruprest estivesse com outra aparência, qualquer outra serviria. Mas, acima de tudo, desejaram um ao outro. E, por um instante, todos os problemas sumiram, e apenas isso já foi suficiente.

Faustine então soltou a mão de Ruprest e deslizou-a pelo braço dele, pelo cotovelo, pelo ombro, pelo pescoço. Foi até a nuca. Segurou-o com a mão inteira e puxou-o para perto, até que seus lábios se tocaram. Ela exalava o aroma de rosas negras e cravo, ao mesmo tempo delicado e provocante. Seus lábios eram de uma maciez molhada que fez Ruprest estremecer. O calafrio percorreu o seu corpo mutável, acumulando-se na pelve, e ele sentiu que o coração batia forte a ponto de balançá-lo, que poderia explodir para fora a qualquer momento. A sensação era incômoda, abalava-o, tornava-o vulnerável, era quase uma dor. Porém, Ruprest não queria findá-la. Precisava dela. Queria mais.

No canto da sala, Vorghan Brax riu, mas Faustine já não se importava mais. Beijando Ruprest como uma rainha beijaria seu rei, ela desamarrou a faixa que trazia na cintura. Então, olhou nos olhos do metamorfo e abriu o robe, lentamente revelando todo o seu corpo. Assim permaneceu por um momento, deitada sobre o robe aberto, observando o metamorfo enquanto ele contemplava cada detalhe de seus seios, barriga, coxas e virilha.

Quando ele voltou a beijá-la, Lady Faustine colou o corpo no dele como a fêmea que faria perdurar uma dinastia. Abraçou-o com volúpia e com ternura, e encontrou nele o mesmo apetite. Ambos se tocaram e se envolveram com furor, agarrando-se ao momento de conexão que era surpreendente, valioso e único. E que, apesar de todos os obstáculos, lhes havia sido permitido pelo destino.

Assim, Ruprest e Faustine se entregaram um ao outro. Juntos, completaram a conjunção carnal exigida pelo ritual místico, permitindo-se expressar com o corpo tudo aquilo que palavras não seriam capazes de dizer. Com ânsia e frenesi, foram até o fim. Amaram-se até que o prazer de ambos fosse tão irrefreável que não fosse possível prosseguir, restando apenas a opção de aproveitar o êxtase.

Ante à última contração involuntária desencadeada pela plenitude do ato, Vorghan Brax puxou a corda do sino. O som de badalar dominou a noite, espalhando-se pelo abismo das águas turbulentas até o céu excepcionalmente estrelado. Desdobrou-se para que todos ouvissem. Estava coroado o ritual e, assim, coroada a rainha.

Ruprest não olhou para o inimigo. O sino não importava, nem o castelo, nem a farsa do ritual e nem nada no mundo. Tinha olhos apenas para ela, que olhava de volta com brandura.

Ruprest já havia perdido as contas de quantas pessoas havia seduzido ao longo de sua vida. Era fácil. Bastava usar um rosto querido ou idealizado. Mostrar a elas o que queriam ver. Realizar sonhos. Porém, com Faustine era diferente. Ela o enxergava através do rosto do rei, a quem abominava. Enxergava sua alma.

Incontáveis o haviam desejado por causa de sua aparência.

Ela o desejava apesar de sua aparência.

CAPÍTULO 24

# FUMEGÃO

O SINO BADALAVA na torre em ruínas. Lá fora, ergueu-se o clamor dos foliões. Utteria tinha uma nova rainha, e o ritual traria fartura a todo o reino. Ao menos, era isso que pensavam. Ruprest, porém, sabia que a farsa duraria pouco. Após terem seu momento de paixão, ele e Faustine se entreolharam com determinação. Ele, com a hombridade que o rei jamais teria. Ela, com a resplandescência de uma mulher valorizada. Ambos concordando entre si que, se queriam se libertar, precisariam abrir uma rota de fuga do castelo lavada em sangue.

Sem se deixarem dominar pela fadiga, os dois deram as mãos e se levantaram. Faustine puxou o robe de volta para cima do ombro e amarrou a faixa na cintura. Ruprest fechou a calça que havia aberto, mas manteve a camisa desabotoada até a metade, pois imaginou que precisaria das armas que trazia por baixo do tecido. Tinha três adagas de arremesso. Vestiram-se já andando em direção à saída, aproveitando que Vorghan Brax estava distraído com o sino, e atravessaram a rachadura de volta para o ar noturno.

Ao vê-los, os súditos brindaram em júbilo, mas Ruprest e Faustine não lhes deram atenção. Avançaram através da ponte correndo, na esperança de fugir antes de serem descobertos, mas cientes do badalar incriminador que ecoava na noite.

Estavam ainda no início da travessia quando Ulriss Osbourne surgiu no terraço adiante. Uma exclamação de espanto se espalhou entre os convidados no jardim, que se alternaram entre olhar para o rei no terraço ou para o rei na ponte, custando a entender por qual motivo havia dois.

Ulriss, por sua vez, entendeu de imediato. Ao vê-los, deu um brado de puro ódio que se elevou acima do badalar, e então jurou sua vingança:

— Como ousam profanar minha honra? Pagarão caro por tamanho insulto!

Com isso, ergueu as mãos e transformou sua cólera em energia mística, fazendo surgir acima das palmas uma enorme esfera de brilho negro. Com mais um brado enfurecido, arremessou-a na direção dos amantes com tamanha violência, que Ruprest e Faustine não conseguiram desviar. Foram pegos em cheio, e suas gargantas urraram em uníssono ante o golpe que era ao mesmo tempo um baque físico e uma descarga elétrica. Mais do que isso, a magia atingiu a ponte, fazendo o trecho desmoronar.

Ruprest corria à frente quando sentiu o vazio sob seus pés e despencou em meio aos pedregulhos. Teria mergulhado para a morte, não fosse ágil de mente e de corpo. Caiu bracejando e conseguiu se agarrar a uma estrutura fina, mas sólida: a armação de ferro que havia sob a pedra que formava a ponte. Ficou dependurado, segurando-se apenas com uma das mãos, com as pernas balançando no precipício.

Lady Faustine ia mais atrás e desabou para o abismo. Seu grito ecoou na noite, misturando-se ao rugido das águas que se chocavam contra a rocha, enquanto o longo cabelo e o fino tecido do robe foram lambidos para cima à medida que o corpo caía primeiro. Ruprest olhou para baixo, gritou o nome dela, e soube, inconscientemente, que o rei gargalhava. Ulriss Osbourne estava farto de Lady Faustine. Queria-a morta.

Contudo, uma mera queda não seria capaz de destruir uma rainha feiticeira. Antes que seu corpo se cravasse nos aguilhões das rochas que despontavam para fora das águas turbulentas, Faustine conjurou duas enormes asas de coruja, que brotaram de suas costas e se abriram para desacelerar a queda. A velocidade reduziu até parar, e ela ficou flutuando a uma curta distância das rochas mortais, contra as quais os destroços da ponte se despedaçaram.

No jardim, os libertinos emudeceram e a música parou de tocar.

Supondo que Faustine vivia, o rei preveniu:

— Este é apenas o prelúdio de minha ira. Não haverá perdão para os quc ousam me desafiar!

Usando o peso do corpo, Ruprest deu impulso para erguer a mão que estava solta e conseguiu agarrar outro pedaço da armação de ferro. Então, com esforço extremo dos braços, ergueu-se até conseguir firmar um dos pés na lateral da rocha estilhaçada. Arrastou-se para cima com o peito na pedra, buscando a segurança da parte íntegra da ponte enquanto as rebarbas do ferro esfolavam suas mãos. Com esforço, içou-se. Mal tinha chegado ao topo quando percebeu que o sino havia parado de badalar.

Não olhou para trás. Sabia o que viria. Vorghan Brax havia saído da torre do ritual e, percebendo que havia dois reis, correu para pegar impulso, saltou por sobre o abismo e, acumulando momentum, desferiu um golpe de sua espada contra a versão de Ulriss Osbourne que se arrastava na poeira para escapar da queda. No entanto, Ruprest pensou rápido e não hesitou: sem sequer olhar para o inimigo, mergulhou com o corpo para frente em cambalhota, bem a tempo de evitar a lâmina, que se chocou contra a pedra arrancando estilhaços.

Enquanto isso, no fundo do abismo, Faustine bateu as asas e alçou voo. Assim, subiu acima das rochas lambidas pelas águas e do paredão de pedra lisa, até o alto do promontório onde ficava o castelo cercado de jardim. Pairou sobre a ponte, passando por cima de Vorghan e Ruprest, e desceu entre os dois e Ulriss Osbourne, de modo a evitar que o metamorfo ficasse cercado. Ao aterrissar, recolheu as asas, mas não dissipou a magia. A pedra sob seus pés estava fria, mas seus olhos vermelhos queimavam de ferocidade.

— Basta, Ulriss — disse ela. — Seu domínio sobre mim acaba aqui.

O rei, no entanto, não se abalou. Apenas olhou-a com ar autoritário e respondeu:

— A única coisa que termina aqui é minha clemência. Tentei ser um soberano misericordioso, mas seus atos me colocaram em uma posição onde a piedade não mais me cabe. Hei de ceifar sua vida, tal como fiz com aquelas que, antes de ti, cometeram a insolência de me desapontar. — Então, olhou para o metamorfo que imitava sua aparência: — Farei isso diante dessa anomalia da natureza que ousa cobiçar minhas feições.

Faustine afastou os pés e se preparou para o duelo, sabendo que, se permitisse a passagem do rei, ele faria de Ruprest seu alvo principal. Já o metamorfo se ergueu e ficou costas a costas com a rainha, encarando Vorghan Brax.

— Acho que meti você numa encrenca — disse o metamorfo para a rainha.

— Parece que sim — respondeu ela. — Serei eternamente grata.

Dizendo isso, Lady Faustine estendeu a palma da mão para Ulriss Osbourne, disparando contra ele uma sequência de projéteis mágicos. O rei conjurou suas próprias asas e alçou voo em meio à noite estrelada. Faustine o seguiu. Em pleno ar, lançaram-se um contra o outro. Chocaram-se. Afastaram-se. Voltaram a se acometer mutuamente. Perseguiram-se no céu. Fizeram novos disparos místicos um contra o outro. Alguns acertaram, outros erraram para o céu infinito e outros acertaram o castelo, danificando-o.

Ruprest não conseguia acompanhar com detalhes o que acontecia no alto, pois tinha com o que se preocupar no chão. Vorghan Brax havia se recomposto após o golpe em falso, empunhava sua espada longa e encarava o metamorfo com desdém.

— O que eu faço com você, metamorfo? Poderia cortá-lo em dois agora mesmo. Como já disse, é incapaz de me vencer frente a frente. Mas, mesmo que tenha conseguido me irritar, continua sendo um verme que não merece minha espada.

Ruprest não respondeu. Apenas se manteve alerta, pronto para sacar a primeira das três adagas que trazia sob a camisa semiaberta, mas esperando o momento certo para revelar sua intenção.

Vorghan Brax prosseguiu sem desviar o olhar do metamorfo, mas erguendo a voz para ser ouvido por quem estivesse dentro do castelo:

— Guardas!

E aguardou, mas ninguém veio.

— *Guardas!* — insistiu.

No jardim, os convidados estavam esparramados, olhando embasbacados, incertos quanto ao que fazer ou até quanto ao que depreender dos fatos. Com efeito, estavam embriagados demais para assimilar o que viam. As fogueiras ainda ardiam, atiçadas pela alquimia, mas os cálices pairavam a meio caminho das bocas. Como nada acontecia e nenhum soldado surgiu correndo para obedecê-lo, Vorghan Brax desviou o olhar do metamorfo e arriscou observar as portas do castelo, a gigantesca parede de pedra que formava a torre principal, a convexidade da construção circular. Então, imaginar o que ocorria do outro lado da fortaleza, onde o campo de visão não alcançava, mas onde sabia-se ficar a estrada em aclive que permitia o único acesso ao Castelo do Crisol.

Ruprest poderia aproveitar a distração para atacar, mas não o fez. Preferiu esperar. Queria ouvir os gritos alarmados se erguerem na estrada distante. Ver a especulação surgir no rosto do inimigo. Vê-la crescer à medida que o clamor se aproximava acompanhado pelo estrondo da muralha sendo destruída. Por fim, quis apreciar o momento em que as dúvidas foram varridas da face de Vorghan Brax, dando lugar à mais completa perplexidade.

Então, em vez de atacá-lo, Ruprest olhou para trás, para o Castelo do Crisol, pois precisava testemunhar a magnitude do estrago causado por seu plano sendo colocado em ação.

No calçamento que ficava entre a torre principal e uma torre secundária, tão gigantesco que passava à altura do terraço e com línguas tão longas que alcançavam o jardim, estava uma criatura que Ruprest desejara nunca voltar a ver. Seu corpo anelado parecia o de uma larva colossal, que se contraía e se esticava. A bocarra ocupava toda a extremidade dianteira, com dentes compridos e horríveis. Os olhos esbranquiçados estavam para sempre cegos, mas as narinas se abriam e fechavam, detectando o cheiro de sangue.

Ali estava o Carnífice.

A horrenda criatura estendeu uma de suas longas línguas e chicoteou-a, fazendo-a se enrolar ao redor de uma das pilastras que sustentavam a ponte sobre o jardim. Chicoteou outra língua, que se agarrou à lateral do castelo. Os convidados do festival gritaram ao vê-la e correram por todos os lados, incertos de por onde fugir, quando uma terceira língua atingiu os pés de um homem nu, derrubando-o no chão, enrolou-se no tornozelo dele e o arrastou pelo gramado. A língua se retraiu, levando a vítima para dentro da bocarra, que a macerou com os muitos dentes.

O sangue do homem lambuzou de vermelho os sulcos entre os dentes e a gengiva descarnada da criatura. Perto dali, uma mulher desmaiou. O Carnífice então estendeu mais duas línguas, firmando-as em colunas e estruturas do jardim. Por fim, retraiu as quatro línguas ao mesmo tempo, de modo a mover seu avolumado corpo em um único impulso. Como estava adjacente ao castelo, o movimento imprimiu pressão extrema à parede de pedra centenária, e parte dela cedeu, causando um desmoronamento que expôs o interior do salão principal e parte das escadarias e corredores que se avizinhavam. Alheio a isso, o Carnífice seguiu adiante em busca de sangue e passou por cima da mulher desmaiada sem nem perceber que estava ali.

Gritos, correria e desespero colocaram fim ao festival. Em meio à noite iluminada por fogueiras, a única saída era pelo outro lado da torre principal, e todos tentaram fugir ao mesmo tempo pela passagem estreita. O Carnífice continuou brandindo as muitas línguas, buscando por presas que pudesse devorar, até que encontrou o bando que se aglomerava daquele lado e passou a focar os esforços ali. Suas línguas agarraram alguns, derrubaram outros, chicotearam vários. Na confusão, as pessoas também se feriram por conta própria. Algumas foram atropeladas pela multidão, outras se queimaram derrubando vinho no fogo e houve ainda as que caíram do precipício, cravando-se contra as pedras pontiagudas junto ao rio.

Então, veio o verdadeiro horror, quando as vítimas moribundas esperaram o alento da morte, mas descobriram serem incapazes de morrer.

Um homem completamente queimado via sua pele derreter e descolar da carne. Outro, que havia batido a cabeça, via o próprio cérebro escorrer para fora. A mulher compactada pelo corpo do carnífice começou a gritar, ainda presa sob o peso e a escuridão, seus ossos esfacelados e seus órgãos destruídos dentro do saco de pele. E, quanto àqueles que haviam sido devorados, também estavam vivos em algum lugar dentro da criatura abominável.

E tudo aquilo era uma criação dos deuses.

— Vejam, o Carnífice! — celebrou Percepta, ao sair da torre do ritual.

Ao mesmo tempo, Vorghan Brax entendeu por que nenhum soldado atendera ao seu chamado. Atrás do Carnífice, vieram soldados às dúzias. Chegavam a partir da muralha, do portão e das torres de guarita, empunhando lanças compridas, com as quais espetavam a criatura.

— Veio atraído por sangue fresco — revelou Primeva.

Então, Ruprest viu Beco escalando o castelo. Passou as pernas por cima da balaustrada bem a tempo de evitar uma chibatada do Carnífice e aterrissou no grande terraço onde ainda estava montado o altar do casamento. O rapaz tinha os dois braços cobertos por bandagens ensanguentadas, devido aos cortes feitos por ele mesmo a fim de atrair a criatura celestial.

— Bem na hora! — murmurou Ruprest.

Ao lado de Primeva e Percepta, Porvina surgiu no lado de fora da torre em ruínas, olhou para o Carnífice e anunciou:

— Sua presença trará ao reino um período de união.

Mal ela disse isso, Sir Corovan Doyle surgiu no jardim, avançando contra o afluxo da multidão que fugia. Estava vestido, armado e de armadura, com o olhar severo de quem analisa um campo de batalha. Trazia pela mão Helestra de Theeras, ajudando-a a atravessar o turbilhão de gente em pânico.

— A queda da muralha é uma catástrofe! Meus soldados foram treinados para lutar contra exércitos, não contra aberrações — disse ele. — Precisamos de ajuda.

Helestra de Theeras acompanhou com olhar igualmente grave. Trajava seu vestido de trabalho.

— Meus alquimistas irão ajudar.

Entreolharam-se.

— O rei e a rainha estão lutando — disse Corovan. — Talvez devêssemos tomar um lado.

— Em outras circunstâncias, talvez — disse Helestra. — Mas o reino está sob ataque. Eu sou a chanceler de Utteria. Você é o general. Podemos discordar na política, não em nosso dever com a nação.

Sir Corovan assentiu. No fundo, Helestra apenas expressou o que ele próprio já concordava. Os dois deram um beijo sôfrego de quem não sabe se voltará a se ver. Então, cada qual correu em uma direção.

— O que você fez, Ruprest? — disse Vorghan Brax. — Chega! Vou matá-lo eu mesmo!

Ruprest sacou a primeira das três adagas que estavam dentro da camisa e arremessou-a em Vorghan Brax ao mesmo tempo que o campeão acometeu em sua direção. No meio da corrida, Vorghan mudou o golpe para ter como alvo a adaga. Acertou-a, fazendo-a desviar. Ela caiu da ponte, indo se perder em algum lugar do jardim. Vorghan continuou a investida, mas Ruprest deu um salto para o lado, colocando-se em segurança.

— Errou! — zombou o metamorfo.

Mas a verdade é que os dois haviam errado.

— Você me distraiu, metamorfo — disse o campeão. — Mas quantas adagas tem aí?

Mais perto agora, Vorghan atacou Ruprest com velocidade incrível. Ruprest não conseguiu repetir o truque do arremesso, então apenas esquivou para o lado. Bateu com a barriga no parapeito da ponte e, por um instante, viu a língua do Carnífice ser brandida logo abaixo de onde estava e acertar um convidado com tamanha força que lhe decepou as duas pernas.

Ruprest saltou de volta para a postura de combate ao mesmo tempo em que ouviu um grito de Lady Faustine ao ser acertada por uma magia de Ulriss Osbourne. Ruprest sabia que Vorghan estava certo: só tinha mais duas adagas de arremesso e depois ficaria desarmado. Restava-lhe confiar que a invasão do Carnífice duraria tempo suficiente para concluir a última parte do seu plano. E que nenhum imprevisto atrapalhasse.

— Pode espernear à vontade — Ruprest continuou com o deboche vazio: — Tenho tudo sob controle!

Então, Helestra de Theeras surgiu em uma janela da torre principal. Em várias outras janelas, surgiram os alquimistas a seu serviço.

— Preparar! — gritou ela. — Agora!

Ao mesmo tempo, todos jogaram frascos cheios de elementos alquímicos. Não caíram no Carnífice, pois não era essa a intenção. Choveram sobre o jardim logo à frente do monstro. E, ao tocarem o chão, causaram pequenas explosões que espalharam seu precioso conteúdo: sangue.

— Mais uma vez! — instruiu Helestra.

Ruprest desviou por um triz de mais um golpe de Vorghan Brax, quando percebeu o plano de defesa inimigo: os soldados de Sir Corovan impeliam o Carnífice com seus golpes de lança, enquanto os alquimistas de Helestra de Theeras o atraíam com sangue. Todos trabalhavam na mesma direção. Queriam levá-lo até o topo do promontório e derrubá-lo do precipício.

Como se não bastasse, um brilho de magia azul brotou no terraço e, com ele, surgiu Roddriann. Com o Anel do Ressurgir no dedo, o menino arregalou os olhos para o pandemônio ao redor e empalideceu.

Ruprest parou de rir. Seu plano agora estava em xeque.

CAPÍTULO 25

# PARA QUEM NÃO HÁ FUTURO

BECO FOI PEGO de surpresa pelo surgimento de Roddriann e não soube como agir. Vorghan Brax, por outro lado, se recuperou rápido. Percebendo a oportunidade, correu pela ponte em direção ao terraço onde estava o menino. Ruprest correu atrás dele, dando o máximo de si para tentar alcançá-lo. Vorghan não corria para prender. Ele corria para matar.

No entanto, não foram os únicos a reparar na chegada repentina. Olhando ao redor, Roddriann viu destruição, mutilações, nudez, desmoronamentos, carbonizações, esmagamentos, artefatos alquímicos caindo do céu para espalhar sangue e magias destrutivas sendo lançadas por todos os lados. Sem contar a criatura hedionda que deixava um rastro de cadáveres vivos. Diante disso, seu instinto infantil o fez pronunciar uma única palavra:

— Mamãe.

Ao ouvir a voz do filho, Faustine imediatamente abandonou o combate contra o rei e mergulhou na direção do terraço. Quando viu a intenção de Vorghan, acelerou ainda mais, em uma manobra arriscada, que poderia resultar em uma colisão contra o solo.

— Mamãe!

Flutuando no alto, Ulriss Osbourne preparou uma esfera de energia especialmente poderosa. Calculou a distância com precisão. Ajustou a mira. Disparou. Lady Faustine se aproximava de Roddriann, suas mãos abertas prestes a alcançar as mãos abertas dele, quando a explosão a atingiu em cheio. Ela foi arremessada ao solo com ainda mais velocidade e, mesmo tentando evitar, desabou com o impacto no lado mais distante do terraço.

Ao mesmo tempo, Beco interceptou Vorghan Brax em meio à corrida, lançando-se em cima dele de corpo inteiro de forma a derrubá-lo, e os dois rolaram para o lado. Vorghan parou abaixado sobre um dos joelhos e Beco terminou estendido no chão. O campeão do rei deu um urro de ódio. O rapaz não era páreo para ele. Porém, o contratempo lhe custou a dianteira na corrida, pois Ruprest passou ao largo e correu para junto de Roddriann.

— Que raios você faz aqui? — ralhou o metamorfo.

Roddriann arregalou os olhos:

— Ma-majestade!

Então Ruprest se lembrou de que ainda usava a aparência do rei. Balançou a cabeça e, em um piscar de olhos, mudou para a aparência que se lembrava ser do agrado de Lady Faustine.

— Ruprest!

— Mandei ir embora do castelo! — insistiu.

— Eu, eu... eu fui! — Roddriann se defendeu. — Mas não consegui ir para o castelo onde cresci. Você me falou da taverna Olho de Sapo... mal frequentada e com comida estranha. Eu fiquei pensando nela e acabei indo parar lá. O dono parece que conhece minha mãe, e aí ele cuidou de mim.

Ulriss Osbourne aterrissou. Caminhou lentamente pelo terraço, parou de frente para Lady Faustine:

— Que tumulto desnecessário você instaurou por aqui, minha insolente sobrinha.

Faustine estava caída de barriga contra o piso de pedra, com os pés descalços e a cauda do robe espalhada ao redor. Tentou mexer as enormes asas de coruja, mas sentiu uma dor irradiante. Uma delas estava quebrada. Embora conjurada por magia, era como se fosse parte de seu corpo, e precisaria de cuidados prolongados. A rainha não podia mais voar. Apesar disso, ergueu-se sobre os cotovelos e olhou para cima em desafio:

— Ainda não acabou.

O rei arqueou as sobrancelhas. Então fez um movimento suave com a mão para indicar Ruprest e Roddriann.

— Ambos os cativos se encontram mais uma vez em meus domínios.

Enquanto rei e rainha proclamavam suas intenções alto e claro, articulando cada palavra como embaixadores, Ruprest e Roddriann tagarelavam rápido e baixinho, despejando suas ansiedades:

— E por que não ficou lá na Olho de Sapo? — inquiriu Ruprest. — Veio fazer o que aqui?

— Eu não sei — defendeu-se o menino. — Não foi de propósito! Um monstro atravessou a cidade e invadiu o castelo, então fiquei me perguntando se minha mãe estava bem e, de repente, apareci aqui!

— Esqueça os dois — disse Faustine a Ulriss. Ela então dissipou as asas inúteis e se levantou diante do rei. — Sua inimiga sou eu.

— Ora, ora. Quem diria que a altiva Faustine, que outrora me relegava ao desprezo, finalmente imploraria pela atenção de seu rei e marido? Seria esta uma tentativa pueril de me distrair?

— Eu não sei usar esse anel, Ruprest! — disse Roddriann, tirando o artefato do dedo. — Pegue, fique com você.

Porém, em vez de receber o anel, Ruprest empurrou Roddriann para longe. Onde o menino estivera, desceu a espada de Vorghan Brax cortando o ar. O campeão do rei havia derrotado Beco sem grande dificuldade, e agora buscava seus verdadeiros alvos. Com o empurrão inesperado, Roddriann derrubou o anel, que tilintou no chão e saiu rolando pelo terraço. Imediatamente, Vorghan Brax pisou em cima do item, prendendo-o sob a bota, mas Ruprest agiu rápido: sacou a segunda adaga que tinha sob a camisa e fez um arremesso certeiro no tornozelo do inimigo. O campeão do rei urrou e deu um passo involuntário.

Beco estava prostrado mais atrás, tentando estancar um ferimento, mas percebeu o peso do olhar de Ruprest sobre o anel e engatinhou naquela direção. Estava próximo, já abrindo os dedos para se apoderar do item, quando o Carnífice detectou o sangue fresco que lhe brotava da barriga e empapava suas mãos. Com uma chibatada, uma das línguas se enrolou em seu braço e o arrastou para longe. Beco travou o corpo na balaustrada para não cair no jardim, e ficou preso em uma disputa de força insustentável contra o gigantesco monstro.

O Rei Ulriss Osbourne observava à cena, recusando-se a acatar a provocação de Lady Faustine. Se ela queria receber toda a sua atenção, então o rei faria o exato oposto: manteria os olhos fixos no filho e no amante. E foi justamente devido à sua recusa em acatar um pedido simples, que não percebeu quando ela fez gestos arcanos e murmurou as palavras certas. E, em um passe de mágica, o Anel do Ressurgir pareceu se mover sozinho e voou em alta velocidade até se encaixar com perfeição no dedo da rainha.

No instante seguinte, ela desapareceu.

Vorghan recuperou o equilíbrio e, ainda com a adaga fincada no tornozelo, investiu contra Ruprest, em um ataque retalhador.

Porém, antes que concluísse o movimento de sua espada, Faustine surgiu atrás do metamorfo e espalmou as duas mãos, fazendo surgir um escudo mágico ao redor dele. Vorghan acertou-o, mas a magia defensiva fez a força imprimida se espalhar. Em vez de mutilá-lo, o golpe o derrubou no chão. Vendo os dois lutarem juntos contra seu campeão, Ulriss preparou-se para lançar uma magia, mas Ruprest foi mais rápido: caído ao lado dos pés de Vorghan, arrancou a adaga fincada e arremessou-a contra o rei. Ulriss viu a adaga vindo e desviou dela, mas para isso precisou interromper a conjuração.

— Pensei que você fosse mais poderosa — resmungou Ruprest, rolando para o lado.

— Pensei que você tivesse uma mira melhor — reclamou Faustine, esticando a mão para ajudá-lo a se levantar.

— Estou mirando um objetivo mais importante — rebateu Ruprest, aceitando ajuda e colocando-se de pé.

— E eu, buscando o poder a longo prazo — concluiu Faustine, cravando o olhar vermelho no rei, que alçava voo e iniciava uma conjuração mais potente. — Mas uma coisa eu garanto: domino o uso do anel como ninguém.

— Eu cuido do seu filho — disse Ruprest para confortá-la.

E Faustine desapareceu em um brilho azul, indo ressurgir às costas do rei. Ele pairava no ar com suas asas de coruja contra o vento. Ela, não. Caindo em queda livre, Faustine fez três disparos rápidos. Acertou os dois primeiros, mas o rei se virou e conseguiu se defender do último. Ela então desapareceu novamente, e mais uma vez surgiu no ponto cego do inimigo. Em queda livre, voltou a disparar. Acertou metade. Desapareceu. Fez isso várias vezes, alvejando-o de modo a impedir que se concentrasse. O rei usava a própria magia para se defender e, aos poucos, ambos foram consumindo sua energia arcana.

Enquanto isso, Vorghan investiu contra Ruprest. Se estivesse sozinho, o metamorfo poderia simplesmente fugir ou se esquivar. Porém, erguia-se como última linha de defesa do filho de Faustine. Assim, sacou a terceira e última adaga que trazia sob a camisa. Era uma arma pequena e leve, feita para pegar inimigos desprevenidos em ataques pelas costas. Mas Ruprest não iria arremessá-la. Era o único item de metal que trazia consigo. A única coisa capaz de lhe dar a mínima chance de aparar um golpe de Vorghan. E assim o fez. O campeão do rei atacou liberando todo o ímpeto há muito contido, e Ruprest aparou com a adaga. Fagulhas se espalharam por todos os lados enquanto a arma menor lutava para não ceder, e no final a poderosa lâmina do campeão foi desviada para o lado.

— Por quanto tempo consegue fazer isso? — zombou o campeão.

Ruprest não respondeu.

Na balaustrada, Beco lutava para não ser carregado pelo Carnífice. Urrava, com a barriga espremida contra o parapeito, sentindo os músculos estirarem pela força do monstro a puxá-lo pelo braço. Não havia como vencê-lo pela força. Então, empurrou a língua da criatura com a outra mão, fazendo-a deslizar pelo braço até travar no punho. Em um último esforço, quebrou o próprio pulso, e a língua da criatura escorregou para longe. Por fim, Beco deslizou para dentro do terraço e se encolheu no canto, ofegante. Com a mão boa, pressionou a ferida na barriga. Estava fora de combate, mas vivo.

— Preparar! Agora!

O Carnífice estava prestes a fustigar o terraço novamente, quando os alquimistas de Helestra arremessaram mais uma saraivada de bombas de sangue. O monstro farejou o cheiro de ferro e, com ajuda das línguas fixas em pontos adiante, moveu-se mais uma vez, até ficar bem no centro do jardim. Ao redor, a festa havia acabado. A maioria dos convidados ou havia fugido ou estava estendida no chão, esperando uma morte que nunca chegava. Alguns, porém, escondiam-se entre as colunas da ponte ou estavam encurralados contra o precipício.

Percebendo que os alquimistas não conseguiriam atirar as bombas mais longe, Helestra deu um comando:

— Vamos subir alguns andares!

E todos eles sumiram das janelas.

— Não sei como trouxe o Carnífice — disse Vorghan, ao mesmo tempo em que descrevia um golpe amplo com sua espada, que foi desviado pela adaga de Ruprest. — Mas não me importo — concluiu, fazendo um novo ataque, que também foi desviado. — Já estamos resolvendo — um golpe mais rápido, desviado. — E seus amigos vão morrer. — Por fim, deu um golpe preciso e de alto impacto, e a adaga de Ruprest foi arrancada de sua mão e voou para longe. Caiu derrapando pelo piso de pedra.

De repente, Lady Lucylia e Lorde Eighar surgiram no terraço, saídos das portas envidraçadas. Poeira cobria seus cabelos, rasgos enfeiavam seus trajes e lama emporcalhava seus sapatos. Eram sobreviventes de um desabamento na masmorra causado pela passagem do Carnífice e agora, subitamente libertos, buscavam descobrir o que estava acontecendo. Ao contemplarem o caos e a destruição que tomavam conta do castelo, no entanto, suas reações foram divergentes:

— Vamos embora, esse lugar não é mais seguro — disse Eighar.

— Dessa vez ele não me escapa — disse Lucylia.

Dizendo isso, ela irrompeu pelo terraço conjurando uma espada curta feita de magia pura. Seu avanço até Roddriann foi rápido e decidido. Ergueu a espada acima da cabeça com as duas mãos. Deu um golpe preciso. Mas, no último instante, Ruprest deu a volta no menino e agarrou os braços da princesa em pleno ataque. Empurrou-a para cima de Vorghan e ela derrubou a espada mágica aos seus pés.

Do outro lado da ponte em ruínas, Porvina anunciou:

— Não há futuro para Lucylia.

No mesmo instante, Lady Faustine surgiu ao lado da prima. Agarrou-a pelo pescoço.

— Roddriann, feche os olhos.

Antes que qualquer um pudesse reagir, a rainha deu um rugido de raiva e concentrou o poder máximo de sua magia nas mãos como garras atrozes de ave de rapina e, diante de todos, arrancou a cabeça de Lucylia, fazendo sangue esguichar.

O corpo caiu para um lado e a cabeça para outro. Mesmo decapitada, Lucylia continuou viva. O rosto se contorceu em horror enquanto via o corpo agonizar.

— Nãoooo! — gritou Eighar, em vão.

Faustine respirou fundo:

— Jamais ameace o filho diante da mãe.

Eighar ajoelhou ao lado da irmã enquanto Ruprest e Vorghan observavam espantados. Ulriss Osbourne proclamou, do alto:

— Que desperdício do seu poder. Suspeito que pouco lhe restou para prosseguir a me enfrentar.

Faustine não se deixou abalar:

— Você também está no seu limite.

Ulriss pousou novamente.

— De fato. Contudo, basta-me pouco para pôr fim a este certame.

— Majestade, posso matá-la! — disse Vorghan Brax.

— Não interfira — respondeu o rei. — É assunto de marido e mulher.

Em respeito, Vorghan Brax embainhou a espada e se afastou. Prevendo o que viria em seguida, Ruprest agarrou Roddriann e carregou-o também para longe do fogo cruzado, mas Eighar ficou para trás, abraçado à cabeça decepada da irmã.

O ar parecia vibrar de tensão quando Ulriss e Faustine se encaravam, um em cada extremidade do terraço, cercados de desolação. Apenas os gritos dos moribundos perturbavam a noite densa, iluminada por tochas e fogueiras, quando, de repente, rei e rainha ergueram as mãos ao mesmo tempo e despejaram seu imenso poder em uma torrente mágica.

Os dois raios de energia negra cortaram o ar em alta velocidade e colidiram violentamente no centro. O choque foi ensurdecedor e espalhou faíscas para todos os lados, mas não parou por aí. Os dois monarcas feiticeiros inclinaram seus corpos para frente, mantendo o fluxo de energia contínuo, em uma disputa de poder derradeira. Tremiam com o esforço, enquanto o espaço entre eles parecia se deformar, com a própria realidade sendo pressionada pelo confronto de forças. Colocaram tudo de si: seu poder arcano, sua esperança e, principalmente, seu rancor.

Com a estática, cada segundo era uma eternidade, mas Ruprest não conseguiu se mover. Apenas abraçou Roddriann e protegeu-o, enquanto o chão tremia e o ponto de colisão dos afluxos de energia oscilava para um lado ou para o outro, dependendo de quem estivesse momentaneamente mais forte. Mas o metamorfo estava confiante. Sabia como o combate chegaria ao fim. Era ele quem havia orquestrado.

Quando o duelo entre os dois feiticeiros chegou a um ponto crítico, ambos gritaram ao mesmo tempo, dando tudo que lhes restava. O choque de energias explodiu com o esforço final e o piso abaixo dele quebrou com um estrondo, abrindo uma fissura que dividia o terraço em duas metades desniveladas. Então, tão subitamente quanto os vórtices de energia haviam surgido, extinguiram-se. Como se fossem um espelho do outro, Ulriss e Faustine caíram ajoelhados no piso enegrecido por seu poder, exaustos e derrotados.

O duelo não teve vencedor.

Vorghan e Ruprest se entreolharam. O coração de Roddriann batia acelerado. Eighar Vandersnach deixou cair a cabeça da irmã e cambaleou para o lado ferido.

— É o fim, minha rainha. Nenhum de nós é capaz de prosseguir — disse Ulriss Osbourne, prostrado. — Meu campeão irá matá-la agora. Seu amante talvez ouse intervir, mas jamais superará meu campeão em um duelo.

Vorghan Brax voltou a desembainhar a espada, dessa vez com um sorriso sádico. Finalmente, recebia a tão aguardada ordem. Ao mesmo tempo, Ruprest empurrou Roddriann para longe e deu uma pirueta, avançando rapidamente pelo terraço, até a adaga com a qual havia se defendido dos golpes de Vorghan antes. Pegou-a do chão. Preparou um arremesso. Vorghan correu na direção de Lady Faustine com a espada em punho e um grito de guerra. Ruprest fez seu melhor arremesso.

Acertou. Na garganta de Ulriss Osbourne.

O rei feiticeiro arregalou os olhos diante da petulância do plebeu que o atacava em seu momento único de vulnerabilidade. Completamente exaurido, não tinha energia sequer para uma magia de proteção. A lâmina, embora curta, era suficiente para trespassar seu pescoço. Ali ficou cravada, e o rei tombou de uma vez por todas, incapaz de respirar e gorgolejando sangue. Os olhos, no entanto, mantiveram-se arregalados, vivendo graças ao Carnífice e atentos na busca de uma resposta: por que o metamorfo abandonara Faustine?

Vorghan Brax seguiu em sua investida, executou um salto ao mesmo tempo em que erguia a espada para aplicar o máximo impacto ao golpe que poria fim à vida da rainha. Porém, no último instante, quando estava em pleno ar, tentáculos de sombras surgiram do chão e agarraram seus braços e pernas. Vorghan ficou congelado em pleno salto, constrito e incapaz de prosseguir.

Lady Faustine, que estava ajoelhada, se levantou. Ela e Ruprest trocaram um olhar de volúpia e cumplicidade, e o metamorfo deu de ombros e falou para o rei:

— Quem disse que Faustine não era capaz de prosseguir? Ela ainda tinha energia, afinal, ao contrário de você... teve uma noite de núpcias revigorante. Não é esse o poder ancestral da Dinastia Osbourne? Um dia desses te ensino como funciona.

Maldito... verme... — o rei gaguejou, embora o ferimento devesse impedi-lo.

Então, Lady Faustine voltou a cair de joelhos e os tentáculos por ela conjurados se dissiparam. Vorghan desabou cambaleando, mas logo retomou o equilíbrio e a postura de combate. Olhou de Faustine para Ruprest, indeciso quanto a quem mataria primeiro.

— Vai nos atacar? — perguntou Ruprest. — Não olhe agora, mas o Carnífice está indo embora...

Liderados por Sir Corovan Doyle, os soldados do castelo já avançavam pelo jardim, empurrando o monstro e resgatando os convidados que ainda tinham chances de sobreviver. Liderados por Helestra de Theeras, os alquimistas já ocupavam as últimas janelas do castelo, de onde seus arremessos de bombas de sangue alcançavam a extremidade mais alta do promontório. E, à beira do precipício, estava o Carnífice. Seu colossal corpo de larva estava metade no jardim, metade fora de vista, aos poucos despencando para a queda que mataria qualquer ser humano.

Uma vez que a criatura se fosse, todas as vítimas dilaceradas que agonizavam no jardim encontrariam o aguardado abraço da morte. Incluindo o Rei Ulriss Osbourne.

— Se fosse você... — disse Ruprest — eu correria.

Vendo a morte iminente do rei que jurou obedecer, Vorghan Brax largou a espada e correu até o soberano. Ulriss Osbourne jazia sobre uma poça de sangue, incapaz de reagir. O campeão se abaixou ao seu lado, pegou-o com os braços poderosos e o ergueu sobre os próprios ombros. Com esforço, colocou-se de pé novamente levando o outro nas costas. Caminhou com passos pesados.

Parou diante da balaustrada, com intenção de saltar para o outro lado, cair no jardim e correr na direção da criatura que se afastava. Porém, seus planos foram interrompidos por uma dor insuportável. Olhou para baixo e viu uma lâmina despontando para fora de seu abdome. E não era uma lâmina qualquer.

— Não há futuro para Vorghan — disse Porvina.

Durante o tempo em que o campeão do rei havia se ocupado de levantar o soberano e o carregar, Ruprest havia aproveitado para se apoderar da espada curta que Lady Lucylia havia conjurado com magia pura. A essa lâmina, fabulosa e mortal, o metamorfo havia somado suas habilidades de assassino. Caminhara silenciosamente até as costas de Vorghan Brax. Escolhera com esmero e maestria qual órgão vital iria perfurar. Agora, o campeão do rei olhava para a lâmina estarrecido, enquanto ela ficava empapada. Seu sangue fluía e misturava-se ao do rei.

— Você tinha razão — disse Ruprest. — Eu jamais o derrotaria num combate frente a frente.

Vorghan Brax deu as costas novamente e saltou para o jardim mais abaixo. Caiu desequilibrado, derrubando o rei. Ergueu-se novamente. Agarrou o soberano pelas roupas. Seus últimos passos foram penosos, arrastando os pés enquanto carregava o próprio peso e o do rei à medida em que as forças o abandonavam.

Morreu rastejando na lama, falhando em manter vivo aquele a quem era irremediavelmente leal. A última coisa que viu foi a cauda verminosa do Carnífice desaparecer para o precipício, deixando um rastro de sangue no jardim arruinado.

CAPÍTULO 26

# ACERTO DE CONTAS

MAIS TARDE, SIR Corovan e os soldados relatariam a queda do Carnífice, e como o monstro, com seu corpo colossal, havia sobrevivido às rochas pontiagudas e nadado pelo rio, em direção à distante desembocadura para o mar. Agora, no entanto, a prioridade era socorrer os vivos e separá-los dos mortos.

Com a calmaria que se instaurou no local, alguns convidados começaram a retornar. Alguns procuravam por conhecidos entre as vítimas, enquanto outros apenas queriam descobrir o que havia acontecido. Com a muralha comprometida, até mesmo súditos que não haviam sido convidados começaram a invadir o espaço do jardim.

A densa noite começou a dissipar, e o céu negro deu lugar ao azul cinzento que precede os primeiros raios de sol. Com o princípio de claridade, ficaram evidentes a destruição e a carnificina. Ulriss Osbourne e Vorghan Brax estavam mortos à vista de todos. Lady Lucylia estava morta no terraço, onde não se podiam ver. O castelo estava muito avariado, com uma parede da torre principal tendo vindo abaixo e outras torres menores jazendo em ruínas.

Roddriann correu até a mãe. Abraçou-a. Chorou. Ela o aninhou em seu colo, finalmente tendo o filho nos braços. Chorou também. Mas nem todos estavam felizes. Lorde Eighar se levantou de onde estava e mancou na direção dos dois:

— Estou farto. Esse menino é o motivo de tudo. Por culpa dele, tudo isso aconteceu. Por culpa dele, Lucylia está morta!

Em seu trajeto claudicante, apoderou-se da espada que Vorghan Brax havia abandonado. Estava ferido, mas ainda lhe restava o resquício de força necessário para um golpe de vingança. Faustine, por sua vez, estava completamente esgotada. Abraçou o filho com mais força e posicionou-se na frente como escudo humano.

— Não machuque meu filho — tudo o que conseguiu fazer foi implorar.

E Ruprest estava longe demais para invertir.

— Não há futuro para Eighar — disse Porvina. — E não há futuro para Roddriann.

Tão logo disse isso, Porvina parou de se mover. Primeva e Percepta também ficaram imóveis, assim como todos os convidados e soldados e vítimas e invasores. Eighar parou de avançar, Faustine parou de suplicar e até o rio, com sua correnteza violenta, quedou em silêncio. Um brilho arroxeado se espalhou por todo o castelo e, diante dos olhos de Ruprest, surgiu Lashienne, em toda sua feiúra, magreza e odiosidade.

— Aqui estou, Rupressst... O céu está clareando e é hora do nosso acerto de contas.

— Ainda não — rebateu Ruprest. — Só quando surgir o primeiro raio de sol!

Dizendo isso, chutou Lashienne, e ela voou para longe e desapareceu. A aura arroxeada desvaneceu junto, e o mundo voltou a se mover. O céu estava claro, mas o sol não havia nascido ainda. Sem dar ouvidos à profecia de Porvina, Eighar continuou avançando contra Roddriann, espada em punho. Ergueu-a acima da cabeça...

Porém, antes que concluísse o golpe, Ruprest sacou sua quarta adaga e fez um arremesso certeiro. Lorde Eighar primeiro derrubou a espada. Em seguida, escorregou no sangue da irmã. Desmoronou ao lado dela, os olhos arregalados de desesperança.

— Nós... éramos... aliados... — gaguejou.

— Não me venha com essa — Ruprest foi até o príncipe. — Lucylia tinha os métodos dela, você tinha os seus e eu... tenho os meus.

Dizendo isso, arrancou a adaga, e Eighar começou a convulsionar. Se o objetivo do príncipe era unir seu sangue ao da irmã, conseguiu isso no final, posto que sangrou até a morte, o líquido gorgolejante indo se misturar à poça do sangue morto de Lucylia.

Lady Faustine olhou para os primos mortos com uma mistura de alívio e aflição. Ela e seu filho estavam livres, mas cercados de horror. Desorientada, não conseguiu formular pensamentos complexos. Porém, um pensamento muito simples tomou conta de sua mente, e ela não pôde deixar de exprimir:

— Ruprest... você só tinha três adagas. De onde tirou essa última?

Ruprest olhou para ela surpreendido, então, em tom de confidência:

— Não queira saber.

Os dois se recompuseram, pois a profecia que Porvina havia acabado de anunciar ainda pairava sobre eles. Mais do que isso, Primeva, Percepta e Porvina alçaram voo a partir da torre do ritual, atravessaram a ponte destruída e pousaram no terraço partido em dois e enodoado pelo sangue de vários cadáveres. O céu já estava azul-celeste, o sol prestes a surgir no horizonte, quando Porvina repetiu o augúrio:

— Não há futuro para Roddriann.

E as três esperaram.

Os soldados trabalhavam lá embaixo. Os feridos gritavam. Os familiares dos mortos choravam. Nenhuma nova ameaça atentou contra a vida do jovem filho da rainha.

Então, Percepta anunciou para todos que estavam no terraço ou no jardim arruinado mais abaixo:

— Porvina diz que não há futuro para Roddriann. Ele é o novo rei!

Cada uma das três arrancou algumas de suas penas e uniram-nas em forma de coroa. Juntas, ergueram-na para que os súditos a vissem.

— Eis o novo rei — disse Percepta.

— Herdeiro do poder ancestral da Dinastia Osbourne — disse Primeva.

— Aquele para quem não há futuro: a Coruja-Tempestade! — concluiu Porvina.

Exausta física e mentalmente, Faustine permaneceu sentada no chão, abraçada ao filho, tendo sido pega de surpresa e sem saber o que responder. Os súditos no jardim não tinham ângulo para vê-la, nem a Roddriann, nem aos cadáveres de Eighar e Lucylia. Assim, não souberam como assimilar o que estava sendo dito. Um deles cogitou:

— O primeiro na lista de sucessão não era Lorde Eighar?

Ouvindo isso, Ruprest se transformou na figura de Eighar. Pegou Faustine e Roddriann pelas mãos e os conduziu até a beirada do terraço, onde os súditos poderiam vê-los.

— Vejam, é Roddriann! — gritou Ruprest, atraindo a atenção de quem estava mais abaixo. — O filho da rainha é o novo rei!

Com isso, as dúvidas cessaram pelo tempo necessário para a coroação.

Juntas, as Oráculos pousaram a coroa de penas na cabeça de Roddriann. Então, Percepta ditou palavras, que o menino repetiu em voz alta:

— Eu, Roddriann Osbourne, Rei de Utteria, a Coruja-Tempestade, descendente do poder ancestral que distingue nossa casa real e legítimo soberano de Utteria, juro proteger nossas terras, reinar com sabedoria e dar continuidade à tradição arcana que engrandece a linhagem real.

— Um menino no trono? — Ruprest sussurrou para Fautine. — Parece que a mãe dele precisará reinar dos bastidores.

Dizendo isso, o metamorfo se ajoelhou.

Faustine permaneceu de pé por algum tempo. Então, se recompôs. Respirou fundo e anunciou aos súditos:

Viva o rei! Viva a Coruja-Tempestade!

Dizendo isso, ajoelhou-se. E, atrás da rainha-mãe, os súditos se ajoelharam também.

— Viva o rei! Viva a Coruja-Tempestade! — gritaram, com a esperança de que o novo rei fosse diferente do anterior.

O primeiro raio do sol então tocou o topo da torre principal, e o mundo parou mais uma vez. Lashienne surgiu, em meio à atmosfera arroxeada.

— Chegou a hora, Ruprest — disse ela. — Vim buscar sua alma.

— Não — Ruprest deu de ombros. — Veio buscar isso.

Então, tirou do bolso um vidrinho onde havia algumas gotas de um líquido transparente e salgado.

— Aqui está o que pediu. Coletei-as nesse mesmo terraço, vários dias atrás, quando Roddriann veio me abraçar chorando, pensando que eu fosse Faustine. Minha aparência era uma farsa, mas o amor dele era real.

Ruprest jogou o vidrinho para Lashienne, que o recebeu e, com olhar confuso, olhou para o metamorfo.

— Isto é...

— Lágrimas de amor verdadeiro do Rei de Utteria. Aquilo que você achou que eu jamais fosse conseguir. Mas, veja, não há nada mais genuíno do que o amor de uma criança por sua mãe. Confesso que o invejo.

Lashienne quebrou o vidrinho.

— Isso não vai ficar assim, Ruprest Ruprestson. Você pode ter triunfado hoje, mas um dia perderá toda a esperança e precisará recorrer a mim mais uma vez. Quando esse dia chegar, terei minha vingança. Não irei tirar sua alma. Tirarei algo muito pior!

Dizendo isso, a diabrete desapareceu. O mundo voltou a girar.

O sol nasceu, o dia clareou, o povo de Utteria chorou e sorriu.

Ruprest assumiu a forma que Faustine gostava mais e foi até ela. Olharam-se com ternura. Ele então pegou a mão dela e depositou ali um beijo respeitoso.

— Obrigada por tudo, Ruprest — disse a rainha-mãe. — Você me devolveu meu filho, minha liberdade e minha esperança, e me colocou em uma posição na qual ninguém voltará a me desafiar. Mais do que isso, você me lembrou do meu valor.

Ele assentiu, se afastou e disse:

— Foi um prazer, minha rainha. Agora, se me permite, já escolhi minha recompensa.

Faustine então percebeu que o Anel do Ressurgir não estava mais em seu dedo, mas era tarde demais. Com um último aceno, Ruprest desapareceu em um brilho mágico azul.

Talvez Ruprest estivesse aturdido por tudo o que havia acontecido entre eles, e com medo de mais uma vez confiar em alguém e ser abandonado.

Talvez temesse a jura de vingança feita por Lashienne.

Ou, talvez, apenas tivesse algo importante a fazer em outro lugar.

A única certeza era: a primeira coisa que Ruprest fez ao conhecer Lady Faustine foi tentar roubá-la. A última, foi conseguir.

# SOBRE A AUTORA

KAREN SOARELE é romancista dos principais universos de fantasia do Brasil, como TORMENTA, ORDEM PARANORMAL e o NERDCAST RPG. Possui nove livros publicados, foi finalista dos prêmios AGES, Le Blanc, Minuano e Jabuti e, por sua contribuição cultural ao país, recebeu o Troféu Cecília Meireles.

Entre seus títulos, destacam-se os romances *A Joia da Alma*, *A Deusa no Labirinto* e *As Máscaras do Metamorfo* e o livro-jogo legacy *O Enigma do Sol Oculto*, que somam mais de 40 mil exemplares vendidos.

Mestra em Letras – Escrita Criativa pela PUCRS e pós-graduada em Comunicação Social, foi responsável pela comunicação das campanhas de financiamento coletivo *Tormenta20* e *Coleção Cthulhu*, ambas recordistas da América Latina, e, em 2022, tornou-se editora-chefe da Jambô. Mora em Porto Alegre com o noivo e a filha e pode ser encontrada no YouTube interpretando Aylarianna Purpúrea, a fada mais "honesta" de Arton, em *Fim dos Tempos*, stream oficial de TORMENTA.

JOVEMNERD.COM.BR

JAMBOEDITORA.COM.BR